拨弦映秋红

尹卫巍 著

团结出版社

图书在版编目（CIP）数据

拨弦映秋红／尹卫巍著. -- 北京：团结出版社，
2023.12
ISBN 978-7-5234-0674-8

Ⅰ．①拨… Ⅱ．①尹… Ⅲ．①散文集-中国-当代
Ⅳ．①I267

中国国家版本馆 CIP 数据核字（2023）第 230013 号

出　版：	团结出版社
	（北京市东城区东皇城根南街 84 号　邮编：100006）
电　话：	（010）65228880　65244790
网　址：	www.tjpress.com
E - mail：	65244790@163.com
出版策划：	书香力扬
经　销：	全国新华书店
印　刷：	四川科德彩色数码科技有限公司
开　本：	145mm×210mm　1/32
印　张：	8.875
字　数：	200 千字
版　次：	2023 年 12 月第 1 版
印　次：	2023 年 12 月第 1 次印刷
书　号：	ISBN 978-7-5234-0674-8
定　价：	58.00 元

自　序

　　留住美丽，是我在这个瞬息万变的时代里的奇想，是我在日复一日的光阴里的情愫。

　　虽然突然，却早有预谋。这些年，我穿行在神州大地上，目光所及，心灵所撼，按捺不住的情感奔腾如骏马。文如泉涌，我用文字记载岁月的斑斓、风景的旖旎、生活的曼妙。神州大地，气象万千；五湖四海，风光锦绣。我用一篇篇散文，情不自禁慨叹；我用一篇篇的文章，诉说着文学创作的艰辛；我用艰苦而愉快的脚步，记下写作的漫漫长路。这些印记是美丽的。夜深人静，每当想起一篇又一篇散文采风时的情景，历历在目，回味无穷。我想留住往事的温馨、山河的美丽、过程的美丽、收获的美丽，让它们成为我精神财富。

　　琴声悠扬，在红叶铺天的山坳里有人弹琴，我陶醉感染在其中，暖流荡心，不能自拔，感慨万千。

　　风景永远在路上，不错，但曾经遇见的美丽让我无限留恋。

我忘不了在贵州遵义娄山关的顶峰，居高临下，举目四望，视野中真如诗人所说，苍山如海，残阳如血。云贵高原的山川大地青翠壮美，天空传来啾啾啁啁的鸟鸣，我情不自禁吟诵起词作《忆秦娥·娄山关》，"西风烈，长空雁叫霜晨月"。我忘不了在雪域高原上的布达拉宫，心灵巨撼；眼中的雄伟宫殿，傲立于整个拉萨城的最高处，雍容华丽，庄重宏阔。宫顶橙瓦镏金，殿堂参差迭累。艳丽多彩的经幡迎风飞舞。站在宫殿的最高处，可远望整个拉萨城，纵横交错的小街，经幡飞舞的古道，从历史风云中映入眼帘，我仿佛看见美丽贤惠的文成公主进藏的车马人流气势磅礴，文臣武将、工匠艺人，成群结队，汉藏和亲的队伍浩浩荡荡。我忘不了每次从贵州到北京，我总是最先到香山看看。群峰跌宕，巅峰突兀，傲立于京华，雄踞于青史。山的皱褶里慷慨呐喊出"天若有情天亦老，人间正道是沧桑"豪迈诗句的，唯有香山！我忘不了走进甘肃天水，是苍天给我安排的一次幸运的偶遇，是前世注定的佳缘邂逅。全国散文作家采风活动选择在金秋十月的天水举行，我很荣幸被邀请，前往这个梦寐以求的西北古城。我忘不了徜徉吉林长春卡伦湖畔，我心安然，一种新奇感悟从心灵深处而出，我惊呼，卡伦湖啊，我心灵栖息的圣湖！各种苍翠的草木在小山曲径郁郁葱葱，色彩缤纷的鲜花在草地林间更显妖娆、旖旎。一些古旧的老屋星星点点散布在四周，古朴而有人间烟火气息。

过程的美丽，往往更珍贵。这些年，我几乎走遍了全国。我在这个过程中饱览风光迥异的美景，欣赏巧夺天工的大自然。最有趣的是每一次外出采风后，我都能说出妙趣横生的故事。

要说收获，最出人意料的是我在延安学习时写的《仰望延安》。在庆祝中国共产党成立100周年之际，《仰望延安》与茅盾、巴金、夏衍、贺敬之、郭小川、闻一多等人的作品一起被人民出版社选中，并结集出版《没有共产党就没有新中国》这一全国学习教材。这本书在序言中写道：本书历经严选的每一篇作品都是经典之作，从形式到内容无一不深沉承载着文艺界名家们发自内心的情怀。

我在2015年前已经在全国各地各级报刊发表众多文学作品，我从中精选出160余篇汇集成册，出版了两本散文集《人间苍茫》与《笛醉千山月》。8年过去了，我又有一大批散文在全国各地报刊及网络发表，这年头网络文学炙手可热，我已被"裹挟"进去。几年间，不断涌现出新的文学朋友，很多人主动找我要我的作品，我好感动。

几年光阴荏苒，总有那么几个星光灿烂的夜晚闪烁着不灭的金辉；几年岁月蹉跎，总有那么几天春光明媚的日子温暖着流年。倾听日子里渐行渐远的优美琴声，用精彩的文字讲述它们，用油墨喷香的纸张挽留它们。为了留住悠扬的旋律，我决定从几百篇发表的文章中精选61篇散文，汇集成册。我想了好久，我应该给这本散文集取个什么名字。窗外正是秋高气爽的秋天，金风吹拂，瓜果飘香。而我，在高级教师岗位上退休，这辈子该有的都有了，正是春华秋实的人生之秋。我满足，我自慰，于是来了灵感，就给这本书取名叫《拨弦映秋红》。

晚霞漫山，枫叶似火，时代如炬，人生若梦。

愿缤纷秋色里的美妙琴声给亲朋好友和广大读者带来愉悦，愿你我心灵深处都留住人世间的美丽。

尹卫巍

2023 年 3 月 18 日于黔南

目 录
CONTENTS

第一辑　岁月如歌

第二辑　踏遍青山

第三辑 拨弦秋风

第四辑 蓦然回首

第一辑　岁月如歌

静听雄关

一

挽一袖清凉的山风，去感受一个民族命运逆转的艰难。

携一个久已期盼的梦，在诡谲波涌的如海苍山静听雄关。

如兔奔突的心在茫茫云海间惊悸万状。娄山关上举目远眺的我，渐渐无法静立。

好一座娄山关！不来遵义，你无法想象云贵高原如此悲壮；不来遵义，你无法感受浸染殷红鲜血的历史的腥膻。

我气喘吁吁登上娄山关的顶峰，居高临下，天边乱云，风起云涌，天空传来啾啾啁啁的鸟鸣，悠扬如歌明媚了我的眼眸，也浪漫了群山的山花蓬草，同行的友人开始吟诗，正是那首脍炙人口的《忆秦娥·娄山关》，当年毛泽东填的词。居然我不知当时他豪情万丈的抒怀是发生在白天还是夜晚，是一气呵成还是推敲良久，但雄浑奔放的诗句却把我带进并不久远的时光深处。

静听雄关！用心灵抚摸岁月的伤痛，思绪飞驰如信马由缰，历史的斑斓已经呈现在我的眼前。那是一个怎样的年代啊，血战湘江，嘶鸣的战马一匹又一匹倒在桂湘大地，红军损失惨重，当地的老百姓看见那尸横遍野的战争遗址，喊出了"一年不饮湘江水，三年不食湘江鱼"，余音袅袅之中，百姓泪泣如涌。

深思，深思，苦苦深思。

为什么，为什么，叩问苍天！

遵义，好一个遵义，你担负着改变民族命运力拔千钧的重任。惊雷已经在平静的暗夜滚动，风向已经在风起云涌的天边逆转。

我急切地走近你，遵义！我想细细研究你的勇气与天机。

二

我喘着粗气爬上山顶，思绪在历史的迷雾中穿行。我看见了战马和铁血的红军。屹立于枪林弹雨的士兵中的毛泽东，挥舞右臂，指挥若定的伟岸身躯。我来到遵义，感觉到遵义是敬仰毛泽东的，遵义人民是与红军有着血肉情感的，整整一条街取名叫红军街。这条步行街，集观光、休闲、餐饮、娱乐、购物于一体，融商业与文化于一身。许多"老字号"店铺依然生动地"活"在小街上，生意兴隆，门庭若市。贵州和遵义当地的名优土特产品琳琅满目，应有尽有。这里的黔北民居仿古小楼，木雕青石，古色古香。

静听雄关！我听见历史的心跳。眼中的娄山关，位于遵义以北的大娄山脉中段，北距巴蜀，南扼黔桂，为黔北咽喉，是渝黔交通险要关隘，历来为兵家必争之地。它，山势绵亘，险壑幽深，千峰万仞，若斧似戟，行势嵯峨，林木苍翠，当然是伏击战的理想地形。娄山关载入中国革命史册，是因为进行的两次娄山关的激战，一次由南向北，一次由北向南，两次战斗均取得伟大胜利，红军的英雄壮举写下了光辉的历史。第一次娄山关战斗为中国工农红军为保证遵义会议胜利召开打开了遵义的通途；第二次是遵义会议之后的开路之战。

啊，娄山关！我分明看见，你至今仍在坚如磐石的信念里苦守，蜿蜒曲折的山路引我爬上西风台。

西风台，画龙点睛般地点染了娄山关的魂。

我静静地伫立，看见刻有毛泽东《忆秦娥·娄山关》词的巨型大理石碑，以行草手书体放大毛主席手迹，龙飞凤舞，增色雄关。"西风烈，长空雁叫霜晨月。霜晨月，马蹄声碎，喇叭声咽。雄关漫道真如铁，而今迈步从头越。从头越，苍山如海，残阳如血。"轻吟雄词，每每研读字句，总是那么荡气回肠。我是贵州人，也喜欢思索毛主席这首词是怎么写成的。当年红军指战员英勇鏖战的壮烈情景便历历在目，栩栩如生。

格外醒目的是山间大型摩崖石刻"娄山关"三个大字。1985年，为纪念遵义会议 50 周年，遵义县①政府在娄山关东北侧石岩上刻了"娄山关" 3 个字，这是中国著名书法家舒同题写的。摩崖全长 11 米，字径 2.3 米，笔力雄浑遒劲，阴刻描红。

红色历史，在这红红的字里行间呈现。

三

静听雄关，山风阵阵。心里当然还是想着命运逆转的遵义。

我是贵州人，来遵义已经多次，每次来遵义我都会到遵义会议会址看一看，一番留恋，我心慰藉。我每次来遵义，都会住在靠遵义会议会址最近的一个小旅店，我不追求豪华，只图方便。巧的是我每次还都住这个旅店的同一个房间。隔窗就能看见遵义会议会址。黎明，我起床第一件事就是拉开窗帘，遥望小楼的灯

---

① 现为遵义市。

光，然后轻轻哼唱起那首我们这一代人耳熟能详的歌《红军战士想念毛主席》。"抬头望见北斗星，心中想念毛泽东，想念毛泽东，迷路时想你有方向，黑夜里想你照路程……"人生在世，有许多不顺心的事。有时被人欺辱，有时受人暗算，人心叵测，处世艰难。说真的，唱着唱着，我竟然豁然开朗，醍醐灌顶，期盼着命运的伟大转折。

每每感念这段历史，我总是充满舒畅的心绪与命运的寄托。多少次我暗自希冀我的命运如朝阳般逆转，苍天助我横扫小人如卷席。我虔诚地面对苍天，真诚祈祷。

心里朝阳，命里花开。正如人间正道的史册，天遂人愿，我的生命里一次次走过艰难坎坷，一次次冲出重围，一次次战胜邪恶。

大江奔腾，浩荡东去。日子就这样快乐地过下去，冬去春来，尘埃落定。我愉快、健康地活着，过着快乐的日子。正应了伟人毛泽东的一句名言："与天斗其乐无穷，与地斗其乐无穷，与人斗其乐无穷。"

静听雄关，我听出生活里奋斗的喜悦。民谚说：温室里的花，是经不住风雨的摧残的。我酸甜苦辣般的人生经历，也必将成为我五彩斑斓的文学创作素材。只愿有一天，我能把多彩的生活用文字奉献给亲爱的读者。

四

坚持着一份执着的初心，遵义的脚步走得铿锵利落。

怀揣着一个绚烂的梦想，遵义的情怀包容了大千世界的斑斓。

如今的遵义，依然是一座充满红色基因的城市。灿烂的红色文化，激昂了一个城市奋进的脚步，沿着一条不忘初心的康庄大道，遵义实现了飞速发展，遵义人民获得了满满的幸福感。那个夜晚，我和几位文友走在夜色中的大街小巷，看见妇女们跳着欢快的广场舞，年轻的朋友相依相偎，轻吟着甜蜜的爱情，梦的歌谣融进飘飞的流云。

啊，遵义，我可以豪迈地告诉我的亲朋好友，你是我心中鲜亮的图腾。

心中高悬这枚图腾，我坚定地扬起头颅，舒心扬眉，追逐历史的脚步，又一次快乐地出发，走向遥远而美丽的远方。

诗意香山

无法控制豪情满怀，一到北京，我执意要去香山。

巍峨雄伟的香山，是北京西郊的一座圣山。登山远眺，视野里高楼林立的北京城让我放飞沉寂已久的思绪飞到中国革命这个红色命题。

绿色的大山，红色的往事，金色的希望，五彩的情怀，脚下的香山绝对是浓墨重彩的诗意盎然。

浪漫洒脱与坚毅冷峻交织，清幽恬静与壮怀激烈缠绵，北京西郊的香山，在中国数不清的名山中能独领风骚，独树一帜，独一无二，它见证了中华人民共和国冉冉升起的第一缕曙光，信心毅然地迎接东方海岸线上一轮红日喷薄而出，也饱尝了黎明前最艰难困苦的阵痛煎熬。

北京地处华北平原，险峻的高山在北京十分罕见，距离北京市区不远也不近的香山，山高林密，峡谷幽深，隆起在燕山东端的余脉，身披云蒸霞蔚的岚霭，笼罩着历史的迷雾，神秘而庄严。

香山，来一次是绝对不能领略出它的深刻意蕴。它不是一座普通的山，我多次来此，登山，漫步，徜徉，赏景，沉思，渐渐我品出香山魅力所在，就是四个字：清、幽、雄、奇。

兴趣已点燃，让我们进山！

大山苍茫，林莽碧翠。茂密高大的乔木茁壮地长在香山，品种繁多让人目不暇接，形态各异让人赏心悦目。植物相互搭配的色彩与参差，如神来之笔绘就了山的自然妩媚，各种植被生长之茁壮彰显出山的绮丽。山阴道上，空气清新，令人滋心润肺。沿着九曲回肠的山路攀上山顶，眼前是一派气壮山河的大美，皇都京城俯首可见，民居小院历历在目。

让人倍感气韵浑厚的是山的文脉，从历史深处飘荡而来的人文传奇给山增添了活力。自古以来，香山不乏文人墨客的倩影足迹。进山后有一个七彩山门，上有雕龙刻凤的飞檐翘角、祥云喜鹊的精美图画，上书四个大字：钟灵毓秀。毫不夸张，香山让人思绪万千地跨过彩门，金碧辉煌的勤政殿赫然入目，当年乾隆皇帝来香山时便在此接见朝中大臣，处理政务。勤政二字，便是告诫身居高位的大臣们要勤政为民，此乃国家兴旺之根本。

走向山间，从买卖街一路攀登，香山寺映入眼帘，古色古香的蔷葛香林阁让人惊叹。蔷葛二字艰深难认，便引起喜爱探究的学人的极大兴趣，忍不住从历史的夹缝里寻觅跌宕起伏的故事与传说。香山寺依山势而建，假山叠石簇拥，曲径通幽，让人叹为观止。这座佛教禅寺，可谓中国北方佛教建筑的精品。远观香山寺像一把巨型黄花梨座椅，稳置半山。椅前有双清二泉，汩汩滋润，山为之清朗，水为之秀灵。

我总认为，一座山有了万木葱茏便有了秀丽的本钱，有了人文历史的印记便有思想与情感，山便是一座活山。无论是帝王将相还是平民百姓，无论是文人墨客还是骁勇武夫，他们在山中的喜怒哀乐、言谈举止总是能给后人生活哲理的启迪，慢慢咀嚼，细细品味，会有出乎意料的收获。

登香山并不费劲，它并不险峻峥嵘，也不是荒山野岭。山路齐整，规矩盘旋。这样的山路好让我一边登山，一边吟诗唱赋。

徘徊山顶，无限风光尽被占。

在这里看北京，确实有一番风味，燕京大地，天高云淡，气韵是一泻千里的流畅。一座香山，俊秀旖旎中升腾鸿蒙紫气；青葱翠绿中蕴含澎湃华光。就是这座山，俯视古都京华的历朝历代的浩瀚，遥望沧桑岁月即将更新的文明曙光。

香山的红叶是京华妇孺皆知的美景，唐朝诗人杜牧《山行》里所描摹的"停车坐爱枫林晚，霜叶红于二月花"，恰好符合这座山托起千万种向往的浓浓风情。现代有叶剑英元帅的"西山红叶好，霜重色愈浓"的豪迈称颂。清史悠悠，咏叹红叶的诗句如霞光漫山。

香山，以充满诗意的豪情，清楚地见证了毛泽东早在井冈山就提出的"以农村包围城市，武装夺取政权"革命道路的正确性。香山是中国共产党从西柏坡进京第一站，中国革命史上一段气势恢宏的进程就是答卷，这份摧枯拉朽的答卷，洋洋洒洒写满中国人民冲破黑暗迎来曙光的伟大巨变。

1949 年 3 月，毛泽东主席和党中央从西柏坡转移到北京后。首先居住在这里，高瞻远瞩，运筹帷幄。在香山，毛泽东主席和朱德总司令发出《向全国进军的命令》，号令全军坚决、彻底、干净、全部地歼灭中国境内所有国民党反动派，"钟山风雨起苍黄，百万雄师过大江"，中国人民解放军如排山倒海之势横渡长江，解放全中国。不久，毛泽东同志在北平香山双清别墅得到人民解放军占领国民党反动政府的"首都"南京的捷报，欣然写下一首七律，抒发出"虎踞龙盘今胜昔，天翻地覆慨而慷"的豪壮意气。

我曾多次来香山，在山路上的脚步总是那么缠绵，思想一次比一次如脱缰的野马，无尽头地恣肆奔腾，无论走到哪里，总是发现有野草般的诗意在蓬勃生长。

潜藏在山体里的一段段历史，隐退在林莽间的一段段岁月，总是让人浮想联翩。这里虽然没有大江奔腾，却有中国革命的洪流惊涛拍岸；这里虽然没有娇桥娟流，却有花木烂漫的青山生机盎然。

踏着山风的节拍，我倾听悠扬婉转的旋律，我吟唱高亢激昂的红色革命歌曲。猛然间觉得，人间最美的诗不是写在纸上，而是写在浩瀚的中国革命历史的卷帙里。

每次从贵州来北京，我总是最先到香山来看看。群峰跌宕，巅峰突兀，傲立于京华，雄踞于青史。山的皱褶里慷慨呐喊出"天若有情天亦老，人间正道是沧桑"豪迈诗句的，唯有香山！

啊，香山，这名字好啊，战争与和平，黑夜与黎明，鲜血与沃土，春花与红叶，历史与现在，过去与未来，山的神圣香染神州，香山浩荡的诗意点燃一代又一代人芬芳的梦。

壶口，黄浪排空朝天歌

似万马嘶鸣，如雷霆万钧，还没有接近你，已在百米之外听见天地震荡的共鸣。走过峡谷颤颤的山湾，猛然看见奔腾的激浪，望见滚滚黄河天上来，凌空飞旋的白岚欲仙，惊涛击岸，黄浪滔天。啊，壶口，黄河的壶口，这就是你。纵横决荡的巨大轰鸣震耳欲聋。这哪里是水，分明是猛虎，是蛟龙，是所向披靡的战车，是势如破竹的劈斧。不，都不是，这是黄河壶口巨浪在时空隧道里的咆哮。

登高远望，我终于看清壶口气吞山河的力量源泉，猛然联想起古希腊的一则神话，力大无比的安泰，因为大地母亲的呵护，才有了冲破一切的无穷力量。壶口的源源不断的力量源于黄河，如果把壶口比作安泰，黄河就是他的母亲。

母亲黄河，慈祥慷慨地为爱子壶口源源不断地提供充沛的乳汁，"黄河之水天上来，奔流到海不复回"。一千多年前唐朝诗人李白对此作了鲜明的诠释。母亲黄河，仁慈地给予壶口健康雄健的精神力量。"黄河远上白云间，一片孤城万仞山。"大唐边塞诗人王之涣道出了亲情的真谛。再侧耳倾听壶口的虎啸龙吟，不愧为知恩图报的赤子。

壶口，黄浪排空朝天歌，歌唱的是母亲黄河。

壶口，黄浪排空朝天歌，昭示的是黄河吐纳古今的精气神。

壶口，黄浪排空朝天歌，张扬的是黄河善于战胜曲折多变的大无畏。

黄河，从大自然形态万千的沟壑里流来，从中华民族的跌宕历史里流来。

黄河是一首歌，每一个音符都展示着华夏大地的欢乐与悲伤。

黄河是一本书，书写了民族命运多舛的沧桑。

黄河，以滔滔为魂，在北方民族跌宕起伏的生活中，注入一种心灵的希冀。"关关雎鸠，在河之洲，窈窕淑女，君子好逑。"这是响彻在黄河两岸的千年吟唱，这是黄河儿女生活的美满与爱情的甜蜜的写照。这美妙的声音出自春秋战国时的《诗经》，浪漫的风雅把黄河岸边的家园描摹成充满理想的村庄，英俊潇洒的君子和性情温和的女子在这里热恋，卿卿我我，缠缠绵绵。到了汉朝，黄河之水如泣如诉为我们讲述一个替父从军的女子："唧唧复唧唧，木兰当户织。不闻机杼声，惟闻女叹息……且辞爷娘去，暮宿黄河边，不闻爷娘唤女声，但闻黄河流水鸣溅溅。且辞黄河去，暮至黑山头，不闻爷娘唤女声，但闻燕山胡骑鸣啾啾。"诗的主题从美女柔情提升到家国之爱，塑造了一个英姿飒爽的女英雄花木兰的形象。唐朝的诗仙李白，在醉眼蒙眬中用两句话就道出了黄河的大气——"黄河之水天上来，奔流到海不复回"。明朝的文人李先芳对黄河的描述就更加亲切，你听："三月清风麦浪生，黄河岸上晚波平。村原处处垂杨柳，一路青青到永城。"诗的意境何等温润，两岸儿女与黄河共生共处。

黄河流过万年，黄河涤荡万里，当抗日的烽火燃遍中国大地，两位音乐人来到壶口，热血被奔腾的激流所激荡，欣然创作出《黄河大合唱》："风在吼，马在叫，黄河在咆哮……"激昂的旋律鼓舞了无数热血青年奔赴硝烟弥漫的抗日前线，毅然决然走上浴血奋战的疆场。

黄河，以倔强为气，我从云贵高原上的贵州乘坐飞机到黄土高原上的甘肃兰州，那日天公作美，万里无云，广袤山川河流尽收眼底。我看见黄河，以不同于涓涓千流的金黄蜿蜒于崇山峻岭；以桀骜不驯的我行我素穿行在黄岩青峰。我在天水参加一个作家散文创作会议，其间到武威、秦安采风。我被历史悠久的黄河文明的迹象所震撼。大地湾，天水市秦安县的一个乡，我们的祖先曾在这里繁衍生息；大地湾，把中华历史演进推向八千年前。在天水这块土地上，人们引以为豪的故事是黄河岸边的三皇之首伏羲皇帝，他发明创造了占卜八卦，教会人们织网、捕鱼、狩猎，发明瑟乐。伏羲毫无疑问是古代传说中黄河岸边的中华民族人文始祖。在天水，我走进妇孺皆知的神话《女娲补天》的主人公祠，远古之时，火烂焱而不灭，水浩洋而不息，女娲炼五色石以补苍天，救人民于水火。在女娲祠，我仰视从"猛兽食颛民，鸷鸟攫老弱"劫难中挺身而出的端庄贤惠的人首蛇身美女。后来我回到贵州，文如泉涌，奋笔疾书写下《大地问祖》和《天佑陇塬》。

黄河，以浊流为碑，用时间锋利的刻刀，在龟甲上刻下甲骨文，在青铜铸造的樽鼎上刻下祭事仪训，在浩瀚竹简刻下《史记》，在绢帛上沾墨书写文成公主藏汉民族通婚的点滴细节，留给后世永久的铭记。这分明就是气势恢宏的亿万年水的长卷"黄水谣"。

黄河，以博爱为怀，用潺潺水流讲述中华民族的广阔胸襟，书写着五十六个民族几千年来的团结奋进。黄河，在青藏高原用清澈的圣水浇灌了西藏的锅庄和青海的花儿；在黄土高原用浑厚的源流滋润了陕北的信天游和大唐长安的秦地高腔。在甘肃，那里的子民把黄河称为天水；在宁夏，那里的民众把河水孕育的丰饶土地称作塞上江南。黄河南边叫河南，那里的豫剧唱腔婉转；黄河的北边叫河北，那里把字正腔圆的戏曲叫梆子，燕山脚下的农人，唱出白洋淀的鱼米香。滚滚黄河，在山东，红高粱地里的九儿用黄河水酿出高粱酒；在山西，平遥古城的王掌柜用黄河水发酵成喷香的酸醋。

啊，壶口。我来到壶口的时节是乍暖还寒的孟秋，我看见和我一样带着崇拜欣赏前来的全国各地游人络绎不绝，为的是一睹你的雄姿。啊，壶口。你不愧为黄河的爱子，你周身流淌着黄河的血液，你活络生命跳动着黄河的脉搏。黄浪排空朝天歌，我想，只有深入了解中华民族艰难、困苦、悠久、曲折的历史，才能听懂你的歌吟。我听说，在河网密布的某些区域，在大片森林惨遭砍伐的地方，黄河出现断流，河床干涸，风沙弥漫，黄尘横飞，环境恶劣。那是人类无节制毁坏生态造成的恶果，失去了绿水青山，也就失去了舒适安逸的生存空间。壶口，你以震天动地的咆哮，提醒人类遵守自然规律，爱护人类赖以生存的自然环境，留住绿水青山，也就是留住了金山银山。

啊，壶口，黄浪排空朝天歌。唯愿这气壮山河的歌声永不落！

长城咏怀

巨蟒横空，气吞山河。思君若渴的我终于看见了长城，一车人疲惫地翻山越岭，从南方到北方，驱车跋涉，路途迢迢。到了燕山脚下，我举目远望，但见天高地阔，群山巍巍，北方大地秋草苍黄，四野茫茫。长城，以青砖顽石筑垒的雄浑，张扬着中华民族的坚强毅力，就这样气势磅礴地出现在燕山山脉逶迤的峰岭。

华夏北方，大山屹然，厚重的黄土与擎天的巨石支撑着硬朗的正气，正是这样的地理环境承载了东方大国巍峨的长城。青史诡谲，分明就在浩渺的人心深处珍藏了炎黄子孙的故园情怀。

是的，长城分明就是一卷写满民族兴衰的史书。我轻轻掀开书的扉页，从燕山南麓的水关登城，我和8个从贵州自费来北京游览的退休老党员，包车游览长城，这是我们每一个人的夙愿。上得山来，大大小小的顽石砌成的险阻铺在脚下。

啊！好壮观的长城。盘旋东方的巨龙。

弯弯曲曲沿崇山峻岭延伸一万五千里的石垒，把人的思绪拉得很远，战战兢兢徘徊到历史的深处。

冷月当空、狼烟四起的春秋与战国亮亮晃晃出现在历史的天幕，饱受胡人骚扰的君王竟然奇迹般地统一思维，"高筑墙，广积粮"，以防游牧民族战马。冷兵器时代的绝妙防御手段，带来内地诸国的百姓安宁，长城应运而生。

但是，长城，这一庞大的建筑从此成为一代又一代君王御敌防守的屏障，几经修缮，渐渐成为中原大军进攻撼敌的命运堡垒。一句"把我们的血肉筑成我们新的长城"，可见它气壮山河，见证了一个又一个更新交替的时代。

啊，长城，雄伟的长城！你见证了民族多少苦难，集聚了多少精彩绝伦的东方往事。

你坚固的城池是中华民族坚强的意志。看吧，秦长城的辛苦修筑开始了，百万劳工浩浩荡荡，开赴荒郊野外，信念赫然，那是必定御敌于千里之外。一个感天动地的民间传说"孟姜女哭长城"，足以说明工程的艰苦卓绝，千难万险。对于这个故事，不同的人看了会有不同的理解，我站在气势磅礴的长城之上，看到的是一种不畏艰险的创造精神。

继往开来的汉长城，把历史的雄浑变成一种可歌可泣的进程。汉武帝依托长城，把一批批军士与家眷派到长城脚下，衣食住行伴随加官晋爵，开始长城脚下全新的生活，一边戍边，一边屯垦，养马，牧羊，练兵，种粮。"东市买骏马，西市买鞍鞯，南市买辔头，北市买长鞭。"安居乐业的丰实足以抵御匈奴来犯。一个个依托长城而兴盛起来的新型城镇，拔地而起。

从长安出发的汉使张骞倚靠长城建立起安全的屏障，守卫着往来路上的贸易，奇迹般地开创出一条联通亚洲、欧洲以及北非的贸易通道，史称"丝绸之路"。

与我同行的老党员中，不少人是到过长城的，或者说，长城太长，脚下延伸着历史。一个布依族诗人，手扶城墙的旌旗，高声朗诵起唐朝诗人王昌龄的边塞诗《从军行》："青海长云暗雪山，孤城遥望玉门关。黄沙百战穿金甲，不破楼兰终不还。"是的，到了唐朝，长城更是给人自信，无论是达官贵人、文人墨客还是一介平民，都为获得安宁祥和的生活而努力，不少人勇敢担当起保家卫国的重任，文军戍边，已成潮流，这可从不少文人写的诗词中略知一二。光是写《从军行》这一类主题的诗的诗人就有李白、杨炯、王昌龄、陈羽、王维等，也许还有许多没有流传下来姓名的诗人。

我汗流浃背地攀登上了又一个长城的巅峰，此刻，任我望穿双眼也看不见燃烧的烽火狼烟，却有威风凛凛的炮台、碉楼、垛墙、射击孔，战争遗存赫然入目。高天流云，筑垒城墙的砖石已日益风化残损，而一首哲诗所言的旷达心胸却伴雄关坚挺依然："千里来信只为墙，让他三尺又何妨。万里长城今犹在，哪见当年秦始皇。"是的，中华民族的人格魅力与长城的顽石，一起在世人敬仰的青史上固若金汤。

毫不夸张地说，长城蜿蜒的壁垒便是中华民族历史的进程。浩大的工程便是中华民族坚决抵抗外来侵略的信念。有了长城的护佑，以长安为中心的中华大地，加强与西域和中亚诸国的来往，丝绸古道，驼铃声声；茶马驿站，车来人往。中原的绫罗绸缎，陶罐瓷碗，源源不断运往新疆、甘肃，乃至西亚各国。西域的葡萄、红枣、香瓜、核桃运往中原和江南。中华民族，豁达地开启了繁荣昌盛的国际贸易。其实，这种空前繁华，得力于隋炀帝时期的杨广，正是这个被文学作品描写为暴君的皇帝，以超越前贤的远见卓识打开西北大门的军事重镇张掖。在张掖，杨广宴请了27国首领，高筑墙，广积粮，加强了与游牧民族的友好来往。

很有意思，我们8位贵州退休老党员为了形象地解析长城的作用，专门走了一趟距离八达岭长城不远的坝上草原。

坝上草原绵延200公里，天苍苍，野茫茫。生活在这里的多是游牧民族。我在女真族博物馆，看到了这样一幅历史的图画，金太祖完颜阿骨打统一女真各部，建立金朝。女真人骑着马，赶着大群大群的牛羊从坝上草原沿燕山山脉南进，但大量马匹牛羊穿越长城可谓吃尽苦头。他们采用堆土平齐长城。浩荡的长城给了金国女真人抵御蒙古铁骑的信心。依托长城，女真人顺利抵挡南侵劫掠的剽悍的蒙古铁骑。

而长城真正的辉煌是在伟大的抗日战争时期，我们从巍然的长城看到民族精神的力量。抗战的烽火燃遍中国大地，演绎出多少铁骨铮铮的英雄故事。

从山海关到居庸关，从古北口到慕田峪，抗日将士依托长城，奋起反抗日本侵略军。长城见证了东北义勇军的林海杀敌；见证了八路军在青纱帐中进行游击战斗，用地道战、地雷战、麻雀战等方式与日军作战；见证了平型关大捷、血战台儿庄。当日军开始向山海关疯狂猛攻，率守军奋起反击，用数年的血战，艰苦卓绝，血流成河。依托长城顽强抵抗，保住了华北。

此时我站在阳光照耀下的长城，仿佛又听见了中华民族的高亢歌声"起来，不愿做奴隶的人们，把我们的血肉筑成我们新的长城"。歌里唱到了长城，因为它在亿万民众心里装着。

是啊，因为长城坚固、蜿蜒，像母亲一般把英雄的国土拥入怀抱，抵御了外敌企图的阴谋割裂，护佑了一个东方大国的完整。

这些天我到了八达岭，到了居庸关，到了金山岭，到了水关，到了古北口，每看到一处长城都有新的震撼。无论站在哪个角度，长城都像一条呼啸云天的东方巨蟒，它奔突群山，横穿万里，以磅礴的伟力傲视苍穹，显现出中华民族的豪迈大气的精气神。

每个民族都有自己的信仰，有的敬虎，有的羡狼，有的崇牛，有的仰马，而这条东方巨蟒，是整个中华民族共同敬仰的精神支柱。

你听，风声鹤唳，威震四海，群山之巅分明回荡着一个强劲的声音：把我们的血肉筑成我们新的长城！

红色情话

　　明月皎皎，隐藏了西北黄土高原的苍凉、豪放。一九六八年九月十八日二十点三十分十六秒——请别误会，这不是酒泉卫星发射中心发射某号动载火箭的时间，而是金小川与向北红第一次约会的时刻。金小川不时地焦躁不安地看表，因为是第一次，所以他记下了这永远难忘的、具有历史意义的瞬间，并载入他个人的史册。金小川提前一个小时到达指定位置——军工厂整机安装车间的围墙外，怀着无比激动的心情踱来踱去，等待恋人的到来。"恋人"只是金小川单方面的说法，向北红不习惯这样的字眼，一来就极严肃地表明了她的意见："我们是两个革命青年，阶级感情把我们连在一起。"然后，非常流畅地背诵了一段伟大领袖毛主席语录："我们都是来自五湖四海，为了一个共同的革命目标走到一起来了……我们的干部要关心每一个战士，一切革命队伍的人都要互相关心，互相爱护，互相帮助。"金小川说"我很高兴和你互相爱护"，但今天向北红不承认她是来同他"互相爱护"的，她是来同金小川告别的。她的一家将要离开大西北，去祖国西南一个叫做黔南的地方，在那里建设一个大三线军工厂。

　　金小川难过得快要哭了，嘴巴张了几下却又讲不出什么来。

向北红有极好的口才，她的发言常常集逻辑思维与形象思维于一体，有很强的感染力和说服力，曾把万人大会上的工农兵说得痛哭流涕。此时，向北红朗诵了一首诗歌来安慰金小川"海内存知己，天涯若比邻，无为在歧路，儿女共沾巾"。金小川在学校时一直是尖子生，走过一段"智育第一的白专道路"，他清楚地记得这首诗的出处，用哭腔纠正说："这不是伟大领袖毛主席的教导，是一个古人作的诗，他叫王勃，'生活'在唐朝。"向北红对批评与自我批评比较习惯，说："总之我们可以通信，加强联系。"金小川说那好，我们还是一条战壕的战友。眼泪汪汪地朝这位英姿飒爽的女青年望去，她今天依旧穿着绿军装，这一点让金小川羡慕，金小川也有一件绿军装，那是母亲买了一段白布，又买了染料自己染绿了做的，用现在的话说，是假冒伪劣产品。但，那个年代有这么一件已经很不错了。士兵装给秀美的向北红更添了青春气息。向北红滔滔不绝、斗志昂扬地向金小川阐述了建设大三线的意义和党中央关于"深挖洞，广积粮，不称霸"的战略部署，以及新世界大战的危险依然存在的国际形势，还有自己决心贡献青春的豪情壮志。她说得慷慨激昂、热血沸腾，以至于金小川放弃了与这位恋人亲热一下的念头，但向北红身上的雅霜味和女性独特的气味有情有义地往金小川的鼻子里钻，又以至于他身体的某一部分有所冲动，慢慢地将站相弄成一个书名号。"我希望永远同她在一起，永远。"就在这时，金小川产生了奔赴黔南大三线军工厂的愿望。会面结束后，向北红先走了，金小川在她站过的地方做了个深呼吸，感到心旷神怡，留恋万分。

　　从此，向北红与金小川两地传书，倾诉衷肠。一个月后，金小川盼星星盼月亮盼来了向北红的第一封来信，在信中，她称金小川为同志，首先敬祝心中最红最红的红太阳、伟大领袖毛主席万寿无疆。然后告诉金小川，黔南是一个美丽的地方，也看到了从未看见过的布依族、苗族等少数民族同胞，评价他们贫穷但朴实。说昨天有一个深山里的农民衣衫破旧，肩扛三块木板来工厂，找职工换了两个馒头，心满意足地走了。向北红说，这是多么悬殊的不等价交换，改造世界的重任就落在我们肩上。我们军工厂选址在一个大峡谷深处，四面环山，完全符合军工厂的"山、散、洞"原则。我们居住的简易工棚就盖在一个荒山坡上，晚上绿眼睛的野兽在四处游荡，我们害怕，就与男同志住一个油毛毡工棚里，互相关心、互相爱护、互相帮助。

读到这里，金小川简直有些坐立不安，心爱的人与其他男同志住在一起，他们是怎么个帮助法，金小川不敢驰骋想象，只有一个愿望，快快去大山与向北红相聚。他恨不得立即住进那个工棚。不久，他在给向北红的回信中说，他已经向他的父母做了广泛动员，父母是南方人，爱吃大米，对陕北的苞谷面、高粱面窝窝头深恶痛绝，决定调至黔南，并且抓住了一个大规模调动的机遇，组织上已经批准。向北红看了金小川的信，又一次严肃地批评了金小川和他父母的"不纯动机"："你们来黔南是为了吃大米，这未免太狭隘了，世界上还有三分之二的人民生活在水深火热之中，实现世界一片红才是我们的目的。"于是，金小川在回信中又这样诚恳地写道："北红同志，首先让我们学习一条毛主席语录：要斗私批修。你批评得很好，我们来三线，不是为了吃大米，是为了彻底埋葬帝、修、反。国际国内风云变幻，帝、修、反虎视眈眈，阶级敌人磨刀霍霍，我们一定要建立一支强大的军队。我想问，你现在还住油毛毡工棚吗？还需要男同志陪伴吗？作为革命青年你们的勇气哪里去了？"向北红理直气壮地告诉金小川："这样做，是斗争的需要、革命的需要。"金小川心急火燎，催促父母快快打点行装，举家搬迁来到了黔南。但，他来晚了，向北红已结束了住油毛毡工棚的历史，一幢幢家属住房已拔地而起，这是数千创业者在短短五个月内创造的奇迹，金小川不无遗憾，永远地遗憾。

20世纪70年代，历史有情有义、通情达理地给金小川、向北红安排了另一个交流感情的场所——露天电影院。《红灯记》《沙家浜》《智取威虎山》他们一遍又一遍地看，百看不厌。厂里每周放两次电影，每一次金小川都积极主动地、早早地划地盘占位子，天黑了，情侣们就双双对对地出动。有一天，军工厂附近的一所党校，弄来了一部国外的影片《多瑙河之波》给干部们看，向北红得到了消息，拉着金小川去看。这一看，就"看出了"他们恋爱的新篇章。当时，八个革命样板戏和《地道战》《地雷战》《南征北战》翻来倒去映，稍稍有点开放的《多瑙河之波》使人魂飞魄散。看了电影回来，在向北红的单身宿舍，金小川喊肚子饿，向北红给他下了一碗面条，吃罢，向北红脱下身上的"正宗"绿军装给金小川穿，说她穿已经绷得很紧，金小川穿上肯定合身。金小川说那是你发胖了，眼睛朝向北红只穿着运动衫的高耸优美的胸脯望去，说这个部位好像电影上的外国人。向北红脸立刻涨得通红，说今天的电影真是看不得，金小川问："为什么？"向北红说："你想想里面的镜头就知道为什么。"金小川又问"到底什么镜头？"向北红穿着运动衫走向金小川，把嘴一翘，说就是西方国家的那种镜头。金小川一面回忆电影情节，米哈伊与安娜拥抱接吻，一面闻到向北红身上诱人的香气，再也坚持不住了，一把抱住向北红热吻，向北红内心又甜又臊，半推半就，说这电影看不得，看不得……两人的骨头已经酥了。《多瑙河之波》把他们两人的"红色情话"推向了一个新的里程。

但是，向北红和金小川没有想到，他们如痴如醉地沉浸在爱河之中的时候，窗外正有一双眼睛注视着他们，这双眼睛追逐金小川已长达两个月了。她喜欢金小川，此时她再也忍耐不住，猛地推门进来，她认为此时恰到好处，当场冲散他们的激情，制止他们发展到佳处。进得门后，她说："看来无论是第三世界国家人民，还是美帝国主义的人民，表达男女之间感情的最后方式是一致的，那就是上床，实在对不起，我打扰了你们，不过你们没有选准地方，比如河边、山坡上，你们忽略了我也是这间屋子的主人之一。"

向北红一时羞愧难当，说："我们还没有做那些事。"

推门进来的这个女青年叫曲凌云，是省军区一位首长的千金，她笑着问："什么事？当然没有，若有，我就要倒霉了，你们不必紧张。"

金小川觉得曲凌云幽默而宽容。向北红甚至还有点感谢曲凌云回来得及时，制止了他们。

曲凌云说："我很希望我们三个谁也不要把今天的事情说出去。"

向北红和金小川感激得一时不知说什么好。从此，金小川对曲凌云有了深刻的印象。

曲凌云与向北红同在一个军工厂的"女子青工连"，这个连是培训刚进厂的青年女工的一个临时机构。优秀人才将分配到军工厂的重点车间科室，特别优秀的将作为"工农兵学员"保送上大学。男青工与女青工分开是老同志的建议，他们认为这样做有利于青年们集中精力，有利于青年们思想改造。

这一批男女青年大多数是省、州、市领导和省军区首长的子弟。20 世纪 70 年代初，国防大三线军工厂企业是"根子正、出身好"的青年的理想去处，打起背包、远离城市，走进深山峡谷使青年们无比自豪。

曲凌云不愧为高干子弟，从小受着良好的家庭教育，从小灌输的就是"为人民谋利益"的公仆思想，走进她家大门，一条醒目的字幅映入眼帘："我们的共产党和共产党领导的八路军、新四军是革命队伍，我们这个队伍完全是为着解放人民的，是彻底地为人民的利益工作的。"她在这个家里进出了十八年，也看了十八年。因此曲凌云待人诚恳而热情，对待困难既有勇气去克服，也会使用智慧，看问题常常带有一点马克思列宁主义的辩证思想。在那天晚上的"吃馒头"问题上，曲凌云就表达了与向北红截然不同的看法，并赢得了老工人同志们的支持。

事情是这样的，有一天半夜两点，厂里派出拉钢筋、水泥搞基建的汽车队浩浩荡荡开回厂了，天气预报说，黎明将有大雨，为了防止车上的水泥等建材遭受雨淋，厂党委决定，全体男女青年立即投入卸车，打一场没有硝烟的夜战。厂里的广播喇叭响了，唱起高亢的革命歌曲"工人阶级硬骨头，跟着毛泽东我们向前走"和"东风吹，战鼓擂，现在世界上究竟谁怕谁"。广播又喊又唱，大家都立即起了床，参加扛水泥的战斗，一万多包水泥，一百吨钢材慢慢挪进厂房仓库。这一夜，几乎所有职工听到广播喇叭的声音都自觉地来了，没有一个是为了"挣奖金"才来的。干到天亮，彼此竟认不出对方——大家脸上都沾满了水泥灰，但大伙互相看看，露出白牙，笑得畅快爽朗。这时，食堂送来一车馒头，慰劳大家，当大家正准备蜂拥而上抢来吃的时候，向北红勇敢地站出来说："国家现在这么困难，粮食这么紧张，我们怎么忍心大肆挥霍，一个馒头三分钱，一个人吃三个就将近一毛钱，我们一共有两千多人，这笔费用惊人。"曲凌云却坚决主张大伙吃馒头，身体是革命的本钱，皮之不存，毛将焉附？这些来自祖国四面八方的大三线建设者，是国家的宝贵财富，是最优秀的人才，应该爱护他们。当她们争论不休的时候，厂委会主任——一位参加过百团大战和南征北战的山东南下老干部，艰难地爬上一辆解放牌汽车，声音颤颤地对大家说："同志们，你们都是祖国的好儿女。我给大家透露一个消息，厂部特地从四川联系到一卡车面粉和大米，还从湖南买到一车咸鱼和腊肉，在我们这个三线军工厂的创业中，你们都辛苦了，今天就放开吃吧，有馒头，有糯米饭，大伙任选，吃饱了，去洗个澡，后勤科为大家准备了热水，明天还有许多革命工作等着大伙干。我以厂部的名义命令同志们完成这个任务——吃馒头。"

大伙流着泪冲上前去，抢着吃，这一顿，金小川吃了一斤二两糯米饭，向北红吃了六个馒头，曲凌云吃了四个馒头，有人做了记录，吃得最多的是一个转业大兵，一口气吃了十个馒头，这馒头二两一个，保质保量，绝不缺斤少两。

女子青工连的姑娘们吃得苦，娇生惯养似乎与她们无缘。每天天还没亮，带队干部老徐一声哨响，姑娘们就从床上爬起来，似消防队员般穿衣、洗漱，寒冬腊月亦如此。谁都以第一个到达楼前站队为荣。

连续三天，曲凌云抢了第一，受到带队干部老徐的表扬，但同一个宿舍的向北红发现了其中的秘密，她在周末的班组总结会上大胆地揭发了曲凌云是每天不刷牙才得第一的，这是弄虚作假。

劳动节来临之际，男女青工连分别都出了黑板报，曲凌云的一首诗引起了轰动效应："下雨当流汗，刮风当电扇，活着拼命干，死了也心甘。"青年们周末学习时，有人指出这首诗写得太好，肯定是抄报纸上的。向北红勇敢地站起来为曲凌云作证，说诗是曲凌云亲手创作的，她还说了头天晚上二人探讨诗里一个比喻的事。最后，男女青年们以热烈的掌声请曲凌云朗诵一遍这首诗。这个星光灿烂的晚上，向北红和曲凌云都激动、深情地说，毛主席领导的伟大的社会主义国家是这样的美好。

金小川成了向北红和曲凌云宿舍的常客，有时，连金小川自己也弄不清楚他是来找她们之中哪一个的，反正都是志同道合的同志。向北红不在的时候，他就同曲凌云说说话，曲凌云不在的时候，他就同向北红谈谈心。向北红曾当着两个人表示："今后我们三人团结得像一个人一样。"

有一天，向北红晚上开会去了，曲凌云为金小川冲了一杯白糖开水给他喝，这白糖是曲凌云从贵阳父母家里带来的，军区老干部每人节日供应一斤，她父亲可能想办法又多买到一斤。金小川喝了一口，甜在心里，无比感慨地说：不一般，真是不一般，老干部嘛。曲凌云再三叮嘱："这件事千万不能让向北红知道，因为现在世界上还有三分之二的人生活在水深火热之中，我们躲在这里喝白糖开水，太奢侈了，这像什么话。"

在这个简陋的单身宿舍，他们三个人谈论国际国内的大好形势。金小川给曲凌云讲了向北红这个名字的来历，这名字是她自己起的，她原先叫向静雅，她认为这名字太充满小资产阶级情调，经过考虑，联想到革命青年向往北京天安门的意义，便改名向北红。

一个星期天，曲凌云把金小川约到厂区背后一个盛开映山红的山坡上，说有一个绝密的事情告诉他，并且让他发誓绝不告诉向北红。曲凌云拿出一本已经发黄的《电影歌曲集》，让金小川教她唱那上面的歌曲。曲凌云说，我不识谱，只知道这些歌好听，原先在家里，从电唱机的唱片上听过。金小川一看，有《芦笙恋歌》《花儿为什么这样红》《九九艳阳天》《蝴蝶泉边》等，不禁毛骨悚然，这样的歌曲如何唱得。曲凌云说，正是因为公开唱不得，所以才保密。金小川照歌谱哼了几遍，确实觉得好听。不知不觉俩人唱得很投入。这以后，他们二人在映山红盛开的卧龙山上唱过好几回。

终于到了青工连将要解散的时候，这些男女青年们将要分配到不同的单位去，这时候，大家得到一个消息，曲凌云被推荐作为"工农兵学员"去北京外国语学院深造，专业为德语。听到这个消息，曲凌云极不情愿，哭得天昏地暗。

曲凌云坚决不去，带队干部老徐不得不给她做耐心细致的思想工作，列出了上大学的八大意义。向北红诚恳地劝导曲凌云应该去，说这是党的需要，说她具有良好的语言理解能力，学了更多的知识后可以更好地为人民服务。众多的嘴说出一个道理：上大学是革命的需要，没有文化的军队是愚蠢的军队，而愚蠢的军队是不能战胜敌人的。曲凌云终于被说动了，拿起背包，登上北去的列车。临行前的那个晚上，曲凌云、向北红、金小川难舍难分地畅谈了一夜，唱了一夜的革命歌曲，唱到《卖花姑娘》时，竟同当时看电影的全国人民一样，哭得死去活来。

曲凌云走后，一件预想不到的事情发生了，这件事给了向北红沉重打击，使她背上思想包袱，使她的精神几乎到了崩溃的边缘。有人告诉向北红，一位厂领导的儿子，厂保卫科干事白浩看上了向北红，许诺只要答应建立恋爱关系，就能分配到最理想的工作单位技术科，否则就要去基建科与泥瓦、水泥待在一起。红媒人的上门劝说证实这个传言是真的，父母很满意这门亲事，也向她施加压力，但倔强的向北红坚决不同意，她讨厌这个喜欢玩弄权术的白浩。

不幸的事随之降临了，一日，向北红同几个工人扛炸药包开山放炮，建造一个更隐蔽的山洞车间，头一炮响过之后，第二炮是哑炮，向北红和工人爬上山头，搬开石头，导火索又哧哧地燃了，在这千钧一发之际，她推开其他人，抱起炸药包向山的另一侧跑去，一声巨响，一股浓烟，她，溶化在大山里。从此，卧龙山上的杜鹃花丛中，立起第一座三线建设者的墓碑。

曲凌云远走高飞，向北红与世长辞，她死得英勇悲壮。金小川悲痛万分，睡不安寝，食不甘味，情绪低落，感到孤独。在这样孤独的心境中，全厂掀起了向向北红同志学习的新高潮，为了配合宣传，电影《英雄儿女》连放三天，全厂职工就连看了三天。"烽烟滚滚唱英雄，四面青山侧耳听。"不久，金小川病了。他卧床不起。身体虚弱的金小川三天三夜粒米未进，靠输葡萄糖供给生命所需的营养和热量。太阳出来的那一天，金小川闻到一股咸菜炒肉的香气，这香气是从一个护士的饭碗里飘来的，这不是天天护理自己的那个护士吗？她打针一点也不疼，晚上常来给他盖被子，他得到了如母亲一样的关心。虽然没说什么话，金小川觉得她很贤惠、善良，有同情心。更让他感动的是，这个护士好像看得见自己的心理活动，她主动说，你三天三夜没吃饭了，该吃点东西了，是不是想吃点稀饭，我带得多，给你端一碗来。果然她就送了一碗过来，金小川客气推辞了一下，就接了过来。吃完了，金小川想了很多有关世界上美好的事情，心情不那么沉重。后来，金小川打听到，这个护士叫白燕。他对白燕说，这些天来，多亏了你的照料。白燕笑一笑说，这是我们护士应尽的职责。两人就这么熟悉了，接触就多了起来。金小川出院后，白燕到他宿舍找过他，看见金小川床头桌上放那么多书，就夸赞他爱学习，追求上进。白燕还同金小川在厂区的小河边散过几回步。男女之间的友谊是会发展的，有一天，白燕把《钢铁是怎样炼成的》借去看，看了之后，对金小川说，保尔同冬妮亚相爱那一段写得很精彩，革命者也是有情的，说着就翻开书念，念着念着，脸就红了，脸红了，就不再念，放下书，你看我，我看你，有情有义。在这一天金小川才知道，白燕是白浩的妹妹。

金小川与白燕的事不知怎么就传到曲凌云的耳朵里去了，曲凌云气冲霄汉，她专程从北京赶来，给了金小川一耳光："向北红尸骨未寒，你就另寻新欢。"金小川捂住印有五个手印的脸流下了一行清泪。

又是一年的夏天，暴雨成灾，山洪暴发，大水冲进了五个车间，已经提拔为保卫科科长的白浩奉命带领由五十九个青年组成的"青年突击队"抢险，他们来到地势最低的十四车间，山洪已淹没了部分机床，青年突击队员淌水进去，用铁锤砸开应急排水口，这时候，他们发现人群中出现了一个女青年，白浩大吼："白燕，你来干什么？"白燕反问："我为什么就不能来？"说着加入抢险队伍，汇入人群。

山上传来虎吼般的狂叫，天上雷鸣电闪，地上洪水横流。天空像漏了一般，倾盆大雨倾泻而下。人们正干得手忙脚乱，最不幸的事发生了，强大的泥石流卷着数百吨泥石流滚下山来，山垮了，瞬间，一声巨响，泥石流冲进厂房，三个青年惨叫一声，顷刻被吞没，其中就有白燕。金小川见状，正欲冲过去，突然被一双有力的大手拽住，他回头一看，是白浩。白浩果断地命令："全体抢险队员立即撤离车间。"金小川大吼："放开我，让我救人。"白浩骂道："混蛋，冲过去你谁也救不了，等于白送死。"金小川挣脱白浩，又往前跑，白浩抓住他的衣服，将他拖到身后，拔出手枪，严厉地说："都快撤，谁不听指挥，我毙了他。"人群刚撤出去，这个小厂房就被彻底垮了。这时，又一股泥石流猛地从山上冲来，一块石头砸在白浩有腿上，他惨叫一声后倒下了，金小川急忙扶住他。从此白浩落下了残废，装上一条假腿。白燕和另两个青年，永远离开了他们所热爱的大三线。

两年后，曲凌云毕业回厂，回厂后的第二天，她就去了葬着向北红、白燕等一批建设者的卧龙山，在她们的墓前，献上了一大束摘来的映山红。在这里，她遇到了白浩和金小川，三个人各有各的心事，内心似乎有许多话要说，却又相对无言。

这一年，卧龙山上的映山红开得格外艳。

扎西德勒，雪域高原神圣的留言

雄冠世界的喜马拉雅，把中华民族的威严神秘，幻化成雪峰巍然的屹立大美。那顶天立地的气势，饱吮天地日月之灵气，广览亘古沧桑之况味，把一切人类的苦难与疾恶尽收眼底，又转化成吉祥安康的祝福灵验，雪岭峻峰，圣光闪耀，冰玉神山，熠熠生辉。喜马拉雅山脉，不仅仅是一座山脉。

青藏高原，用五彩经幡迎风飘荡的纯朴民风，昭示慰藉心灵的佛法施恩众生。法号声声，祥云飘飘。春去秋来，佛光朗照，经年累月，佛缘普度。一句"扎西德勒"处处回响，成为蓝天白云下金光闪闪的雪域高原撒向人间的神圣留言。

走上雪域高原，我时刻被震撼着，我的心一次又一次被感动，被抚慰。

扎西德勒，我不顾众人望而生畏的高原反应毅然决然登上喜马拉雅山脉。这是真正让人高山仰止的群山之巅，万山之首。这是傲视群峰挺立的世界屋脊，这是地球最高峰。

啊，喜马拉雅！你历经亘古洪荒，从亿万年前亚欧大陆板块剧烈的碰撞中横空崛起，你穿越时光的变幻莫测，在风起云涌的大千世界拔地而起。与其说是大自然的鬼斧神工，不如说是苍天早已设定的恩准。你自从诞生的时候开始，就把无穷无尽的神秘留在人世之间，不断创造中华文明的神奇与辉煌的等身高度，你托举着一个繁荣富强的东方大国让世界瞩目。"扎西德勒"，一定是你给中华大地的神圣留言。

灵性逼人的南迦巴瓦峰，在我千辛万苦的长途跋涉中出现在我的眼前，蔚蓝如宝石的天空之下，雪峰清净屹立，有白云腰间环绕，紫气升腾。当地藏民告诉我，一年365天里，至少有360天人们看不见他的尊容，他隐藏在云雾里。而当我来时，南迦巴瓦峰清晰可见。我此次来西藏，因是首次踏上青藏高原，怕有高原反应，没有选择世界第一高峰珠穆朗玛峰，采取循序渐进法则，首选第二大高峰南迦巴瓦。我选对了。缘，只结有缘人。

扎西德勒，我在布达拉宫依山就势的恢宏气势里，感受汉藏人民历久弥新的历史演进。

布达拉宫，是每个来西藏的旅人的打卡地，它傲立于整个拉萨城的最高处，雍容华贵，庄重宏阔。宫顶橙瓦镏金，殿堂参差迭累。绚丽多彩的经幡迎风飞舞。歇山式与攒尖式屋顶集汉藏建筑风格于一体。远远望去，蓝天、白云、红屋、白墙，依山逶迤的整个建筑群无言静立，默默诉说着千年历史的沧桑。布达拉宫是藏王松赞干布为远嫁西藏的唐朝文成公主而建的高原圣殿。站在宫殿的最高处，可远望整个拉萨城，纵横交错的小街，经幡飞舞的古道，从历史风云中映入眼帘，我仿佛看见美丽贤惠的文成公主进藏的车马人流气势磅礴，文臣武将、工匠艺人，成群结队，汉藏和亲的队伍浩浩荡荡。

最有意思的是驻足观瞻布达拉宫内的壁画与浮雕。七彩艳丽的绘影中，一个个历史传说、一个个佛教故事、一处处高原风光、一股股藏族风情，呼之欲出。唐卡壁画的内涵与外延精彩绝伦。行走在布达拉宫巧妙多变建筑里，仿佛行走在风云变化的汉藏历史隧道与梵音渺渺的佛教艺术的博物馆，中华各民族的团结和西藏自古以来就是祖国不可分割的一部分，铁证如山。

陪同我游览布达拉宫的藏族朋友卓玛丹珠告诉我，雪白的墙是用牛奶加雪山融化的雪水刷成的，我贴近白墙，果然嗅见奶香扑鼻，沁人心脾。

扎西德勒，我在大昭寺内内外外领略佛光普照的虔诚与机缘。我怀着无比的敬畏跟随藏族朋友走进大昭寺。金碧辉煌的殿堂庄严肃穆，千佛广聚，万神博汇。来这里朝拜的民众络绎不绝，许多信徒千里迢迢，从遥远的草原牧场，从高峻的雪山脚下，从散落天涯的乡村，从人迹罕至的山庄部落，一步一个等身长头，叩向心中的神殿，那种心比铁石坚的执着，令我目击垂泪。他们千里万里走向的终点就是大昭寺。人说，到了西藏，不来大昭寺，就等于白来。这话有道理。我是想方设法走进大昭寺的，能够如愿以偿，也是一种缘分。

扎西德勒，我驱车走过九曲十八弯来到雅鲁藏布江大峡谷，在这里仰望雪域高原的圣洁壮美。奔腾的雅鲁藏布江从冈底斯山脉、念青唐古拉山、喜马拉雅山脉的冰山巨岭吸纳涓涓细流，汇聚成河，奔涌成江。雅鲁藏布江，藏语意味深长地意为"冰山流出的雪水"。圣洁的雪水与远远近近烟云缥缈的雪山交相辉映，蜿蜒的清波把无数晶莹夺目的湖泊缀连在一起。江水所到之处，滋养相伴高原众多的野生动物，活泼的藏羚羊，善于攀缘的岩羊，成群的野驴，耐寒的牦牛，还有凶猛的黑熊，狡猾的苍狼。天空中，自由翱翔着勇猛的雄鹰。

雪水流过岁月，雕刻出古老藏家雄浑的历史，我在江水流过的土地上看见古朴沧桑的古格王朝遗迹，随处可见的碎石玛尼堆，历经风雨，旷世孤立。尽管人去楼空，我从残垣断壁的城池依然看见草原上的万马奔腾，听得见马背上粗犷剽悍的嘶吼。可以这样说，是雅鲁藏布江养育了多彩丰富的雪域高原。

扎西德勒，我在酥油茶飘香的石磊藏族民居感受滋养苍生的人间烟火。这是我来到西藏的第三天，我执意走进普通藏族村庄，怀揣敬佩与好奇打量藏族人家的习俗与风格，亲近社会与亲近自然同等妩媚。这是林芝的藏家小县，一间间由石头砌垒的房屋风中挺立，首先给人的感觉是坚固、自然。屋的周身是五彩缤纷的经幡，在蓝天白云下迎风飞舞。经当地藏族朋友介绍，我认识了一位叫曲央卓玛的姑娘，她带着我参观她充满特色的家。站在她家的小院，她指着就地取材的山石垒砌房屋说，这种房子叫碉房。我攀上碉房的小楼，惊叹于房屋的实用构造，楼分两层，底层为牦牛圈舍和贮藏室，二层为居住层，有堂屋、卧室、厨房；第三层是晒台。这种藏族民居外观像碉堡，故称为碉房。想必它的最初用途还包含防御。曲央卓玛的家里客厅的工艺橱柜里，放置着许多黄铜炊具，如煮奶茶的铜锅、烧开水的铜壶、洗脸的铜盆、盛饭用的铜瓢铜碗，都金光闪闪。藏族人喜欢艳丽的彩绘装饰，大红大绿，图案明快，金色的祥云，红色格桑花，蓝

色的天空，银白的雪山，藏族民居从外到内，浓墨重彩，鲜艳夺目。

心灵手巧的曲央卓玛姑娘，在我兴致勃勃观赏民居特色的时候，已经给我泡好一碗热腾腾的酥油茶，端到我面前。这是藏族同胞时常饮用的茶。酥油茶用奶油、砖茶、盐巴、鲜牦牛奶制成，浓香扑鼻。

扎西德勒，我站在雪域高原，耳鼓传来不同身份、不同职业的人们送来的声声祝愿，我被强劲的生命光波所震撼，这是我在西藏听到的最多的一句话，它的含义是吉祥如意！这是历经磨难、栉风沐雨的藏族同胞对朋友的美好祝愿，是回响在雪山、草地、殿宇、毡房、天空、大地的友善，是包容、豁达、真诚的气度，是安抚心灵的生命交响曲，是古老神奇的雪域高原给人世间的神圣留言。

我爱的朋友和爱我的朋友，扎西德勒！

壮哉，虎门

要塞虎门，凝练了民族苦难的愤懑，雄浑了血色斑斓的历史创伤，筑成了中华民族血肉长城的壮怀，在无数需要精神鼓励的时刻，激励着炎黄子孙。跟随一个风起云涌、阴云密布的早晨，我走近他，抬头仰视，已然触摸到一个悲壮民族不朽的魂魄。

我生怕惊醒那个模糊却又清晰的噩梦，放慢脚步，轻轻走在花岗岩石固磊的炮台，一门门黑洞洞、坚挺挺、硬邦邦的土炮，翘首苍天，雄视大海，似乎无声地诉说什么。这些壁垒森严的炮塔和战壕，历经风雨，喘息在岁月老旧的沧桑里。我的思绪没有尽头，我从贵州千里迢迢来到东莞，最想去的就是虎门。当我真正抚摸巨石修筑的军事工事，幽思在历史蜿蜒的道路上行走。我毫不隐讳地对人说，我感受到了民族承载的惊天地泣鬼神的创伤与心痛。于是，我尽情听到了历史传来的沉闷的惊雷。

静立在东莞一隅，虎门扼守在广东省东莞市西南、珠江口东岸。虎门的交通相当发达，水陆空三路无不畅通，通江达海。虎门人文历史悠久，从远古的新石器时代贝丘遗址，到近代的抗英战场，它经历了太多的潮起潮落。从抗日名将蒋光鼐居住的老屋，到血洒虎门的民主革命战士的执信纪念碑，虎门一贯正气浩然。从雄伟壮观的虎门大桥，到气势恢宏的海战博物馆，虎门肩扛着中国的历史和现实，打开一扇沉重而辉煌的大门。在来之前，我就曾多次想象驻足在 1997 年竣工的虎门广场。广场的一侧，用雕塑再现着一根折断的用来吸鸦片的巨大烟枪，看不见的强健的大手折断了耻辱，看到它，既让人振奋，又让人伤感。折断烟枪，咔嚓一声，犹如天地间的一声巨响，惊天动地在广场的上空。每当人们走过，那震撼的清脆，敲打无数无动于衷的麻木心灵。

虎门，分明是从硝烟弥漫的历史走向百废复兴的岁月之门。

来到虎门，最先进入我的视野的是头上顶戴花翎站在海岸边的民族英雄林则徐雕像。1838 年，时任湖广总督的清朝封疆大臣林则徐，被道光帝召唤入京，一连八日，道光帝天天召见，商谈禁烟，终于在 1838 年 12 月 31 日被任命为钦差大臣，一个不畏强敌的老人赴广东禁烟。

林则徐没有想到，此路如此艰难。身为钦差大臣，引起弛烟派和满洲贵族不满，但碍于道光帝的皇威，不敢公开反对，时时暗中作祟。

一身疲惫的林则徐翻山越岭，长途跋涉。1839 年 3 月，方才抵粤，钦差大臣受着九响礼炮之礼，所有广东高官员皆来迎接。美国商人威廉·亨德也在附近观礼，他第一次看见力主禁烟的林则徐，耸耸肩，摊开两手。他这样评价林则徐："气度庄重，表情相当严厉，身材肥胖，上唇浓密的黑短髭。"

一艘巨大的官船从广州起航，林则徐手捋着下巴长髯，精神矍铄地站立船头，身边是邓廷桢及广东海关监督豫坤。到达虎门，会同广东水师提督关天培验收鸦片。烟贩迫于压力，在沙角缴烟。美国及荷兰烟商承诺永不再贩鸦片，英国的义律却从中破坏，缴烟途中运走鸦片，又以各种理由拖延缴烟时间。林则徐将计就计，也延长封锁十三行的时间，义律无奈如数缴烟。扬眉吐气的 1839 年 5 月 12 日，民间缴烟完毕。

史册上标注着一组振奋人心的数据：拘捕吸毒者、烟贩 1600人，收缴烟膏 461526 两、烟枪 42741 杆、烟锅 212 口。1839 年 5月 18 日，烟贩缴烟完毕，共收鸦片烟 19187 箱，以及小袋装的2119 袋。1839 年 6 月 3 日，虎门销烟正式开始，波涛汹涌的虎门海边搭起了一座礼台，一面黄绫长幡在高高矗立的木杆上随风飘扬，男女老少都看清了，上书"钦差大臣奉旨查办广东海口事务大臣节制水陆各营总督部堂林"。销烟是公开的，时节乃是端午节将临，因此人们纷纷前往虎门浅滩。不少知趣的外商、领事、外国记者、传教士也来一睹壮观场面，都专程从澳门或其他地方前来，但唯独没有英国人，他们以抗议清廷对英国人财产施压拒绝参加。然而，躲在帷幕后面的他们已经胆战心惊。

"虎门销烟"是中国人民反对帝国主义疯狂掠夺的坚强行动，维护了中华民族的尊严和利益，是人类历史上旷古未有的敢于反抗的英勇壮举。"虎门销烟"也成了外国列强发动鸦片战争的导火索。

其实，几百年来，中华民族就一直在帝国主义列强虎视眈眈、弱肉强食的欺辱下挣扎，那血与火的洗礼却从来没有让勇敢的中国人低头。很快，"虎门销烟"的城池就成了血战敌寇的疆场。

中国人民拿起土枪土炮反抗外来侵略的战斗，已经燃起硝烟；炮台已经森严壁垒。

我气喘吁吁地登上虎门威远炮台。远望大海，历史的狼烟进入我的视野。1841 年，英军气势汹汹，早有预谋，英军舰队在伶仃洋靠珠江口海面依靠规模庞大的战船群，突然向第一道防线的大角炮台和沙角炮台发动了猛然攻击。广东水师提督关天培坐镇前线，坚决死守。这位年近六旬的老人关天培把自己的银钱拿出来补充军饷，还把自己数枚脱落的牙齿和几件衣服寄给家眷，表示誓与炮台共存亡的决心。花甲老人，如此豪气冲天。

英军炸断拦江铁链，攻占了横档岛与其他炮台，集中全力轰击关天培所在的靖远炮台。关天培负伤十余处尚亲自开炮射击敌军。英军向关天培发出最后通牒，令其放弃虎门各炮台，关天培不予理睬。傍晚时英军攻入炮台，两军肉搏，关天培持刀奋战被砍伤左臂，受伤十多处，后被枪弹击中，遍体鳞伤，口中仍然大呼杀敌。年轻的随从哭着拽他衣襟，请求一同撤走。关天培厉声拒绝，忽然，敌人又一发炮弹袭来，这位年逾六旬的老将不幸中弹牺牲，终以身殉国。

虽已身死，但这位老将双目紧闭，挺立不倒。英军见"关天培挺立如生，反骇而仆"，个个吓得目瞪口呆。

最后，守卫炮台的400多名将士，全部壮烈殉国。

然后英军调转船头，全力攻打威远炮台，潮州总兵李廷钰和守军浴血奋战，终因寡不敌众，伤亡惨重，被迫撤退。虎门失守。

100多年来，从虎门炮台里不断传出阵阵呻吟，伴着江涛与海浪。不错，这里是万里长江与南海的交汇处，声音传得很远，不同民族、不同肤色的人们都能听见，一个民族的心声，这声音苍劲而悠长。

我是男人，我喜欢这昂首苍天的大炮，它们威猛，它们雄壮，它们无所畏惧，它们所向披靡。一声怒吼，便排山倒海，山崩地裂。这就是血性男儿的家国情怀。

虎门，还是中华民族从屈辱落后走向繁荣富强的时代之门。

在改革开放和时代追梦脚步声里的虎门，以宽广的胸怀包容大千，这片古老而神奇的土地化茧为蝶。我和同行的作家朋友们执意走进虎门的黄河服装城。这里是中国南方最为繁华、最活跃的服装交易市场之一，身材较好的靓女，英俊潇洒的帅哥，成熟稳重的汉子，都来这里挑选自己中意的服饰，南来北往的客商，讨价还价，步履匆匆，用蛇皮袋在这里进货，运往五湖四海。整个商场四通八达，人声鼎沸。

来一趟虎门，竟让我如此刻骨铭心。

大千世界，风景万千，我独爱虎门！爱它的断壁残垣，爱它的弹道留痕，爱它怒目苍天，爱它热血沸腾，爱它的华丽服装，爱它的清静园林。这样想着，我又一次登上威远炮台的最高处，但见虎门大桥雄跨东江，桥上是车水马龙，桥下是奔腾的江水，它正以浩瀚的壮美与大海汇合。

虎门，涛声依旧。

天佑陇塬

莽莽陇塬，给人以极大的震撼，上苍似乎对这个大西北黄土高原上的这片土地情有独钟，把辽阔的壮美给了他，把亘古的传说给了他，把醇厚的民风给了他，把艺术的造化给了他，把沁人心脾的果香给了他。上苍用天之雨露滋滋浸润着它，用郎朗清风浇灌着它。这块土地，也落落大方地将自己取名为"天水"，一个多好的名字。

走进天水，是上苍给我安排的一次幸运的偶遇，是前世注定的佳缘邂逅。全国散文作家采风活动选择在金秋十月的天水举行，我很荣幸被邀请，前往这个梦寐以求的西北古城。

从来没有到过天水的我，对生疏的一切充满好奇。几十年来生活在南方的我，习惯了南山之苍翠，溪水之清粼，四季吹着柔软清风的峡谷青山。而当我双脚踏上苍凉的黄土地，那高原的壮美，那撕裂大地的壕沟，那浊浪奔腾的黄流，那高耸入云的白杨，以及刺槐树尖硕大的鸟窝，如同重锤击水，在我心灵深处激起金光四射的浪花。

入秋的天水，天高地阔。田野里的庄稼已经静待收获，金灿灿的玉米饱满沉甸，高粱扬起嫣红的米穗，山间的苹果红润压枝，房前屋后的柿子挂满枝条，一派充满希望的丰收景象。

我来迟了！这是我走进天水几天来的切肤感慨。不是吗？一来，我就听说了在 8000 年前就壮美生命奔涌流动的大地湾，一股跌宕起伏历史神韵从黄风飞扬的高天厚土里脱颖而出，这种大美的神秘无声地诉说着天水从古至今的丰厚的内涵。我带着无尽的好奇在这里驻足停留，久久凝视大地湾博物馆里那一件件人类制造、使用过的精美彩陶，一个个用兽骨打磨的针与棍，试图破解迄今尚未解开的神秘的谜团。

大地湾，这个天水市秦安县的僻远乡镇，如同一个巨大的问号，画在天地间，画在我的脑海里，大写在黄土高坡的土地上。真没想到，8000 年后的一缕阳光，装点了我温情的梦，照进了古人质朴的家园。沐浴这缕阳光，诗与梦在古老的家园里碰撞，同行的作家心灵激发出耀眼的火花，个个都想把这次幸运的邂逅化成文字，我禁不住想到一个玄妙的命题，天佑陇塬。

感慨万千！原先只从书本里知晓的远古传说，现今有了一次可以亲手抚摸的亲近。我站在伏羲庙，抬头仰望那位智慧加身的三皇之首、百王之先。敬爱的伏羲先祖，我第一次近距离打量你，亲切地仰望，血液已经在我周身循环，如同生动汉语词汇里描述的热血沸腾。伏羲，你这带领华夏先民开创易道智慧的创世英雄，以"一画开天，道启鸿蒙"肇启中华民族人文觉醒的先河。你静坐卦台山巅，慧觉浩宏宇宙之阴阳，点道间八卦之奥秘，醒悟人类生命之深邃。我细细品读你先导人类文明的种种功绩，你巧妙发明结绳为网，使人类脱离粗蛮的穷山恶水的猎捕。你告知子民"养六畜以充庖厨"，驯顺犬马，豢养禽兽，以防穷年困岁食不果腹。你尝百草始制九针，治疗先民瘟疫病痛。你招聚农人播种五谷，转向土地耕耘。你造屋庐，聚族群，使族群安居而乐业，让先民由山洞、地穴、草棚，转而栖居屋舍。你创以嫁娶之礼，遣媒妁，姻夫妇，联结人类男女的姻缘。你观天象，察地脉，用灵寿木为竿，以天干配甲子和七曜会聚之象，创造出伏羲历，华夏始有年月。你造琴瑟，乐奏华年，敬祭神灵。你翘首拟定以蛇为图徽，统一各部落信仰的龙的图腾。从此，历朝历代，华夏民族大仰"中国龙"，龙飞凤舞，威风凛凛。

件件文物都使得我敬佩得五体投地，真想叩一个如同藏族同胞朝圣路上的长头。我惊激慨叹：天佑陇塬！

我来迟了！到来之前，我根本不知道深山崖壁上四处散落着历朝历代塑造的艺术魂灵，一个水帘洞，身背一座山，山上有高峰摩崖的巨型浮雕，凿山洞窟里有精美泥塑，那凝固在时间里的精湛艺术，把无数敬慕的眼神引向陇塬的深处，把无数景仰的脚步呼唤至大西北的深山绿野。

我心急火燎到了我仰慕已久的麦积山。

麦积山，天之雨露经年累月浸润护佑的一块圣地，西秦岭余脉小陇山群中的一座孤峰。五代人撰写的《玉堂闲话》中形象地如是描述："麦积山者，北跨清渭，南渐两当，五百里冈峦，麦积处其半，崛起一石块，高百丈寻，望之团团，如民间积麦之状，故有此名。"

塞北的罡风，岁岁年年吹动昏沉的流沙，不断地掩埋历史深处鲜活的往事，而麦积山上的石窟却在坚强地抗拒掩埋，日日夜夜都在努力守护一枚执着的初心，无言地向世人诉说意志坚定的艺术工匠的才情，这让我感动。

领教过人世间冷眼横眉的我，见到眉慈面善的菩萨就有一种愿意亲近的安逸；饱尝了生活中人情冷暖的我，见到大慈大悲的佛祖就有一种释怀的温润。洞窟遥远，泥巴的塑像孑然独立，麦积山就是他们理想的安乐世界。每一尊佛像，都透出慈善怜悯的面容，眉宇明眸间透着脉脉的温情。每一个走过这里的男女都陡升向善的意念，每一个走进洞窟的区区凡人都心佩虔诚。

我去麦积山是秋日的一个早晨，东方欲晓，无数人正在睡梦之中，我悄摸起来，打听从天水市区到麦积山如何走法，有热心路人指点迷津，但指错了路，我辗转绕道三次车，行程六十余里，耗时两个钟头，始达麦积山景区。我迫不及待地攀上山间惊险凌空的栈道，走进一间间密如蜂房的石窟。阵阵热血憾心的惊悸在艺术感召下涌出，我曾经在甘肃敦煌的莫高窟惊叹飞天轻盈的彩绘壁画之绚丽，在山西大同的云冈石窟和河南洛阳的龙门石窟感叹石雕巨像的雄壮，眼前，我更赞叹麦积山石窟竟然隐藏了如此精美的泥塑造像之绝妙。

我来迟了，我已经无法遇见一代又一代的艺术家和工匠，他们前呼后拥，毅然决然，离开市井闹市，走进深山峡谷，用铁打的重锤和凿子，一锤一锤凿开洞窟，一捧一捧堆塑泥像，那是怎样的一种意志？怎样的一种情怀？我兴致盎然地细品慢读他们伟大的杰作。眼前的石窟叫上七佛阁，也称散花楼。凌空飞架于东崖三大佛上方最高处，是石窟中一座雍容典雅的殿堂，气势恢宏而壮观，工艺辉煌而夺彩。窟内巧塑一位大佛与八位菩萨。形神兼备，丰富多彩。佛与菩萨伫立神龛，四周帐幔，加以修饰浮雕，火焰、宝珠、鳞片及流苏，帷幕华彩瑰丽。龛与龛之间造石胎泥塑金刚力士两尊，身体健壮，肌肉发达，骨骼强悍，气宇轩昂，艺术创造之技术高超，称之为金刚力士中杰出之作，当之无愧。手执乐器的伎乐飞天，塑造于窟外上方的崖壁，衣裙飘然，举止灵动，动作轻盈优美地飞旋于鲜花与祥云之中。

我站在上七佛阁前，凭栏远眺，麦积山前广阔辽远，我将五彩缤纷的纸片撒向空中，片片纸纸屑如翩然纷飞的彩蝶，上下飞舞，纷纷扬扬，久久不落。难怪人们称上七佛阁为"散花楼"。据说，在此散花，佛将带给人们好运和祝福。

从麦积山下来，我余兴未尽地一口气走了天水好几个景点，去了羲皇故里，那个把人类文明的优美传说演绎得动人心魄的古老城池。去了大像山，那个黄土堆积的山岗，山岗上雕塑出巨大摩崖浮雕的险峰。去了女娲祠，崇拜瞻仰那个"炼五色石以补苍天，断鳌足以立四极，杀黑龙以济冀州，积芦灰以止淫水"的女娲先祖。很小的时候我就从中学课本上熟读过女娲娘娘，她英勇挺身，为救民众撑石补天，壮怀激烈；为护佑善民斩鳌断足，英勇果敢，这一次，我亲临女娲祠，又有新的启迪。一个古老的神话传说在眼前落地成近在咫尺的弥新。触手可及的亲近使我浑身的热血沸腾，难以平静。

是的，我舍不得离开天水。

一路走来，感受良多，震撼至极的落脚点，就是四个字：天佑陇塬。上苍似乎格外青睐地处大西北的一块宝地，天之雨露，滋滋浸润，一种动人心扉的大美，漫扬在天地恢宏的苍茫间。这绮丽的大美，媚魅山河，呼之欲出。

奥林匹克森林公园的花魂

猎猎西风铺天盖地，北方沃野衰草连天。

整整一个冬天，我在北京奥林匹克森林公园晨练漫步，成片高耸入云的白桦树疏枝横斜，黑褐色的杨槐林冷峻伫立，法国梧桐叶已落尽，老态龙钟的落地柏缄默无声，光鲜了春夏秋三季的银杏树一身无依，枝干裸露。凛冽朔风已经弥漫了公园的每一个角落。北京的冬天，气温常在零下 10℃ 左右，河面已经不再碧波荡漾，凝结着厚厚的冰层，如一面巨大的镜子，照映着空阔的世界。

天空与树木，构成一幅黑白色调的水墨山水画，仿佛人间已经洗尽铅华，一尘不染，没有各种虚张声势的张扬，没有华丽虚伪的伪装，有的是了无杂念的本性，显得纯朴与率真。

高天厚土，寒凝大地，四野尽显苍远圣洁的壮美。

冬天的奥林匹克森林公园似乎阅尽沧桑，呼应着伟人毛泽东一句精美的诗"寥廓江天万里霜"，从容大气地给美留白，这是中国水墨画高超的技法，公园的花卉草木却体现得淋漓尽致，也体现了高雅至尊的风格：大象无形，大音希声。

几十年来，我去走过神州大地许多名胜古迹，游历过五洲四海五光十色的自然风景，但我还是对奥林匹克森林公园情有独钟。它既不是沉积千年历史底蕴的遗存，也不是大自然鬼斧神工的天然造化，更不是跌宕起伏传奇故事中的古迹，它是具有远见卓识的北京人的人工创造，是寸土寸金的北京土地上建造起来的绿色屏障。

我艰难地登上奥林匹克森林公园北园的一座人造山峰，这是整个公园的最高峰，站在山顶，可以俯视远远近近的树林与草地，可以瞭望远处的奥林匹克塔和新修建的速滑体育馆。我的思想在呼啸的朔风中自由飘荡。

触景生情，我猛然想起刚刚走过的那片杨树林，那是我为某唱歌 App《大森林的早晨》拍摄背景照片的取景地。早春二月，树下的各色野花竞相开放，最气势磅礴的是黄色野菊，大片大片紧紧相连，云彩一般蔓延到每一个山坡。青春的女儿却喜欢开紫色花的马兰草，说这种花温馨而浪漫，生命力极强。

生长在奥林匹克森林公园的野花，美得纯粹，美得直截了当。这些花没有生长在百年古镇老街，因此没有世俗的纷扰。这些花没有生长在精雕细琢的园林，因此也没有作陪衬点缀的重压，她们野地里生，野地里长，自由自在，桀骜不驯。

绿水青山的伟力不断造就着异彩纷呈的不同景观，我看过这里春花的娇艳、夏花的繁盛、秋花的烂漫。不远处有一片叫作"花田野趣"的土地，花匠们每年都精心种植向日葵。太阳下盛开的季节，遍地金黄，绵延天边。每天有成群结队的男女老少来此留影。在一处叫生态廊道桥的景区，花工们种植了五颜六色的郁金香、非洲菊、红蔷薇、玫瑰花、杜鹃花，妩媚诱人。最壮观的是山坡上大片大片的桃花、梨花、樱花，如火似霞，姹紫嫣红。

我坚信，眼前的冻土下躲藏着倔强的花魂，她们在清冷的时节酝酿盛开与绽放，枯草中隐藏着种子，冻土下孕育着生命，花之魂在沉默中等待，等待一次激情的爆发与豪气的张扬，一旦春风吹拂，就身披斑斓华衣从林间草地的各个角落旖旎而出，含苞怒放。现在，凛冽的寒风中，一场惊天动地的花事正在冻土下强劲地筹备，一场万紫千红的盛会正在逼近。

春天里我常去的地方依然是北京奥林匹克森林公园，天天早起去那里散步，我像一个如痴如醉的恋人，日日走近她，与她如漆似胶地亲近。我每年要在女儿家住半年，女儿的家在北京，就在离奥林匹克森林公园不远的小区。出门有一条清河，沿河前行，我的脚步自然走向这样一个轻悠的地方，鸟儿呼唤，花儿前呼后拥，她们让我快乐着。

奥林匹克森林公园是有魂的，勾魂的是美丽的鲜花。

诱人的繁花，绮丽而生动，有魂就有灵动。每一片森林，每一片草地，每一园鲜花，都像在讲述世间万物的自然生存法则，我敬畏每一个天佑的植物生命。

我每天都来奥林匹克森林公园散步，我迈着轻轻的脚步慢慢前进，贪婪地呼吸着这里的新鲜空气，这里有我喜欢的意境。只要举起相机，不用刻意挑选，随处就是一个花卉草木自然搭配的美景。从全国各地移栽的灌木乔木已经适应北京，茁壮生长。公园里古木参天，青藤攀岩，芦花洁白，枫叶红艳，湖水碧澄，深潭清澈。原来生长在青藏高原的格桑花也在这里试种成功。出淤泥而不染的荷花品种多样，莲叶接天，芙蓉出水，在深深浅浅的湖塘里亭亭玉立。

城市中的花园，雄浑中透出秀丽，宁静中透出灵动，繁茂中透出单纯，简单中透出奇趣。

"天载其苍，地履其黄，纵有千古，横有八荒。前途似海，来日方长。"这是清末学者梁启超的诗句，经他一说，我猛然觉得，我在寒冬的奥林匹克森林公园遥想山花烂漫的时节，赏景与思春，获得的是双重的美。

如此想着，我走在原野上的步子更加坚定有力。也巧，从西伯利亚飘来的雪花已经漫天飘飞，林间、草地、河畔、小路，银装素裹。纷纷扬扬的雪花，仿佛与可望而不可即的花魂一起飞舞。

　　每个人用不同的眼光看到的是不同的风景。眼前冻土下的浩荡花魂，在凛冽朔风中，正以无限的能量积蓄和怒放初心，默默迎接着又一个春天的烂漫。

壮怀激烈长歌行

云贵高原灿烂而丰硕的秋天，铺垫了一路梦幻般的追求。

我在这个迷人的金秋十月踏上了重走长征路的旅程。连着两个夕阳西下的黄昏，我看见了贵州高原极少的风景，一轮火红的太阳正从西边群山深处落下，把远远近近的千山万壑染成苍茫的暮色。伟人毛泽东在长征途中写下的豪迈诗篇《忆秦娥·娄山关》中的两句诗出现在眼前："苍山如海，残阳如血。"同行的战友用像素极高的相机拍下了这难得的风景。

重走长征路，让我领略到一种凛然于天地之间的豪气。

壮怀激烈长歌行，厚重的色块让我听到了回响在辽远时空的经久不息的天籁。

在纪念中国工农红军长征胜利 80 周年之际，我参加了由都匀军供站组织的"黔南州军队及军工保障企事业单位重走长征路活动"。一路艰苦的跋涉，我们首先到达了黎平，在这里，我屏住呼吸，感受红军艰苦卓绝的脚步。长征气吞山河的浩然正气在心中升腾。

长征途中，中央红军血战湘江，突破了敌人第四道封锁线，疲惫地在湖南通道县芙蓉镇召开了一次紧急军事会议，讨论进军问题。会上毛泽东审时度势，有理有据地分析军情，1934 年 12 月 15 日，中央红军占领黎平。1934 年 12 月 18 日，党中央政治局在黎平召开会议。主持会议的周恩来提出采纳毛泽东的意见，建议放弃去湘西与红二、六军团会合的原定计划，改向敌人力量薄弱的贵州前进，张闻天、王稼祥等许多领导人赞同，支持毛泽东的正确意见，决定改走贵州。黎平会议通过了《中央政治局关于战略方针之决定》，避免了陷入重围的危险，使红军争取了主动。黎平会议是长征以来具有决定意义战略转变的关键，为遵义会议的召开作了重要的准备。

壮怀激烈长歌行。黎平，第一次见证了中国工农红军伟大转折的开始，我听到的是一种慷慨悲壮的声音。一切都离不开正确思想的指导，而正确的思想源于胸襟坦荡的人。中央红军在会议的决议和新的军事战略部署下，势如破竹，直驱入黔，痛歼顽敌，攻克黄平。

我跟随红军的脚步，来到黄平。当地的工作人员把我带到一个外国传教士遗留的天主教堂。早先到达这里的红六军团司令部就设在这里。一天晚上红军得到一张近 1 平方米的贵州省法文地图。由于无人认识外文，部队指挥员肖克就请在未到旧州之前的途中带来的传教士阿尔佛雷德·勃沙特翻译。在烛光下，勃沙特为肖克把地图上的山川、河流、村镇、城市标注成中文，这为红六军团转战贵州发挥了巨大作用。如今这张当年的贵州法文地图已陈列在中国人民革命军事博物馆里。一个月前，我以作家身份采访了正在这里拍摄电影故事片的潇湘电影集团有限公司青年导演孟奇，他给我介绍了这部影片的拍摄，影片将艺术地再现那段传奇般的历史。

当历史的迷雾被真实的清风吹开，往事还原成真相，我一阵阵惊悸。仿佛触摸到中华民族不屈不挠争自由、求解放的顽强的脉动。这个细节告诉我，任何事情的成功离不开他人的支持，要密切联系群众，善于团结一切可以团结的力量。

壮怀激烈长歌行，声声长吟，仰天长啸，这歌已然是一种苦难的辉映，清晰显现出四个字：艰苦卓绝！

雪皑皑，野茫茫，高原寒，炊断粮。红军爬雪山，过草地时，饿得吃草根、树皮，甚至自己的皮带。国民党军队围追堵截，血雨腥风，危机四伏。我含泪听到了这样的数据，在二万五千里的征途中，平均每三百米就有一名红军战士永远地倒下，然而向前的脚步从未停息，坚定的革命信仰让他们一路向死而生，走出绝境！

然而，我从毛泽东到达猴场后开始打草稿的《忆秦娥·娄山关》里，却听到了一种高亢的豪气。这是一群铁血男儿，他们从黎平走到猴场已经走了半个月，这半个月里，红军的领导人毫无疑问地在思考中国革命的何去何从，这半个月更加坚定了赞同支持毛泽东的信念，于是有了猴场会议，从而解决了军事指挥权和红军战略方向等一系列重大问题。猴场会议通过激烈的争论，再次否定李德、博古等人回头东进与红二、六军团会合的错误主张，提出《关于渡江后新的行动方针的决定》，基本结束了"三人团"对红军的军事指挥权，初步形成以毛泽东为核心的军事指挥中枢，为遵义会议的成功召开奠定了基础。猴场会议，成为遵义会议的前奏曲，这段时间也是中国革命伟大转折的前夜。

壮怀激烈长歌行。此刻，我作为都匀军供站组织重走长征路的一个成员，回望历史，触摸伤痕，思想又一次升华。二万五千里征程筚路蓝缕，漫漫长路披荆斩棘，我由衷地向人类世界绝无仅有的工农红军致敬。

啊，歌乐山

多么豪迈的名字，歌乐山！

我站在山下抬头凝望，风声鹤唳呼啸出壮怀之气。我乘车在屈曲盘旋的山路上攀登，眼里不见历史尘埃中的血红山岩，红岩已经被绿水青山覆盖，映出英勇志士霞光般的碧血丹心。

人们依然把这个地方叫作红岩！

来到重庆，我一连几天几夜激情奔腾，奔走寻觅，走进中国革命艰苦进程中的驿站，每一处都让我心潮澎湃。

山叫歌乐山，这是一支怎样的歌谣，我从歌乐山荡气回肠的乐章里分明听出民族的气节，听出人世间的百般滋味。悲壮的音乐在中华民族史上余音绕梁，让今天每个来到歌乐山的人唏嘘品味。

啊，歌乐山，你用映红历史山崖的红色歌谣，刷新热血民族对现代美学的认知，正如鲁迅先生高度提炼的悲怆呐喊："血卧中原肥劲草，寒凝大地发春华。"

此刻我已经行走在中国革命血雨腥风的路上，脚下是青葱翠绿，在这里，我走进山中一个被后人们称为"人间魔窟"的地方，这地方有个特别肮脏的名字，叫"渣滓洞"。青史清晰地记下这样的往事，几十年前，一辆吉普车在山间密林转悠，开车人是国民党军统总务处长沈醉，时间是抗日战争时期的 1943 年，那时国民党就处心积虑到处挑选监狱，最后精心选中隐蔽的渣滓洞作为关押政治犯的地方。这些被捕的革命人士原本关押在歌乐山的"香山别墅"白公馆，这里被改为中美合作所第三招待所后，所关押政治犯就必须迁移。几十年后，我来歌乐山的这天，阴云笼罩，灰色与白色相交的墙面就显得格外阴暗，渣滓洞看守所内外两院被我分辨出来，内院有一放风坝，设男牢女牢。我随着参观的人流走进去，一抬头看见内院墙上写着"青春一去不复还，细细想想""认明此时与此地，切莫执迷"等标语，监狱为审讯被关押人员所写的"洗脑"宣传语赫然在目。

我在渣滓洞周围的峻峭山间行走，看见这里地形的特殊，三面靠山，房前有一条峡谷，监狱高墙外有岗亭，机枪洞口密布，曾经，国民党军一个连在此驻守。监狱里的人插翅难逃。

徘徊在外院，我看到这里的办公室、刑讯室、牢房。牢房里惊现铁锁链、竹签、辣椒水、老虎凳等酷刑用具，十分凶残。面对残暴，一个叫叶挺的青年曾挥笔写下这样的话："人的躯体哪能由狗的洞子爬出！我只期待着，那一天——地下的烈火冲腾，把这活棺材和我一齐烧掉，我应该在烈火和热血中得到永生！"这是怎样的大义凛然和视死如归。就在新中国成立前后的日子里，许多被关押在渣滓洞的人惨遭国民党屠杀。

我来重庆已经多次，每一次我都要到渣滓洞和白公馆看一看。只因心中的一个念想。第一次是我在贵州黔南一个军工厂子弟学校当老师，暑假几个老师相约找一个地方度假，我们选择了重庆。第二次是我调到地方上的一个重点中学，那时也是假期，学校组织老师外出学习，我们到了重庆和三峡。第三次是我的一篇散文获奖，全国作家颁奖大会在重庆召开，其间有作家采风环节，我再次来到渣滓洞和白公馆，每一次都有新的认知。第二次来我写了散文《浩气长存红岩魂》，发表在《贵州广播电视报》

上。我还觉得有很多话没说，这次又提笔直抒胸臆，写了《啊，歌乐山》。

歌乐山，你不仅是一首悲歌，也是一首战歌。

我看见英勇无畏的共产党员在这里与残暴的国民党进行百折不挠的斗争。一部长篇小说《红岩》，把一个个鲜活的革命者跃然纸上，老练、机智的党的地下工作者许云峰，当叛徒甫志高带领特务突然出现，许云峰沉着掩护同志，自己被捕入狱。宁死不屈的江姐，面对敌人惨无人道的酷刑，对党的秘密守口如瓶，最后英勇就义。在狱中坚持办《挺进报》的革命者成岗，潜伏在狱中，多年装成疯子，忍饥挨饿，为被关押的革命者传递情报。艰苦卓绝的"疯老头"华子良，为革命者越狱作了巨大的贡献。善使双枪的华蓥山老游击队员双枪老太婆。小说中的艺术形象在这里一一还原成真实的血肉之躯，对应上真实的姓名，他们的丰功伟绩更加可歌可泣，令人敬仰。

歌乐山，你还是一首颂歌。

我在山中缓缓行进，脚步轻轻让自己思绪万千，从骨子里滋生出前所未有的从容与淡定。想到了英烈，想到了红岩，这是山城重庆的一个地名，我呼唤着这有温度的名字，似乎触摸到一股股的暖流，流经被鲜血染红的山岗。红色的意念把我的思绪牵引到一段红色的历史。最悲壮的莫过于一批革命者在新中国已经诞生的黎明前的牺牲，此刻，我的目光聚焦到白公馆牢中的那面五星红旗。就在新中国成立后的几天里，白公馆关押的黄显声将军从一份报纸上得知了新中国成立的消息，告诉了其他的难友，罗广斌、陈然等几人一起提议制作一面五星红旗。但他们没见过五星红旗，罗广斌有一床绣花被面，拿出来做红旗，贴在哪里他们并不知道，就用黄色草纸裁成五颗星，用吃的稀饭贴在被子的四个角，他们把五星红旗藏在破损的地板下，得以保存。离重庆解放还有 3 天，白公馆开始大屠杀，大部分人壮烈牺牲。

这面五星红旗已经成为不屈斗志与理想信念，分明昭示坚定的共产主义必胜的理想，这是何等的革命乐观主义，是催人泪下的革命者的颂歌。根据这个场景，文学艺术作品形象地将其升华为一首歌曲《绣红旗》，这是革命现实主义、革命浪漫主义与歌剧的结合，《江姐》已经成为艺术的经典。江姐的形象更加感人，1949 年 11 月 14 日，特务准备把江姐押赴歌乐山杀害。临刑前，她同赴难的李青林说："好想云儿。照片就在我身上，可惜，手被铐着，没法拿。给儿子留下了一封信。以后他会看见。"说罢走向刑场。

啊，歌乐山，我相信你深情的吟唱中，一定有这首歌动人的旋律。

走下歌乐山，我走进那座印着红岩地标的山城，在参差的街道，在高低错落的楼宇，我分辨出一条红色历史的主线。

以史为证，文化是一个城市蕴含的厚重，而红色文化是所有文化色彩中的一抹亮色。这次重庆的颁奖活动，组委会安排作家们参观位于歌乐山的红岩革命纪念馆，这是世界博物馆中为数不多的红色建筑，如烈火一般的颜色，点亮了所有参观者的眼睛。响亮的丹彤，渲染出新中国成立前夕的伟大斗争。红岩革命纪念馆陈列出中共中央南方局和八路军驻重庆办事处在抗日战争时期的工作史料。一张张照片呈现出周恩来、董必武、叶剑英、王若飞等老一辈革命家曾长期生活、战斗的生活。还用人们熟悉的珍贵照片，还原 1945 年毛泽东来到红岩参加重庆谈判。我沿着历史的脉络，走进创立《新华日报》的旧房和八路军办事处的红岩村，走进被人们称作"周公馆"的曾家岩 50 号，在这里我领略周恩来面对敌人的监视但仍从容不迫开展工作的胆识和气魄。我还走进桂园，这是毛泽东同志在重庆谈判期间办公会客的地方，是当年毛泽东、周恩来同国民党代表进行谈判和签订《双十协定》的地方。沿着筚路蓝缕的艰苦斗争，我领略到人世间感天动地的红岩精神。

几天的采风、多次的寻访，使我对人生和世界，有了一种刻骨铭心的顿悟。对那些走在黑暗的夜路上依然用双眼执着地寻找光芒的人，对那些身处逆境依然坚定信念、顽强抗争的人，油然而生敬意。

啊，歌乐山，和着你哀婉悲壮的音符，乘着新时代的摧枯拉朽的长风，我的情怀在燎原燃烧。

高寨时光

　　高寨的时光，明亮而缓慢地流淌在岁月的皱褶里。沿着陡峭的山崖，我和三位黔南作家驱车在蜿蜒曲折的山岭上攀登了两个小时。缓缓到达高寨时，恰好是正午的阳光洒满浩天，光波过滤出缤纷的五彩，远山绿意葱茏，四野丰收在望。画眉鸟唱着悠扬婉转的歌，飞过树梢，牛羊散漫地流浪在草地上。我们是从黔南州福泉市进入贵阳开阳县的，弯弯的山道，含蓄展示给我的是自然朴濯的原生态之美。

　　高寨，我们一身轻松地靠近你。

　　这是人与自然的和谐相处。

　　兴致盎然地寻觅于此的我，是为了窥视你的土地上曾经发生的红军突破乌江的壮举。在平寨村两委干部的带领下，顶着烈日，冒着酷暑，走在一条叫作顺延的河流岸边，我巧遇一位年过花甲的姓罗的老人，他说他的爷爷曾经见过那支头戴八角帽、身穿褴褛衣衫的军队，并亲自用木船载着骨瘦如柴的士兵过河。他说，他的爷爷后来才知道，这支军队叫"红军"。

　　衣衫褴褛的红军，让我想象红军当年艰苦卓绝的长征路。一块新落成的指示牌吸引了我的目光。移步上前细读牌上文字，它清晰地告诉我，这是"光中渡口"，红军曾经沿着险峻的河岸，在长达 10 里的顺延河段先后突破、渡江。在河的两岸，红军来来回回利用开阳的崇山峻岭牵制国民党敌军，与侯之旦的黔军发生过大大小小的战斗十多次，无法统计的数百红军指战员把热血洒在这片土地上。

这位苗族罗老伯深情地对我说，他的爷爷曾告诉他，红军进到寨子，从来不打扰乡亲。他们自己搭建茅草棚居住，挖野菜充饥，有时找村民买米，一定留下大洋，吃饭时，还把附近屋子里的乡亲喊来一起吃。他们讲革命道理，对人和气，很快就与村民们熟悉了。他们想到对岸去，老乡们就把沉入河里的船打捞出水，还给红军砍杉木，扎木筏，指引他们到河水缓慢的地段，告诉他们渡河的办法。水急浪大，红军打湿了衣服，老乡们燃起篝火，给红军烤衣服，跳起苗族舞蹈，驱寒冷。红军走的时候，当地父老乡亲都舍不得，也有苗家兄弟和布依族兄弟干脆加入红军，跟着他们去了不知道的远方。

高寨时光，弥漫着红色的记忆，我高兴地从乡政府在河边山路的标语中看到了光荣传统的延续——"长征是宣言书、长征是宣传队、长征是播种机"，这是毛泽东同志充满诗情画意的豪迈诗句，也是红军在开阳的高寨播下的革命的火种，是鼓舞人们走向幸福生活的力量的源泉。

我在高寨缓慢流淌的时光里，还嗅到了绿水青山的芬芳。我们二十几个作家采风的第二天，在高寨村两委干部的带领下，来到一个他们称作"百草园"的地方，眼前的美景让我们惊呼不已。表面一看只是一个生长着贵州山区特殊植物的花卉草木园，上百种贵州特色花草生长茂盛，在秋光里烂漫，方圆有几公里。他们巧妙地把种植农业与观光农业相结合，既有适用的农产品，也有供欣赏的园林美景。我看见，五里木架上，百香果如青龙飞舞，盘旋缠绕。从东南亚引进的蛇瓜细长倒挂。红茅草高大茁壮，在微风中飒飒作响，远望是红色的风暴，近看是巍峨的赤墙。我们情不自禁地上山，一路各种高大的树种直上云霄，真可谓"古木参天"。枫香树、女贞树、凤尾竹、马尾松各展风姿，樱桃、李子、枇杷、雪梨、水蜜桃等经果林成片结林，气势繁茂。

山路在我们脚下延伸，平寨社区两委的干部指着一株原产于东南亚的巨大"红豆树"对我们说，这是一位开阳绅士于一百多年前从广东回家乡时带来种植的，他在沿海做生意，发了财，不忘开阳家乡，后来辞官回乡，叶落归根，当年种下的红豆树如今郁郁葱葱。我在树下轻轻吟诵："红豆生南国，春来发几枝。愿君多采撷，此物最相思。"

俗话说：一方水土养一方人。在高寨乡，苗族同胞依托民间传统手工艺技术，建起了民俗博物馆，还请来知名手工艺人进行现场作业，把非物质文化遗产传承给山里山外。织布坊、蜡染坊、刺绣屋、酿酒窖、炒货店、豆腐坊、挂面坊，都展示出原始的生活画面，让外来宾客流连忘返，让乡亲们咀嚼出家乡文化的古朴厚重，增强了热爱家乡、建设家乡的信心。我们来到平寨民族小学，看见他们建立起了"民族传统展示馆"，请来熟悉民族技艺的老人做导师，成为"民族手工艺名师工作室"，校园一角，矗立起苗族先民用过的"高脚储米仓"。这是民族文化的血液，这血液已经流淌在小学生们的心脏里。

在我来到平寨的一个红霞满天的黄昏，当地干部安排我夜宿在他们新建的平寨客栈，推开西窗，是一个巨大的"斗牛场"，看台的墙上依稀可见"欢迎四海宾客参加高寨斗牛节"标语。干部们自豪地告诉我，这里刚刚举行过一场规模宏大的斗牛比赛。场面壮观，人山人海，牛气冲天，士气高昂。遗憾的是我来晚了，没有赶上。我接着询问了"牛打架"的趣事。每年农历正月初五、十五、二十五，在高寨乡平寨村小花苗聚集的地方，苗族同胞都会举办盛大的斗牛活动，每逢节日，都要祭祀牛王，还要跳芦笙舞、竹竿舞、板凳舞。高寨乡平寨村传统的苗族斗牛节历史悠久，青壮年男人争强好胜，喜欢比试武艺高低。为了避免两败俱伤，演绎成用牛相斗，以表现苗族文化的不屈不挠、奋力拼搏。

入夜了，一阵优美的妇女歌声响起，这是当地苗族同胞为欢迎远道而来的客人举行的篝火舞蹈，朋友们邀请我加入舞蹈的行列，我就这样与苗族妇女们手拉手、肩并肩，围着红红的篝火跳了起来。歌声阵阵，我知道，这是悠扬在一个高高的苗族之乡的优美旋律。

苗欢苗娅，苗欢苗娅，歌声伴着酒香在夜空里弥漫。

高寨的时光，如此轻盈。

大地问祖

古希腊神话里有一个精彩的故事，力大无比的巨人安泰俄斯是一个不可战胜的伟大英雄，他是大地女神盖亚和海神波塞冬的儿子，只要他保持与大地的接触，他就所向披靡，战无不胜。因为依靠大地，他就可以从母亲那里持续获取无限的力量。安泰俄斯的秘密终于被另一个英雄赫拉克勒斯发现了，他将安泰俄斯举到空中，让他无法从盖亚那里获取力量，最后把他杀死了。

我无比地敬仰的便是大地。驱车颠簸在黄土高原恢宏的坡塬上，很多游客昏昏欲睡，而我却毫无睡意，脑海里弥漫了又乱又杂的波诡云谲的历史风云。思绪奔驰得很远很远。

耀眼的光芒普照在辽阔的黄土高原，大西北苍远的天水秦安已是日上中天的晌午时分，来自全国各地的百名作家千里迢迢，慕名而来，去寻访敬仰已久的史迹遗存大地湾。

大地湾，一个气势磅礴的地名，一个包容宽广的乡域。

命运终于让我找到了一个直截了当亲近大地的机会，好梦成真。

这里是辽阔北方奔腾的黄土地，这里蜿蜒着激浪滚滚的黄河，这里仰卧着时光岁月里缄默的大地湾，准确地说，是天水市秦安县的一个乡。我知道，我们的祖先曾在这里繁衍生息，这里曾经是生命的摇篮，8000年前这里就有人类文明的脉动。用一个人们通用的辞藻来说，我们来，是寻根问祖。

走在大地湾蜿蜒的小路上，我仿佛走在一条闪着古老星光的古道，路一直通向原始人类生活的部落，我的双腿艰难走进我国新石器时代发现的最早的遗址。神奇的大地湾，比广为人知的河南渑池仰韶文化和陕西西安的半坡文化遗址还要早。这是8000年前人类文明的印记，刷新了一个令人惊喜的华夏文明的发现。

黄土高坡上，流淌着时间和风，层层土堆之下，埋藏着往日的鲜活，这里有大地湾曾经的生活场景，生动而鲜明，古老而凝重。

我小心翼翼跟随讲解员走进大地湾博物馆，走在风干焦黄的古人类活动的区域，看到他们住过的家园，用野草覆盖的简陋房屋；用过的生活器皿，用泥巴烧制的实用炊具。思想的潮水澎湃起来。

我想到了伏羲，这个汇集中华民族智慧的先皇，早先就在天水这块神圣的土地脱颖而出。中华民族的历史上因此出现人们拥戴的三皇之首，他是伏羲皇帝，也是百王之先。传说他与女娲为兄妹，二人靠采集、狩猎为生。长大成人，兄妹二人商量婚姻之事。用石磨相合占卜，卦台山滚出石磨，果然相合。兄妹成婚后繁衍了人类。有资料记载：伏羲根据天地万物的变化，发明创造了占卜八卦，创造文字，教会人们织网、捕鱼、狩猎，发明瑟乐，歌吟欢唱，从此大地有了悠扬抒情的歌声。伏羲毫无疑问是古代传说中的中华民族人文始祖，他出生在天水这块土地上，自然而然对大地湾文化产生影响。于是，我们看见了天水一脉多元素神文化的丰富多彩与磅礴浩荡。

汉语有句俗话：自从盘古开天地，三皇五帝到如今。古代传说中的三皇，一直说法不一，我比较倾向于伏羲、燧人、神农这三皇，黄帝、颛顼、帝喾、唐尧、虞舜为五帝。我赞叹生长在天水这块土地上的伏羲皇帝为三皇之首。

来到大地湾，深入研学远古的历史，我气喘吁吁走进一个历史的通道，对中华民族的繁衍生息的纵横经纬渐渐清晰。

人类，自古以来就喜爱群居。集群而居的环境，能够激发人的无限创造力，你看，在黄土高坡上的大地湾，一个个精美的土陶钵罐被制造出来。集群而居的环境，能够激发人的无限智慧。一件件灵巧的兽骨针椎被打磨成型。中国最原始的彩绘陶器就出自他们之手，还有圆底钵、三足钵、尖底瓶、口足鼎、平底釜、条形盘、深腹罐等陶器，形状多样，上面绘有变体鱼纹和鸟的花纹。最精美的是一件人头型器口彩陶瓶，这是中国较早的工艺雕塑。7000年前的工匠超乎寻常的制作，让我们一下子失去想象力，它实在是太绝妙了，又像人，又像神，又是生活器物，既有实用价值，又有艺术价值。说起这件镇馆之宝，当地的文友给我说起一个有趣的故事，那是1976年，当地一位农民张德禄在田间劳作，一镢头下去掘出个细长罐罐，这个泥巴烧成的罐罐很有趣，顶部有人头，像个女人，肚子圆圆的，有好看的花纹，他觉得稀奇，就带回了家。未曾想，几天后，家里两头猪莫名其妙地死了，他的母亲便埋怨他拿回来的这古怪东西给家里带来了晦气，要把它甩出去。碰巧他出门遇到村里公认的一个能人，那能人说，猪是得瘟病死的，与这个土罐子没关系，可以继续把它摆放在家里的柜子上。

大地湾遗址不久后被发现，省城来的考古人员听说这件事，用一个价值一块多钱的搪瓷脸盆换来了农民珍藏多年的罐罐。世间，才留下这件稀世之宝，也留下一段传奇佳话。

在大地湾博物馆，我仔细打量这件镇馆之宝：细泥红陶质地，丰满圆润的鼓腹，平底。瓶口塑人头像，刘海齐额，面庞清秀，五官美丽。陶瓶的腹部绘有黑彩花纹。说她像人，分明是一位端庄、典雅、古朴、大方的美女；说她像神，一下就接通了远古女娲的神话传说，女娲就是人首蛇身。远古之时，火烂焱而不灭，水浩洋而不息。猛兽食颛民，鸷鸟攫老弱。于是女娲炼五色石以补苍天，救人民于水火。这精美的塑造，与女娲形象如出一辙。

徜徉在大地湾博物馆，思绪随着出土的展品起伏跌宕，心灵如此震撼。

从一个泥陶出土文物，到伏羲与女娲的神话传说，他们从地区上来看，都在天水方圆百十公里的土地上。虚实相间，这一路行走，又累又兴奋，不断叠加着我对天水的兴趣。

大自然枯荣更替，时代风起云涌，我一直在想一个问题，为什么人类活动的环境随着时间的推移，变得越来越恶劣。从大地博物馆的资料发现，5万年前的大地湾，河流清澈，花草繁茂，土地肥沃，林木森森。山林里奔跑着黑熊、云豹、斑羚；天空中飞翔着血雉、山雀；河流里畅游着大鲵、鲤鱼。家园里的女人炊织，男人渔猎，生活井井有条，但是，秩序井然的社会还是无法逃脱被演变的历史和漫天飞舞的黄沙所淹没的命运。无数的欢乐与痛苦渐渐被埋入地下，无数的脚步已经走向远方。

对于历史，我们会随着考古的发现、知识的增长、阅历的丰富、理论的叠加，不断清晰明了。据专家说，大地湾的古人类活动遗址目前只发现发掘了1%多一点，那就是说还有更加精彩、更加辉煌的历史隐藏我们站立的脚下，潜伏在灿烂阳光抚慰下的大地湾的高天厚土之中。保护大地湾，我们责无旁贷。发掘大地湾，认识大地湾，是我殷殷的期待。

大地问祖，我们会对着这块崛起的大地扪心叩问，我们的一举一动，是否愧对祖先？

问祖大地，叩醒一个发人深省的命题！

我们从哪里来？到哪里去？

古屯堡，通往大明王朝的历史通道

石头层累的史书，轻轻被风雨翻动；古史之魂，隐约游荡在块块青石灰瓦的构建之间。石头修成的房屋，石头架起的石桥，石头铺就的大街小巷，老旧岁月的倩影尽在眼前。漫荡在天地间的沉沉诉说，深奥难懂，晦涩难析。古屯堡，是你在青石块块码放的安稳里，在石头建造的城墙碉楼间，凝固了一个王朝的过客往事，构成一个通往大明王朝的历史通道。

我看见，六百多年的风云变幻竟没有吞没你，六百年的烽火烈焰竟没有摧毁你。

你曾与古城墙遥相呼应，异曲同工。在古屯堡里，你很容易找到先辈们爱恨情仇的蛛丝马迹，很容易寻得聚居者何去何从的线索。我，向安顺深山里的神秘靠近。

辗转来到黔北安顺的天龙屯堡。尽管山路弯弯，路不好走，我还是摸索到一个历史的心跳脉动，到达这里时已经华灯初上。仿佛无边岁月的暗夜，掩盖了古屯堡原始屋舍苍老的面庞，只有额头深陷的皱纹般的小巷在昏黄的街灯下诉说着心事。无穷的想象与有趣的探寻在我今夜的梦中拉长。

三五成群的老奶奶们穿着古朴老旧的服装出现在古屯堡的晨曦中，与众不同的打扮分明显示出这是从历史深处走来的传奇。她们说着很不好懂的语言，跟她们交流要借助手势比画语言的含义，终于我弄明白了，她们这是要去走亲戚，身上穿的是古代的汉服。这汉服，早已被改良，融进了当地苗族与布依族的服装元素，别具一格。老奶奶们很自信地告诉我，她们的祖籍在南京，是大明皇帝朱元璋带着她们的祖先来到这里的，在追溯祖先来源时，奶奶们说祖先迁川时间源自洪武。

屯田戍边，安营扎寨。这八个字应该就是"屯堡"二字最精准的诠释，也是大明王朝皇帝朱元璋的光辉思想与治国方略。目光又被拉回明洪武年间，万千思绪都被拉回到600多年前的峥嵘岁月。给地主放牛的牧童朱元璋，家乡旱灾蝗灾不断，父母双亡，家境贫寒。为了糊口，朱元璋出家当和尚。在皇觉寺时，他听说红巾风暴席卷江淮，毅然决然脱下袈裟，弃佛从戎，投奔农民起义军的红巾军队伍。南北转战，脑子格外好用的朱元璋步步高升，娶了领袖郭子兴的义女为妻，渐渐扩大势力，掌握军权。一路勇猛厮杀，不久朱元璋的队伍攻克集庆（就是今江苏的南京），将其定为都城，霸气地把自己登基的年号定位洪武。洪大的武力，谁人敢侵？怪不得老奶奶们执意说自己的老家就在南京。

居安思危，为了江山社稷的牢不可破，朱元璋一面保家卫国，一面开疆拓土。把汉朝以来就有的"屯田戍边"发挥到极致，开国皇帝大手一挥，万千军民浩浩荡荡开赴遥远的夜郎古国。这一点，我从家乡黔南许多历史遗迹看出其中的破绽。黔南都匀的斗篷山，山高林密，荒无人烟。无意中与文友祥斌进入大山的深处，发现有石上刻有"洪武"字样，再细细一寻，乱石堆里依稀是留下的煮饭锅灶。栖息的石头屋舍。残垣断壁，不细看，根本辨认不清。寻访山中居民，有老者告知，曾经在这大山里靠杀猪为生，有时一天要宰6头肥猪，可见此地当时的人欢马叫。我琢磨着大山里何来此种热闹，可从何来，去向何处，联系安顺古屯堡 30 万大军一路迁徙，方恍然大悟。从南京到安顺，黔南是必经之地，都匀、贵定、平塘、独山，都发现石垒人居的遗迹。茫茫大山，人走楼空，空留神秘。

大明王朝的眼光是敏锐的，"屯田戍边"是兵家必争的交通要道。云贵交界的安顺，是云南进入贵州的咽喉，历代商人，前仆后继，开出这条经贸繁荣的茶马古道。这里，地平如川，土地肥沃。这里，四通八达。但是，这里是云贵少数民族聚居的地区，土司们时常对抗朝廷，举刀反叛，时常点起战火硝烟，总之，边关并不太平。"屯田戍边"势在必行。

于是，从江南出发，30 万大明王朝的军士，携妻带子，浩浩荡荡开赴边地。中国历史上出现了一次规模宏大的人口迁徙。

就地取材，安顺地区是典型的喀斯特地貌，大量的沉积岩构造为建造事物准备了一层又一层天然石板。战争中的建筑，追求坚固，防火，于是用石头构建的石屋、石道、石桥、石墙，拔地而起于新兴的荒野，兵士及家眷聚居，形成屯堡。曲径通幽，带有江南特色的屋舍也有军事防卫功能，瞭望孔、射击孔、信号传播孔俱全，俨然碉堡，屯堡二字概括了军用与民用的要义。

黔西北青山绿水环绕，深山峡谷纵横，苗族、布依族、侗族、水族、瑶族，彝族等少数民族大片居住于山歌悠扬的云贵高原，难得的坝子中的古屯堡俨然是茫茫绿海中的白色孤岛，封闭而独立。兵工学农商，油盐酱醋茶，从此，黔中大山深处，星罗棋布的石头堡垒间，回响起苏浙徽赣吴侬软语难改的乡音。

大明文化的遗风四处熏染着安顺古屯堡，细枝末节自然流露出江南生活的痕迹。红酥手，黄縢酒，满城春色宫墙柳。日子间的一招一式，是江南的做派。烟雨江南的油纸伞，苏皖美食松花糕，依旧滋养着生活在这里的大明军士的后裔。庭院儒雅，小窗玲珑，那黑白相间的徽派屋舍色调，是江浙的风韵。汉服样式的衣着，依旧顽强地存活在与世隔绝的古屯堡，现在的南京，高楼林立，大明王朝的服装早已成为博物馆里的文物，而这里，却是沿用至今的生活用品。安顺星罗棋布着大大小小的古屯堡几十处，每一处都是明朝文明的活化石。

古屯堡文明的光芒在纵横交错的大街小巷若隐若现。文臣武将，把聪慧的基因播撒在血脉的繁衍里。文的有朗朗书生凿壁偷光的勤奋，从古屯堡走出一代代秀才举人。武的有闻鸡起舞舞刀弄枪的晨练。我沿着弯弯曲曲的小街巷道，来到天龙屯堡的"演武堂"。

战时练兵，闲时演戏。"演武堂"名正言顺，有多少英武男儿从演武堂学得武功走上战场，我不得而知，绞尽脑汁寻访古屯堡居民，没有人能够告诉我在这里打过多少仗，而我能够知晓的是，曾经在这里上演的古戏包括《杨家将》《将相和》《五虎平南》。演古戏要戴面具，神有神的面具，仙有仙的面具，这叫傩。傩，一路从大明军中的武戏走来，唱英雄，颂豪杰。阳刚之气，昂扬在石头搭起的屯堡舞台，这高亢的唱腔，穿透了从大明以来600年的时空。

穿过历史烟云，我凝神聚心举目天地，在天龙屯堡古镇大门，醒目着一副对联：

滇喉屯甲源出洪武十四年，

黔中写兵流长华夏千秋史。

古屯堡，无疑是通往大明王朝的神秘通道。

归兰山，你在等待谁的归来

铜鼓响了！像嘚嘚的马蹄一般敲打在心上。猛抬头，是归兰山，是她！正用语言无法表达的眼神看着我，当我和她对视，彼此都像相识了三百年，难舍难分的离别之后再度重逢，那眼神，让我身心轻盈，放弃一切戒备与重负。

脚步却坚定地踏着艰难山路，几个钟头已经在云雾缥缈的山间公路上流过，走过一个天然石门，便进入一个叫作翁降的水族大寨。寨里男女老少倾巢出动，站在寨口。那石门，一面靠山，一面临崖，气势雄伟，居高临下，大有一夫当关，万夫莫开之势。妇女们就此摆开拦门酒，米酒的清香是从妇女们手中的牛角樽里荡漾出来的，歌声已经从云朵里飘来了，熟悉水家风俗的友人告诉我，这叫敬酒歌，不喝酒你是过不了关的。记住，千万不能用手碰牛角，不然那满满一牛角的酒就要你全部喝下去，友人提醒及时。我一仰头，喝下一大口，顿时觉得已在云里雾里，眼睛冒出金花。

进寨了，敲铜鼓的，原来是两个身穿水族青蓝色长衫的中年汉子。一旁还有牛皮木鼓手的相伴击打，节奏凝重而庄严，古朴得像误入古代的军营。好在陪伴我们采风的是归兰水族乡的一位性格开朗的中年妇女，她的笑脸美丽得像黔南高原上盛开的刺藜花。她告诉我，铜鼓是一公一母的。公的花纹凸出来，母的花纹凹进去。我弯腰细看，还真是这样。鼓声变得越发高亢。

猛然醒悟，已经是在归兰山的怀抱，忍不住仰望巍峨，依然是她无法用语言表达的眼神。

这眼神，像母亲一样温柔，像少妇一样从容，像祖母一样深沉，像少女一样炽热。

归兰山有许多让我着迷的神奇魅力，还有许多拨动我心扉的民风。

就这样，我疾步走进归兰山青葱翠绿的深处，来到基场翁降水族大寨。依然是那位丰姿绰约的中年女人告诉我，归兰水族乡是黔南布依族苗族自治州都匀市下辖的一个民族乡，位于都匀市东南面，于 2014 年批准成立，由奉合水族乡、阳和水族乡、基场水族乡 3 个少数民族乡撤并后建立，全乡 3 万多人，绝大多数为水族和苗族，兼有布依族、汉族，多个兄弟民族和谐共处。

哦，峡谷深深，怪石嶙峋的归兰山！飕飕的清冷山岚给人的感觉是幽深险峻，蓊郁葱茏。

缥缈白雾拂动了远山，野性便脱颖而出，我顿时醒悟，归兰山是目前还没有受到任何人为加工和蓄意破坏的自然原生态野山，托举出贵州喀斯特地貌原原本本的真实。

一阵银铃的叮当声从山坳里传来，清脆乐曲般的牵引，把我带进一户水族人家。一个身穿蜡染青蓝衣衫的水族老人，正在聚精会神打制一件银器，图案精美，一只凤凰已经呼之欲出，展翅欲飞。这是水族妇女结婚时戴在头上的银饰，头饰四周还有 17 颗银桃镶嵌，豪华雍容。女人迈开步子时，满是银子般的脆响。深山里居然会有如此的银匠手艺，我十分惊诧。得知这位银器工匠叫陈珍安，16 岁时开始跟着父亲学手艺，父亲又是跟着他的老太公学，一代传一代。他被清华大学、中国美术学院、北京服装学院聘为客座教授，带出了不少高徒，现在自己创业开店，向世界推介中国水族银饰。这间小木屋四周已经挂满银项圈、银手镯、银耳环、银吊坠及银摆件。一件件银器似乎都在讲述水家人的聪慧。

长期与外界隔绝的环境中，古老的翁降寨日子纯净、具体、实在，与大自然浑然一体，水族人逐渐形成了自给自足的生活方式。勤劳的水族妇女，把江南的织布技术带到山里，在男人上山下河渔猎之时，纺线织布。寨子里有染坊，小院飘荡着江水一样绿波荡漾的青蓝色，归兰山盛产蓝草，这是一种蓼科植物，茎七月开花，八月结子。水家人把蓝草叶放在陶土罐里发酵成蓝靛，再用独特的工艺浸染。一位年过七旬的老人，站上一个 300 公斤重的月亮形石滚，为我们展示了这种染布绝技。

慢慢地拨开迷雾，轻轻走在一个滚滚红尘淹没下的古老文明里，我看见一种没有污染的生命纯净。几百年来，翁降独特的山原生长出一种独特的文明。离翁降不远了，一座人形巨石矗立眼前，他的目光时刻注视着对面的巨大溶洞，目不转睛，情真意切。细看，那是一个满脸布满沧桑的老人，数百年前，他带着被官军追杀的义军从江西逃到归兰山，精疲力竭，忽见此地峡谷深深，土肥水美，就定居下来，他把家眷藏在对面山洞，过着桃花源一般清幽安闲的日子，他自己日日夜夜在此坚守。那是为了子孙，为了爱情，一种永恒的守望。归兰山的儿子，永守归兰。

翁降大寨倚着归兰山，一直躲在青绿山岭的背后，猛然间又有一种超凡脱俗的生活状态跃然眼前。这是一个碧波荡漾的水塘，如篮球场般大小，寨老来了，告诉我，水塘里生长着"保寨鱼"！几声"呜呜"呼唤，鱼来了！神奇得如入仙境，抬眼望时，吊脚楼鳞次栉比。同行的作家好奇，征得同意，用所带方便面投之，鱼们成群结队，游出水面，争相啄食，每一条至少有四五十斤。引来一片"啊、啊"之叹。寨老告诉我说："最大的有 80 多斤重，藏在水底。不轻易与生人见面。"塘是活水，引山泉灌溉，生生不息。塘里的鱼是精灵，没有人去捕捞，保护鱼已经成为人人遵守的寨规。说来也巧，寨子几百年来平平安安。有人说就是因为鱼的护佑，翁降把这里的鱼称作"保寨鱼"。寨老说，翁降有两口塘，这是母塘，还有一个公塘，在上边，相依相伴。这里的鱼居然有灵魂，讲述着翁降数百年来的文明。我猛然抬头，依然是归兰山的眼神！一种用语言无法表达的光亮！

奇迹出现在从翁降大寨回城的路上，陪伴我们采风的乡人大水族妇女，突然说我带你们去看一座山，山在远方，近处是一个古色古香的"观山亭"，顺着她的手指倾斜向上望去，我们惊呆了！眼前是一尊大佛，佛祖面容安详，虔诚地在黔南高原普度众生。

一阵朗朗的清风徐来，我心中轻轻呼了一声：哦，归兰山！

云上洛龙

渺渺云烟渐渐吞没了远山近水，像国画中的留白，洒脱地涂满唐宋遗风。我乘坐的中巴车穿云破雾，沿着盘山公路，一圈圈一层层地钻进恬静无声的云端，仡佬人生活的洛龙寨画卷徐徐展开，俨然是人间仙境，缥缈如同天宫，绝没有想到，洛龙仡佬与我相见是在云上。

洛龙是一个古老的少数民族小镇，位于遵义道真县的北部边陲，素有黔北门屏、贵州要塞之称。它自豪地微笑着与重庆市武隆县毗邻，炎炎夏日，饱受烈日酷暑煎熬的重庆人，浑身被烤得冒油，洛龙人听到了心里感到自豪的一句话："到贵州洛龙避暑。"于是无数来自火炉的脚步踏向道真，重庆人纳凉心切，步履匆匆，趋之若鹜。"洛龙""洛龙"，声声亲切，如唤亲人。

我对古镇有一种天然的好感，我是 20 世纪 50 年代末出生的，生下来后睁开眼睛第一眼就看见古民居。这次遵义道真县邀请作家深入仡佬村寨采风创作，我被分配到古镇洛龙那一组，心下思忖，"此乃天意"。于是，我与重庆朋友们就有了不同的想法，重庆朋友们一到洛龙，高声感叹的是：清凉爽快！我一到洛龙，暗自感叹的是：古朴亲切。道真县文联主席和镇党委书记接待我，把我带进一个古色古香的存在。我轻轻触摸一条大约 200 米长的布满沧桑的老街，地面的青石板折射出历史的青光。两侧静立仡佬民族风格的灰褐色木楼，门前空出一溜为过往行人遮风挡雨的廊道。两侧民居，炊烟袅袅，饭香菜美，婴儿在啼哭、少妇在哺乳、少女正绣花、老人手握烟管、满脚泥土的汉子荷锄而归，小商贩的叫卖声声入耳。每一处敞开的门窗都似乎在讲述日子的流淌和生活的安闲。

不知不觉就走到了一个让人流连忘返的仡佬小院，依然是一群谈笑风生的在此过日子的居民，看见我在照相、做笔记；看见我这里摸摸，那里看看，非常友好，主动同我攀谈。村里书记告诉我："这是吴家小院。"堂屋的宽敞、天井的通透、厢房的舒适、后院的通幽，古建筑构造的完备告诉我当年的主人吴氏的富足殷实。既然有小院，一定有大院，大院一定更加气派，遗憾的是，我来此时古老木楼大院正在修葺，只听到叮叮当当的敲打声。

我在洛龙古镇转悠，像是翻看一册已经变黄的史书，已经缺页、残损、模糊、生僻，因此越发小心翼翼。

我来采访的这天，天气不好，下着小雨，云遮雾障了洛龙，涂抹出朦胧与神秘。当我跟随镇党委书记的脚步来到仡佬人的古戏台，眼睛一亮，如同找到另一个历史的入口，急切走进去，看到的是两个晚清举人。一个姓丁，一个姓吴。一个为文举人，一个乃武举人。戏台里的吟哦，分明唱出洛龙历史深处的爱恨情仇。原来丁、吴两家也是命运多舛。

命运中的戏，已经咚咚锵锵地开场。

那是清朝时期，华夏大地，兵荒马乱，战火纷飞。洛龙地处遐野，远离朝廷，又是川黔交通要道，商贾云集。贩盐运烟、柴米油盐，马帮成群。丁家人聪明，开设商铺，发了；吴家人紧随其后，也发了。鸦片贸易兴隆起来，从两广贩到内地，丁吴两家便掌控了古马驿道。歇脚的商客哪里离得开享乐，烟馆出现了。兴旺的丁吴两家，都送子孙进城读书，又出了举人。皇上赐修戏台和祠堂，竖起举人的铁旗杆。途经洛龙的客商，有吃有喝，有玩有乐。

"战士军前半死生，美人帐下犹歌舞。"洛龙好清幽，好安逸。

丁家的豪宅店铺"恒生店"也拔地而起，生意兴隆。但是，好景不长，人生的戏，急转直下。丁氏家境破败，主人丁恒生将此店铺卖给巨富吴钥斋。那吴钥斋用生漆把豪宅漆成黑色，人们渐渐忘却了房子的真正名字"恒生店"，形象地将其唤作"黑房子"。

好戏还在后面。

吴钥斋富得流油之后，又添置了几处房产，就把这黑乎乎的老宅子租给一个从四川跑到洛龙避祸的商人钱俊德。钱俊德有一个貌美聪慧的妻子，人称"刘三孃"。女人那气质才叫高雅靓丽。吴钥斋看得挪不开眼睛，就亲热地叫那女人"刘三孃"，把两口子作为家中常客，盛情款待，"三孃啊，空了来家里耍哟。"刘三孃也是落落大方地答应："好。"吴钥斋又给落难的钱俊德安排活路，做了乡政府的司爷，相当于今天的秘书长。一来二去，吴钥斋就和刘三孃好上了，钱俊德只好忍气吞声，假装没有看见。图个有吃有喝也就算了。日子也就过得滋润，每天就和洛龙镇上的四川老乡喝酒、听戏、抽鸦片、打麻将。黑房子俨然成了达官贵人的娱乐会所。

我被黑房子里的情爱拨弄得神魂颠倒，想急急切切走近它，但我来晚了，"恒生店"已成为废墟。前不久，一个精神病患者放了一把火将它烧了，便只剩下一堆木炭、一片瓦砾。这实在令我痛心。

我又来到仡佬古戏台，空无一人，我似乎听见鼓点的黯然嘶哑。忍不住回望历史，琢磨云遮雾障的洛龙。

不管怎么说，富豪丁、吴两家祖先的眼光是对的。他们在硝烟弥漫的中华大地上找到一块安稳的土地，不惜耗费巨资修建了取名叫"画栋飞支"的深宅大院，邀来洛龙才子"江南春"为之题写匾额——"壁上生光"，修建并经营了黑房子，在史册上留下一抹艳丽。

不错，洛龙是一个人间天堂。我终于拨开历史的迷雾，品读今天的洛龙，依然看见天堂般的人间。那份凉爽自不必说，人间该享受到的美味就足以让人赞不绝口，人们用亮晶晶的眼睛发现了大塘土鸡。洛龙出产党参，是上好的滋补，用来炖本地土鸡，那味道绝美无比，有口皆碑。香气渐渐就飘荡在人的心里。

在我即将离开洛龙之时，汽车又一次穿云破雾，紧贴万丈绝壁攀登上了磨盘山顶。雾慢慢散去，我像是从历史走进现实。极目四望，悬崖壁立，峰峦巍峨，万木葱茏。奇怪，远山近岭为何泛出银白之色，镇党委书记告诉我，这是洛龙仡佬人种的万亩烤烟，这里的气候和土壤很适应栽种烤烟，还有冷凉蔬菜、茶叶和中药材，其中党参是最为著名的特产。现在洛龙镇鹰嘴村已经当之无愧地成为"贵州省现代农业烤烟示范区"。仡佬人因地制宜走致富路。

1400多年的历史，1400多米的地理海拔，我在采访中无意中发现了这两个数字在洛龙的巧妙重叠，如此的高度和深度，让仡佬人抓住了，他们正在开发旅游业，豪爽地捧出"三幺台"的盛大礼仪，一次筵席中，给客人敬茶一幺台，敬酒一幺台，敬饭一幺台。洛龙清凉，三次高潮，仡佬族姐妹的民歌却如火热情，你听，一位仡佬族小妹给你捧出酒和情歌：

苍天下雨又下霜，
情歌骑在马背上。
哥哥冷得浑身抖，
请到妹家烤火塘。
云里雾里的洛龙仡佬，爽朗缠绵的情梦纠结。我不忍离开。

卡伦湖，心灵栖息的圣湖

昨夜，窗外的雨一直未停。我的梦，也一直未停，梦里，雨滴打在芭蕉叶上，"嘀嗒嘀嗒"此起彼伏，芭蕉绿叶的倩影也越来越清新。

人，到了一定年龄，总是梦寻心灵栖息的圣地，总是梦想美轮美奂的自然环境，这梦，若隐若离，承载忧伤，回首往事，希冀未来。我知道，这种白日之梦可望而不可即，很大程度上命中注定，也就是人们充分相信的"缘"。我是恢复高考后的第一届大学生，学的就是汉语言文学，后来便参加工作，就是靠舞文弄墨吃饭，我这"文人"更加对"烟消日出不见人，欸乃一声山水绿"的意境情有独钟。虽无柳宗元那么的情志佳运，却在苦苦寻找时，无意中走进"卡伦湖景区"。当时情不自禁地惊呼：就是它，我神秘的梦境！

卡伦湖，是东北长春一隅的一个风光旖旎的自然区域，它静谧、安详、浩瀚、鲜活，各种苍翠的草木在小山曲径郁郁葱葱，缤纷鲜花在草地林间妖娆旖旎。一些古旧的老屋星星点点散布在四周，古朴而生人间烟火气息，现代化楼宇鹤立鸡群于秀木林间，干净整洁，商务往来及饮食功能给旅人提供便利。这次全国作家笔会，我来到位于吉林长春九台区卡伦镇南部的卡伦湖度假村。的士风驰电掣直奔卡伦湖度假村，下得车来，但见烟波浩渺五千亩水域，植被繁茂的一千三百六十万平方米陆地。天高地阔，鸟语花香。罗马石柱广场前的彩色喷泉喷出一种让人忘却一切烦恼的轻悠灵气。

徜徉湖畔，我心安然，一种新鲜感悟从心灵深处发出，我惊呼，卡伦湖啊，我心灵栖息的圣湖！

这个夏天怎么如此浪漫，收到位于长春的"卡伦湖全国诗歌散文小说征文大赛"的颁奖通知，我毅然决然来到长春，喜悦生出翅膀，早已飞到卡伦湖畔。

惊鸿一瞥，碧空壮阔。波光粼粼的湖水，清风拂面的绿野，当我站在卡伦湖古朴而现代的湖边罗马柱下，温婉舒坦的情致已经在心头弥漫。我与《卡伦湖文学》的主编梁冬梅第一次在这里相见，文墨相知，共舞天涯，无论相隔万里，字里行间的墨香意气成为伯乐与千里马的红线，我感谢这次大赛的评委在浩如烟海的数千篇征文里发现了我，让我有了一段美好的北上记忆。

青青子衿，悠悠我心。生活中有那么多说不清道不明的机缘巧合。

一席缠绵，围绕美丽的卡伦湖烂漫成花。红尘与东篱，出境与入境，用宽广的心绪笑迎太阳的东升西落，在落日的余晖里坐看人间苍茫。晚风起了，星斗满天，回到客栈，和衣而卧，望着窗外的星光，揽往事入怀，也是一种极美的享受。我们这个年纪的人记忆中最美的文化享受是看露天电影，那时我在贵州一个少数民族聚居小城的茫茫大山里，山里的军工厂几乎与世隔绝，文化生活相对贫乏，一个星期一次的露天电影让我们瞭望世界，军工厂的家属区中心建了灯光球场，放电影的师傅在篮球架旁的电线杆子上挂一块白色的银幕，球场中架两部放映机，天一黑电影就开始了。《冰山上的来客》《平原游击队》《青松岭》《英雄儿女》百看不厌的经典，让我们这些从小爱好文学艺术的孩子知道东北有个长春电影制片厂。今天我所在的卡伦湖就在长春，第二天我约了两个文友去长春电影制片厂参观。走进长春电影制片厂老旧的工作大楼，往事历历，许多生动的过往涌入心间。大山深处年轻的初恋，电影再现的时代印记，在电影博物馆的展陈画面与文物原件里朦胧显现，生命的进程随光影叠印，一步步翻开人生灿烂的诗篇。

我不是诗人，却在卡伦湖边诗兴大发，有了生活的情致，走向更远更辽阔的自然社会，以卡伦湖为大本营，我去探访长白山。南方人一提到东北，总会说白山黑水，白山当然是长白山。契丹和女真定鼎建辽金，把长白山视为发祥地，无数宝藏藏在那里，无数神秘的故事就隐在白雪皑皑的冰雪里，就躲在高耸入云的红松和白桦林里。长白山下的朝鲜族、满族、鄂伦春族、蒙古族的民族风情浓香诱人，这一切对久居大西南贵州的我太有吸引力。

出发，卡伦湖！一听这名字就不是汉语词汇，想起当地东北老乡告诉我的知识，"卡伦"是满语，也是邻近民族锡箔语，翻译成汉语就是"哨所"之意，可以想象当年的偏僻与邈远，眼前幻化出抵御外来强敌的烽火狼烟，这里曾有过匈奴、大汗、契丹、女贞、满族人、汉族人的错综复杂生活轨迹的精彩，从另一个侧面见证了这里是一个适宜人类生存的风水宝地。我饶有兴致找来长春地图，铺在地上，查找先人们激情守卫的"卡伦"。我发现，卡伦湖恰巧位于吉林与辽宁之间，历来是兵家必争之地。

我既敬佩当年守卫边关的民族英雄，也敬佩今天具有远见卓识的开发者，把一个遗落在青山绿水间的珍珠小心拾起，把它缀在靓丽的锦绣里，气质还原，熠熠生辉。情操陶冶于绿水青山的经营理念赋予卡伦湖清新的美学意义。有意思，我来到卡伦湖的第一天，朋友带我到卡伦湖的农家屋舍里吃饭，当然是东北农家特色的菜肴，大块的猪肉，红烧的鲤鱼，白菜是生的，葱是生的，蒜是生的，萝卜是生的，莴笋是生的，当地人嘎嘣嘎嘣蘸酱吃。南方人对这种吃法望而生畏。坐在我对面的一个身材魁梧的中年汉子吃得好香，一问，他正是我想见的卡伦湖的董事长王强。朋友介绍说，王强先生有着弘扬中华优秀传统文化的远大抱负，喜欢文学与艺术，在卡伦湖度假村拨出屋子，建立《卡伦湖文学》编辑部，每年都组织作家文学创作采风，把散文、诗歌、小说的创作活动推得风生水起。

颁奖笔会结束之后我回到贵州，夜深人静常常想起在卡伦湖畔住过的几个晚上，我疑惑不解，卡伦湖让我这饱经沧桑的一介书生如此魂牵梦萦，究竟有何等魔力？据说意念也是有能量的，就在昨天，我听说全国第二届卡伦湖文学作品征文大赛又将在长春的卡伦湖边举行，好友梁冬梅要我再写一篇新作，我心灵的愿望如同长了翅膀，文如泉涌。

啊，卡伦湖，我是来自遥远南方的文人，走近你，我在迥然于贵州风土人情的东北新鲜景色里行走，我走过瓜果飘香的农耕原野，我走过渔舟晚归的落霞湖边，原始自然的生活形态给我回归自然的轻松。我走过碧波荡漾的蓝色海湾，不，这是建设者艺术修养的神来之笔，湖边一隅修建了恩爱情侣摆拍婚纱照的月光海岸，巨轮远航，碧空蓝天，海风吹起美如天仙的情人的裙摆，爱意缠绵，欲望强盛，美已经沁入骨髓。

来到卡伦湖度假风情园，在园区林间别墅小住一些日子，身心轻松如云，感知返老还童。农人的菜地，诗人的沙龙，这里都不缺。精神与物质，散文与红薯，哲学与鱼虾，现代灯光与原始火把，这里都具备。古代先贤早就总结出"大隐隐于市"，卡伦湖就是文人墨客最好的选择。

卡伦湖，心灵栖息的圣湖！

诚恳的新余

　　诚恳一词，是用来写人的，词典上的解释是：真诚而恳切。我毫不犹豫地把它给了新余。

　　说实话，我最初对新余的印象并不好，十几年前我在军工厂工作，我厂一位职工的女儿大学毕业，学的是冶金，分配到新余钢铁厂，说是那个钢铁厂很大，占据了半个城，从此我就把烟囱林立、乌云滚滚同这座城市联系起来。前不久我参加"全国百名文艺家走进仙女湖暨《仙女湖》杂志创刊十周年活动"来到这个城市。这座小城以她独特的魅力彻底颠覆了我的观念，她内秀而不张扬，她质朴而不急躁，她稳重而不愚钝，她智慧而不圆滑，眼前看到的分明是一个美丽而诚恳的新余。

　　我来的时候是"万木霜天红烂漫"的深秋，欣喜地看见新余捧出自然、人文和历史文化的丰饶果实。我分明嗅到新余散发出的阵阵幽香。

　　采风的专车行驶在新余希望的田野，我看见一树树的金黄的蜜橘已经成熟，果实缀满枝头，连空气里也渗透橘的芬芳，它的甜美已经溢满农人的笑脸，也弥漫在中国蜜橘之乡新余的心头。车，穿行市郊，一群妇女在荡漾香风的文化广场上翩翩起舞。

　　车，开向我梦寐以求的一个所在，这是抱石公园。因著名画家傅抱石而得名。我对中国美术感知甚少，最初认知傅抱石是在中央电视台频道的《寻宝》栏目，一个村民收藏了一幅傅抱石先生的国画，卖到一千万元，于是我的心中留下了"一千万元"与"傅抱石"。这次有幸亲临傅抱石先生的家乡瞻仰，十分荣幸。了解一个名人的成长经历是最有趣的事情。著名画家傅抱石擅画山水，中年创"抱石皴"手法，笔致放逸，气势豪放，尤擅泉瀑雨雾之景；晚年多作大幅，气魄雄健。抗日战争胜利前夕，傅抱石以杜甫的乐府诗《丽人行》为题，创作了名作《丽人行》，徐悲鸿赞其画"此乃声色灵肉之大交响"，欣然题书："抱石先生近作愈恣肆奔放，浑茫浩瀚，造景益变化无极，人物尤文理密察，所谓炉火纯青者非耶？"徐悲鸿几句评价，给傅抱石带来更大名气。哲人说，机遇是为有准备的人准备的，引起全社会一致认可的，则是他与关山月 1959 年秋合作的巨幅山水画《江山如此多娇》。1959 年，新中国迎来成立十周年庆典，宏伟的人民大会堂在北京建筑落成。中央邀请全国各地著名画家来京，共商布景，题诗作画。周恩来总理给傅抱石出了一道试题，让他和关山月先生合作，以毛泽东词《沁园春·雪》为内容，合作一幅大画，就悬挂在从北门拾级而上的步入宴会厅必经之地的迎面开阔大墙上，周恩来总理亲自定下标题，叫《江山如此多娇》。命运，把机遇给了傅抱石。

江西是红色文化的大省，在现代民族解放和革命战争中出类拔萃，彪炳史册。著名的八一南昌起义、湘赣边界秋收起义、井冈山、瑞金革命根据地，萍乡安源路矿工人运动，妇孺皆知。我想，新余的红色文化一定也鲜艳夺目，这样想着，罗坊会议的红色印记进入我的视野。

车，驶进罗坊。在纪念馆进门墙上，我看见历史的风云滚滚而来。1930 年 10 月 25 至 30 日，为了决定红军的行动方向，粉碎敌人对中央苏区的第一次"围剿"，毛泽东同志在新余罗坊一家杂货店铺里主持召开了红一方面军总前委与江西行委的联席会议，史称"罗坊会议"。在罗坊，毛泽东作了"兴国调查"，提出中国革命必须走农村包围城市、武装夺取政权的道路；还提出"实事求是，一切从实际出发；密切联系群众，深入调查研究"的革命理论。

对于自己的历史，新余对我们这群客人娓娓道来，不紧不慢，不慌不忙。态度是那样诚恳。

我感叹傅抱石先生的家乡真如他的画卷一样美丽。"江山如此多娇，引无数英雄竞折腰。"人文与景致相得益彰。

这样想着，一个烟波浩渺的湖泊扑面而来，本地的文友告诉我，这是仙女湖！

登上游船，踏浪前行，整整一天，我们荡桨在碧波之上。这片水域如此辽阔，足有 400 个足球场那么大，我有理由相信，这就是七仙女下凡的地方。我知道中国有四大民间传说，孟姜女的传说、牛郎织女的传说、白蛇传的传说、梁山伯与祝英台的传说，新余拥有其一，实在是幸运。

仙女要下凡，当然要选择最美丽的地方，有山有水，有洞有林，还要有勤劳朴实的人，这一切，新余都已经为七仙女准备好了。

男女恋爱，总要让男人讨得女人喜欢，为之做好事可以赢得芳心。那个时代生产力低下，最好的方式是"拾金不昧"。七仙女来到这么美丽的湖边，当然要洗澡。这就把两者结合起来了，七仙女脱了衣服下湖洗澡，一阵风吹跑了衣服，被老实人牛郎捡到了，还给了赤裸裸的七仙女，两人一见钟情，彼此就喜欢上了。故事顺理成章。

两人结婚要有个家，那时的人类可以居住在洞穴，这一点新余也为她们准备好了，我很有兴致地来到"牛郎织女洞"，洞有三公里长，钟乳石琳琅满目，各具形态，多姿多彩，是典型的南方喀斯特地貌。说是牛郎织女的家，当然合情合理。走出洞穴，思绪从远古回到现实，再次感叹，这就是牛郎织女谈情说爱的地方。七仙女也是好有眼力，那么准确无误地发现新余，下凡到新余。

她们不仅发现一个美丽的新余，也发现一个善良的新余、诚恳的新余。

我来到新余市渝水区水北镇，在一片社会主义新农村的别墅前驻足，心灵同七仙女一样被震撼着，我看见熊家四兄弟的感人故事分明大写在天地之间，熊氏四兄弟创业致富后不忘乡亲。熊坑自然村以种植水稻和棉花为主，地势低洼，洪水肆虐，淹没农田，泛滥成灾，熊水华、熊九仔、熊水生和熊习生4位村民是熊坑自然村走出去的民营企业家，看见乡亲们受灾受苦，心如刀绞，他们捐资建起一片别墅，捐给乡亲；还发起设立养老基金，为8个自然村的110多名老人提供免费就餐，他们的善举感天动地，荣获新余市道德模范，荣登"中国好人榜"。

说起新余的诚恳与善良，不是空穴来风，我有亲身体会。在新余的这几天，每一个陪伴我的文友或政府官员都非常真诚，说话轻言细语，脸上挂着微笑，文联原主席李前晚上专门打来电话，询问我睡得好不好，吃得习不习惯；我知道一个城市的的士是一个城市的道德名片，刚到新余报到那天，我打的到报到的酒店，走了好远的路才六块钱，司机不乱收费，不宰外地客。

写到这里，我想告诉大家一个真实得让人怀疑的细节，我离开新余的那个晚上，偌大的新余火车站一楼候车厅空无一人，二楼候车厅等候几列火车的只有两个人。这恐怕是我到过的旅客最少的火车候车厅了，较之于人山人海的城市，我喜欢新余的清幽，起初我还担心人多拥挤赶不上车，文友李海球劝我不急不躁，上车方便得很，我还不相信。我也可以真诚地劝我的亲戚朋友，要是被滚滚红尘搅得心烦意乱，要是想寻得一个清静的地方歇歇脚，看看书，逛逛风景，就选择新余吧。

我提笔撰写此文，是想真诚地告诉我所有的朋友，赣西大地有一个诚恳的新余。

第二辑 踏遍青山

烟雨江口

  茫茫烟雨笼罩在江口，朦胧了喀斯特峡谷的淡泊与宁静，许许多多似真似梦的风景缥缈在美丽的意念中。云雾缭绕的远山，烟波浩渺的近水，亦如"犹抱琵琶半遮面"的秀女，让人总想接近，却又顾虑重重，心中那种毛焦火辣的欲望便在这烟雨中冲撞。

  江口，我是早已慕名，而今寻梦而来，但你却给了我悬念。我知道，你只是贵州铜仁市一个美丽的小县，你那一片梵天净土，仿佛苍穹下清朗辽阔的天籁，尽管雨天困难重重，我的心思已然迈向紫气盘桓的金顶，亲近擎天独立的蘑菇石；在云烟渺渺的天光之下，俯视人间烟火的千山万壑，倾听梵音袅娜的青翠山岗。

  烟雨中的江口，让我彻底明晰了她美轮美奂的魅力源泉，当我登上黄牯山，眺望水汽淋漓的小城，依稀看见大自然的偏心的恩赐，发源于梵净山峡谷深处的太平河、闵孝河、桃映河、车坝河贯通江口，于县城外汇成浩荡锦江，形成旖旎的水的雄姿。哦，江口，四江交汇之绝美圣地。

  黄牯山是梵净山的姊妹山，当地政府派来接我们采风的中巴车沿着九曲十八弯的山路开进去，空蒙的山色引来一车作家学者的阵阵嘘嘘，那叠嶂的重峦，奇险的峻岭，不断闪现在车窗前；

似乎永远望不到头的幽深古木，逶迤在连绵起伏的山山岭岭。飘洒在空中的洁净的雨露，使得原本葱茏的万木更加青翠欲滴。

于是，我坚信，烟雨不仅是江口的特质，也是江口的魂魄。

淅淅沥沥的雨依然在江口兢兢业业地下着，梵净山是上不去了，我们的车只好绕道。来到地落湖畔，那一池碧绿的翡翠，很容易让人想到苏轼的两句诗："水光潋滟晴方好，山色空蒙雨亦奇。"湖的四周山野，森林茂密，田畴纵横，正是春天，水田里的稻秧苗发出鹅黄的嫩芽，野蔷薇在刺藤里盛开了，猩红的花朵鲜艳夺目，漫香溢丽。林间的楠竹在风中摇曳着孔雀尾翼一般的新枝，白鹤、画眉、杜鹃、锦鸡在如此美丽的家园里亮出悠扬婉转的歌喉，呼朋引伴，倾吐爱情，大胆地爱。于是，我又坚信，烟雨不仅是江口的血肉，也是江口的气质。

在黄牯山的深处，我们拜访了一个村的青山人家，这个村叫封神墥。一个地处偏僻山坳的小山村，仿佛历史的一个入口，把我们带到神秘的远古世界。我们进村沿着弯弯曲曲的石板路攀登上全村的最高处，村主任舒高潮的妻子给我们端出了姜茶，两种食材完美配合，姜配茶，茶配姜。任何一种风俗饮食都与当地气候有关，山里太潮湿，生姜可以祛湿，茶水可以去火。于是我们吃着盐水淹过咸姜，品着红润的山茶，听老村主任讲古老的村庄封神墥。"墥"这个字不好认，问了好几个高学历的老师，都读不出来，眼前这位老人告诉我说，这个字读"dǒng"。这个村有68户人家，都是汉族，家家都姓舒。而这个村远远近近的山下邻居则是侗族、苗族、土家族。这种格局给山里的小村笼上了神秘的光环。老人的故事还在继续，民和镇龙兴村封神墥村落，始建于清代，是典型的同姓家族聚居的村落。房屋建筑呈台阶式布置，从低向高错落有致，从对面的山坡可以一览村寨全貌。传说姜子牙在岐山封了365位神仙，太上元始让子牙休养一段时日，他选择了幽静葱郁的江口，发现还有一些神没有封到，就在此筑台二次封神，至今这个村的山顶最高处还留有一块封神台。舒村主任告诉我，他的家族在这里生活了二十几辈了，祖祖辈辈都这么传说。

古村封神墰的非物质文化遗产丰富，"牯藏节"是龙兴村村落最大的祭祀活动，一般是七年一小祭，十三年一大祭。届时要杀一头牯子牛，跳芦笙舞，祭祀先人。食时邀亲朋共聚一堂，以求增进感情，家庭和睦。在龙兴村的封神墰，我们触摸的不是游人如织的热门景点，而是未经雕琢的原始古老村落，感受到的是一边喝红茶，一边吃姜片、葵花籽、土花生的质朴；是世外桃源般的"无案牍之劳形"的归隐恬静生活。

当我们走进云舍，那种感觉更加强烈。

不明白"云舍"二字的含义，我们询问带我们探寻江口的当地朋友，他告诉我说："云舍是地名，但也有含义，云指的是仙人，舍是居住的地方。"一席话更增添了神秘。

当我来到云舍的"中国土家第一村"，雨竟悄悄地停了。一个清秀如少妇的村庄从烟雨里走了出来，颇似徽派建筑的民居星罗棋布在眼前，白墙青瓦，淡雅朴茁，小桥流水，自由自在；村前的老水车、村里的造纸房、碾米的石磨、织布的机杼，都从模糊的烟雨里走向清晰，更像从历史的深处走出来，让无数的游人感到亲切，我们当然知道这是我们共同的祖先用过的器具。村姑来到河边洗菜，青菜、萝卜还沾着地里拔来的泥土。一间间店铺的门已经打开，店小二开始张罗买卖。

原来，烟雨江口既有云贵高原的雄浑，又有江南的秀丽。

这样的慨叹，并非一时一事的冲动妄下结论，作家们在领略了相邻的寨沙侗寨之后异口同声。

一座钢索木梯的吊桥，横空飞架在涛涛之上，河的对岸，侗家人巧手智慧地引碧水入寨，于是寨子里的小山因为一条绿水的滋润变得灵动起来，议事的鼓楼巍巍挺立在寨中央平平的坝子里，高耸入云的金丝楠木郁郁葱葱，浩瀚伟岸。侗家人金黄的木屋炊烟袅袅，一片祥和，不断有芦笙的袅袅余音从寨子里飞来，那一定是侗家人在吹响迎客的乐曲。我在如诗如画的侗家寨子里流连忘返。

当我走出寨沙侗寨，雨，又一往情深地下起来。多情的烟雨，只让我远观梵净山那气势雄伟的巍峨，心有灵犀一点通，我放眼望去，蜿蜒起伏的群山宛若一条巨大的青龙，穿云吐雾，腾跃在江口辽阔的云天下，我猛然想起，我居住的酒店就叫龙都大酒店，江口很多的地名都以"龙"字引领，气度不凡。啊，梵净山，你从四江汇合之口脱颖而出，你任凭山下风生水起，你自岿然不动，这是何等的磅礴与秀丽的完美结合；你给秀丽如江南的江口平添了一股雄浑的浩气，原来，你在用一种超乎语言世界的独特语言在诉说江口。

好一个烟雨朦胧的江口，好一个大气磅礴的江口！

日月明翠卧波上

"日月明翠卧波上，沙洲暗香折柳中。"

吟诵这两句诗的是 35 年前在龙潭宾馆下榻的一个老僧人。那夜月色昏黄，弯牙如钩。我参加 083 基地教育系统的一个研讨会，在龙潭宾馆入住，那时我在军工厂工作，家离城很远。晚风吹拂的时候，我独自一人来到当时叫作"海南岛"的河边散步，手持一卷《唐诗三百首》，品诗赏月，阅古思今。我突然听到脚步声，循声望去，是一个袈裟飘飘、胡须冉冉的老人，他见了我，热情地打招呼："这位年轻书生，老僧打扰你了。"我说："哪里，哪里。师傅吟得一首好诗。"老人微笑说："见笑，见笑。两句拙作是老僧随口偶得。"我更加敬佩了，说："师傅能否解释一下刚才那两句诗?"没有想到老人微笑着婉言谢绝："诗乃心语，只可意会，不可言传。"

"日月明翠卧波上，沙洲暗香折柳中。"我一直把这两句诗记在日记本上，也记在心里。不明何意，只觉得朦胧的美和似曾相识。

一晃 35 年过去了，谜底终于被揭开!

乙未羊年仲春，黔南人民盼望已久的南沙洲公园悄然问世，这座公园四面环水，是一座孤岛，因为地势不高，都匀人习惯称作"洲"。园内，小桥流水，古殿巍巍;奇石峥嵘，万木葱茏。既有江南水乡的秀丽，又有幽深历史的沧桑;既有民族地区的民风民俗，又有自然原野的勃勃生机。晨曦初露，翁妪垂髫，人影憧憧；夕阳在山，情侣相伴，双双对对。演绎出现代版的"关关雎鸠，在河之洲"。轻歌团扇影，歌舞正升平，一派政通人和共享太平的大美溢满南沙洲公园。

问题来了，怎样连接都市与南沙洲？只有"桥"！

当初黔南州委、州政府与都匀市政府就顺应当地人民群众的意愿，决定在南沙洲东面、西面、北面各建一座桥，形成"三点一线"的互通。

东面早就有一座桥，形似月亮，这桥，娇跨于剑江之上已近百年，都匀人妇孺皆知，小有名气，就叫"月亮桥"，也就留作古迹，不必再修。

南沙洲的北面是文峰园，当我从古塔巍巍的绿园走过一座秀美的石桥，但见柔风、绿柳，静静地依偎着南沙洲；清波、细浪，温情地抚慰着南沙洲。当我踏着鸟语花香的节拍，走向十百年的洪荒冲刷出的小岛，一股强劲的文化旧梦已经复活，邈远亘古的文明印记被复制粘贴，浓俨的民风民俗浴火重生。南沙洲以脱胎换骨的大彻大悟，在恢宏浩瀚的至美风景里凤凰涅槃。爽快地走过文峰园，穿过圆拱石桥，我已然站在书写着"南沙洲"三个大字的古城门下，古老城头庄严的雄姿托举出老城都匀的文明礼仪，让人自豪而谦蔚，牵人留恋而忘返。这座桥连接了具有百年沧桑的文峰园，有了它，南沙洲便与文峰塔一脉相承，韵味悠长，塔也不是孤独的塔，洲也不是孤独的洲。

从这里走进南沙洲是一条宽阔明亮的阳光大道，一座宏伟的石桥雄跨在碧波之上，每天早上太阳从南沙洲背后的东山顶上冉冉升起，最早照耀在这座桥上，阳光灿烂，福通万里。这桥，是人们心中的太阳之桥、光明之桥。通过这桥，人们走向太阳，走向欢歌。

这座石桥，有一个圆形主拱，形似太阳，不少人喜欢称它为

"太阳桥"。它与身旁的月亮桥相依相伴。日月共存，凝诗情，聚画意。

要说到西面的那座老桥了，早先南沙洲上有不少企事业单位，也居住了一些居民，人们就是通过一座小石桥到南沙洲去，这桥与都匀大路主干道相连，但这桥太窄、太矮、太破旧，承载不了当今的气候与风流，于是决定把这座桥的桥墩加高，桥面重新翻修。保留石桥原有风格，桥身镶嵌牡丹、月季、梅花、兰花等花卉草木的石板浮雕。

桥下，一湾碧水静静流淌，一帘幽梦漫漫潓潓。这里是诞生美梦的地方。情侣们也乐意在桥头停留，谈情说爱。小桥一座，横跨碧水之上，白天金辉普照，夜里霓虹裹桥，似长虹卧波，美不胜收。

这座桥连接了具有千年沧桑的都匀城，有了它，南沙洲便与都匀一脉相承，韵味悠长，匀城古老的文脉在岁月的河流里延伸，州府生动的史诗在时光的沃土中鸣响。这桥，连接了翠绿与古朴，连接了过去与未来，是名副其实的"明翠之桥"。从南沙洲本身来看，它左有月，右有日，合之为明，凝聚光华，靓丽其洲，彰显了无限的翠绿生机，是生动活泼的"明翠桥"。

2015 年盛夏的一些日子，都匀连日暴雨不断，文峰园北侧道路维修，我每天去上班只好绕道南沙洲，一天穿园经过四次，突然有一天，妙悟顿生，此情此景与 35 年前的那两句诗对接上了，豁然开朗。"日月明翠卧波上"，老僧人吟诵的不就是南沙洲的这三座桥吗？月亮桥、太阳桥、明翠桥，它们怡然卧波之上，横越清流，俯视涛涛。

"沙洲暗香折柳中"，描述的不就是当今的南沙洲政通人和，情意绵绵，杨柳依依，暗香浮动的意象吗？

其实这世界上有很多玄机，等待无数有缘人的破解，那是生命神秘而灵动的密码。

飞云崖，岁月之梦

山岗上清凉的风，拂过傲立千年的石崖，浅吟低唱着且兰古国的风雅；崖下苍老的石牌坊淡定地静观人世间的流云，沉浸在悠长的岁月之梦里，我到黄平一共三天，有两天来到飞云崖。太多的醇厚哲思深深地牵动我，把我带到隐藏在这里的飞檐斗拱里，带到葱郁青翠的参天古木里，带到多姿多彩的民族风情里，带到平平仄仄的残碑断章里。飞云崖，你分明就是且兰古国的岁月之梦。

我徜徉在一个美丽悠远的梦里。

地处深山的飞云崖其实离黄平县城并不远，县委县政府派来接我们采风的车，只行驶了半个小时就从县城来到飞云崖。猛抬头，一个古色古香的石头牌坊跃入眼前。红底金字刻下"飞云崖"三个大字，下面引人注目地标注"黔南第一洞天"。正当我疑惑不解，陪同我们的美女导游小方微笑着给我们解释，这里的"黔南"是自然地理的方位，不是贵州地名。因为黄平地处贵州高原之南。

进得山门，又是一次唏嘘与惊叹，一座中西文化交融的石牌坊静立场坝。牌坊上书"月潭寺"。此牌坊以丹朱为底色，巧绘七彩怪兽，这在我国的牌坊中极为罕见，牌坊顶部一只倒立的蝙蝠，切意儒家文化的"福到了"。坊面中部绘就素雅淡墨山水国画，内容为飞云崖全景图，导游说，此画的手稿现珍藏于贵州省博物馆，作者为大名鼎鼎的清乾隆时期的画家邹一桂。飞云崖，就这样出现在美妙的画中，画中的飞云崖就这样灵动地活现在触手可及的眼前。

曲径通幽牵动我的脚步。走进牌坊，别有洞天，难怪明清以来文人墨客、达官贵人但凡来到黄平，总要来此驻足停留，吟诗作赋，留下墨宝。可以这样说，飞云崖，便生动活泼地成为且兰苗疆的缩影。

想着，我已经走进"月潭寺"院落，这是典型的且兰苗乡民居样式"一颗印"。四周木屋，中间天井，从空中俯视，形似一颗印章。细细品来月潭寺的前世今生，厚重繁杂，恐怕一天一夜也说不完，但我知道这幢木屋承载了僧人的结庐修行，承载了官吏的公馆公案，行者的旅行驻足，读书人的书院诵读。时代风雨飘摇，此寺也是命运多舛，明万历二十七年和清咸丰五年两次毁于兵火。清光绪年间只好重建。后又遭破坏，为了还原历史，略微修补。而今。它已然成为"贵州民族文化博物馆"，虽然不大，却娓娓道来贵州境内各民族的风土人情，丰富多彩地展示且兰苗疆。年复一年出现在这座寺院四周山野的"四月八"当然成为活生生的亮点，那是苗族同胞和革家人的传统节日。前后三天，散居在深山里的苗族同胞和革家人聚集飞云崖，笙歌喧天，马蹄哒哒，百鸟争鸣。她们穿着节日的盛装，头顶银冠帽，腰系银腰带，踏着轻快的芦笙舞曲，来到飞云寺的前后山岭，姑娘与小伙、老人与孩子、苗族和汉族，都翩翩起舞，银饰叮当，山歌不绝于耳。我们来得不是时候，没有看到那种热闹非凡的宏大场面，却感觉到了"四月八"的深厚底蕴，光来历就有两种传说，一种是神话，一种是历史演义，不管哪一种，都寄托了苗族同胞祈祷社会和谐、风调雨顺、相亲相爱、生活美满的愿望。"牛"

成为节日的主角，这一天人们敬重勤劳耕地的牛，在"四月八"节日里让它休息一天，善良的苗家人特意为牛煮了"牛稀饭"，让它吃饱，牛没有吃完的，人可以吃，吃了吉祥。

如果说月潭寺承载了厚重的历史，它背后的青山和山中的石壁则是坚实历史的基座。

从月潭寺出来，我走过皇经楼，穿越云在堂，登临碑亭，沿着山路攀上滴翠亭，驻足接引阁，昂首抬头，飞云崖已高悬在头顶之上。风声在耳边鼓荡，碑亭里、门楣下的诗词歌赋在心中高唱，飞云崖是文献记叙和游人题咏最多的一处。

当我离开时，忍不住回望山门坊柱上镌刻的七十二字名联，根据历史的记载，这是贵州的第二长联，凡七十二字。作者是清光绪二十三年黄平知州瞿鸿锡。

上联为：丹崖皓月护千年竟幻作莲花世界听流泉漱石响答鸣琴苍翠亦留人，知此间固别有天地。

下联是：南海慈云飞一片赖重新竺国琳宫况几杵梵钟撞醒尘梦光明原觉物，统斯民而再拜神仙。

怎样断句？专家学者、凡夫俗子，昂起头颅，撅着屁股，轻声诵读。各持己见，各有各的理解，不必强求。

当我诵读这对长联时，从飞云崖间飘来一个道士，器宇轩昂，道袍飘飘，非常诚恳地问我："飞云崖可耐得寻味否？"我真切地回答："美轮美奂之所在也，气韵深厚。"他笑了，说："彼此都在梦里。"

飞云崖，且兰苗疆的岁月之梦。

晚风里飘香的且兰苗乡

当晚霞绚烂地漫上且兰苗乡的山头，辛苦劳作了一天的苗家汉子疲惫地回到自家小院，沁人心脾的香味便弥漫在爬满青藤的石墙，除了野蔷薇的芬芳，再就是美味佳肴的香味了。贤惠的苗家女人早已为丈夫准备好了具有苗家特色的晚餐。

这是定格在我脑海里的美丽且温馨的场景，也是苗家山寨的风俗画。有一天，我又来到了黔东南黄平县且兰苗乡的学坝村。

牛角酒、芦笙舞、苗家姑娘的山歌，在这个金光灿灿的黄昏点亮了整个寨子，老村主任说："唱响亮一点吧，今天是个不寻常的日子。"西边的太阳依然把寨门前的红灯笼映得火红，静谧的苗家山庄在客人到来时喧闹起来。

苗家妇女穿着节日盛装像山里盛开的野花，耀眼夺目，银铃叮当作响，伴着晚风，荡漾开温馨的情谊。

这些年，党的好政策让寨子里的父老乡亲致富，红火的"农家乐"释放了缱绻的柔情。老村主任悄悄告诉我，长桌宴已经摆起来了，我急切想品尝苗家飘香的美食。然而一道"牛角酒"把我们挡在山庄的门外。

弯弯的牛角，盛满苗家自酿的米酒，盛满夕阳，也盛满苗家人的情怀。把牛角酒伸到客人嘴边的是苗家成熟的妇女，大大方方的笑容，完全融化掉你的拒绝，不喝几口是过不了关的。

芦笙响起来，山歌唱起来。几杯酒下肚，朦朦胧胧中长桌宴就在眼前了，五颜六色的美食如同鲜花般灿烂，在长长的几十米的桌子上盛开着，香味早已在晚风里弥漫。长桌宴，是黔东南且兰苗乡的特色，所有客人不分座次，不分宾主，长长地坐成一排，美味佳肴循环摆放。

好几道菜是我从来没有见过的美食，顾不得许多，伸出筷子夹了送进嘴里，顿时满口溢香。一位苗家妇女告诉我："这是我们黄平苗家人招待尊贵客人的特色菜，叫酸汤鱼。"苗家的酸汤鱼不去鳞，只取出苦胆，用的是稻田里的鲤鱼，一条半斤八两。用油炸酥鱼的表皮和鱼鳞，嚼来脆响。汤很讲究，用生姜、蒜末、小葱放入烧热的菜油锅里，绝妙的红糟辣下锅，鱼入汤锅，小火炖至入味，渐渐香气像蝴蝶漫天飞舞。

饮食便是生命，俗话说：一方水土养一方人。具有几千年历史的且兰古国饮食文化竟是如此鲜活。

又一道苗家特色菜"鸡稀饭"上桌了，我急不可待地舀了半碗，鲜香的糯米和糙米混杂的稀饭顿时滑入我的胃里，这又是我从来没有尝过的美味。当然想偷师学艺，我悄悄问一位苗家姑娘烹饪方法，她微笑着说："那我就再破一次寨规，把绝密的方法告诉你。"原来鸡稀饭是用肥土母鸡一只，杀好放血，去毛，取内脏，洗净，整鸡同生姜一起放入冷水铁锅中大火煮沸，改中火煮熟后，再将淘好的适量大米和内脏放入锅中，文火煮至熟透，取出鸡肉和内脏，凉后砍成块状，加精盐少许拌匀，摆盘食用。吃时，用土豆豉拌的糊辣椒面作蘸水，边吃，边喝鸡稀饭。稀饭不仅喷香，而且富有营养。老村主任这时候告诉我，通常在苗家过年节、妇女生孩子、待客迎朋友的时候，都会用上这道美味佳肴。

晚风阵阵吹过，我已经数不清喝了几碗苗家的米酒，朦胧中山歌起了，苗家妇女提着酒壶又来到我面前，这一次不是牛角，是土陶海碗，我听说这轮敬酒叫作"高山流水"，碗上有碗，一共三层，你碗里的酒像峡谷里的山泉长流不息，你不得不投降。你醉了，苗家人有绝妙的解酒妙招，那是"腌汤"。储存数百年的苗家腌汤，具有臭香之香。腌汤的制作也是且兰苗乡的特色，你须得到原汤作"引子"，先将青菜放蔫洗净拧干后用石块压在预备的坛内底部，再把"引子"倒入坛内，盖上坛盖注入密封一段时间后，加上米汤直至腌汤呈淡黄色。加些木姜子，将鲜豇豆、鲜辣椒、鲜黄瓜、鲜青菜等新鲜蔬菜放入腌汤坛中，吃起来臭中带香，与湖南的臭豆腐有异曲同工之妙。苗家人喝腌汤。

晚霞的余晖把长桌宴上的美味佳肴渲染成油画，美艳在眼前，芬芳在夜空，一种缠绵的况味氤氲在每个人的心中。有人还在回味苗家的特色美食，辣子鸡、卤牛肉、黄焖羊肉、小米扣肉、凉拌蕨菜、苦瓜鸡蛋、炒青椒、烧茄子，每一道菜都闪烁苗家饮食文化的光亮，从古到今，滋养着这个民族，也呈现出这个民族的精神。

茫茫人海，浩浩乾坤，当我完全融入一种精神氛围，获得一种纯净的生活理念时，酒宴已经到达高潮，依然是唱着歌的苗族妇女用鲜红的颜料在我的额头盖了印章，苗家人笑着说："你走不了了，打了记号！"我从此成为苗家人的朋友的印记便烙在额上与心上。直到第二天，同行的一位作家问我："你怎么还没有洗掉？"其实，我是舍不得洗。

民以食为天！亘古不变的道理渗透苗家人待人热情的美德，我听一位朋友说，只要你真心拿苗家人当朋友，他们会拿出最好的美食招待你，豪爽而大气。

这豪爽，这大气，承载了"呼儿将出换美酒，与尔同销万古愁"的质朴况味，也承载了一个民族海纳百川的胸怀。

哦，晚风中飘香的且兰苗乡！

轻轻脚步上瑶山

一

瑶山，对我来说是一个神秘的梦，无数次希望走进这个幽深的梦里。

瑶山，还是亲切的向往，那里的兄弟姐妹多次挥舞热情的手，呼唤我，多么想感受那渗透香甜情意的米酒，野性十足的格桑花，还有那悠扬婉转的鸟鸣。

瑶山，毕竟是遥远的峰谷和山寨，渺渺云烟和茫茫古韵缭绕在千年倔强的生命里。

是那么一天，我迈着轻轻的脚步走进瑶山。

脚步轻轻，是怕打扰山寨的宁静，因为我喜爱这种宁静与温馨。

二

瑶山，从我最初接触她时就给我一种亲切感。

抬头望见的不仅是巍巍高山，还有瑶家兄弟姐妹的博大的胸襟。这一次我随着黔南州作家协会组织的"重点作家看荔波"的脚步来到荔波，大街小巷、酒店客栈、展馆会厅，都贴满瑶族兄弟姐妹衣食住行的彩色图片，最抢眼的就是瑶族妇女的生活照了。这是荔波小七孔景区附近生活的一个颇具特色的民族，妇女们的上衣显露着远古朴素、豪爽、大气的原始遗风，这里的瑶家妇女衣服是大一块布从头顶穿过，一前一后搭在肩上。

这种服饰是从远古流传的母性和生殖上的至高无上的崇拜；那是只能敬畏不能侵犯的生命的神圣。可以毫不夸张地说，这种崇拜是世界各民族的共通，我这凡夫俗子怎能不喜爱这惊心动魄的妩媚。我怎能不亲近？怎能不感到亲切？

说到瑶山，我此行去的是荔波小七孔景区附近的瑶山瑶族乡拉片村一个瑶家人世代聚居的古寨，这里的瑶族妇女大多不会说汉话，有的甚至听都听不懂。一种原生态的生活状态随着云雾缥缈在眼前。

瑶山，我此时已经确信，你不只是一座山，你是最悲怆、最豪迈的文化印记。你胸中一定隐藏着波澜壮阔的生命情思。

小七孔附近的"两片瑶"，千百年来隐居深山，长期以来很少与周围的布依族、水族、壮族、汉族通婚，保持着相对独立的人格，因此被同化、异化的程度极低，新中国成立前，这里没有一个人识字，依然采用的是刀耕火种的生产生活方式，近似原始社会，所以，至今还存留母系氏族向父系氏族过渡期的诸多风俗习惯，被联合国教科文组织誉为"人类文明的活化石"。

脚步轻轻，走在山道上，我渐渐远离钢筋混凝土的闹市红尘，走进青葱翠绿的山野。当地的朋友说，荔波打出了"地球上的绿飘带"的地标旗号，那么我就身披美丽的绿飘带漫步，此次我是怀了虔诚的敬畏去寻找人类与生俱来的美感追求。

三

轻轻脚步上瑶山，我只能用生命的真诚去感受。

此行的季节正是秋天。满目霜染，枫林正红，寒山苍翠，西风正紧。一路行车，窗外掠过霜重色愈浓的马尾松和杉木林，墨绿色的英气豪放在瑶山的千山万壑，翠竹在秋风中翩翩起舞，吟唱的是秋天的寒歌，那么苍劲，那么凄美。

此次走进瑶山，我还得到了一个意想不到的收获。事情的来龙去脉要从我的一个朋友说起，他最近陷入了一个缠绵悱恻的爱情纠葛，中年人的爱竟是那般如漆似胶，竟是那般深沉壮烈，我确信那是真爱，当然是本不该有的婚外恋，但是，爱，排山倒海地来临了。竟激情燃烧，不可阻挡。起因是他在一次旅游途中与一个互不相识的同路人相爱了。

那次旅行，他们都是独自一人。在一处风光绝美处，女人请男人帮忙照相，男人也请女人按下快门，效果让对方十分满意，两人迈开脚步，走向别的风景。太阳炽热的正午，他们坐在树荫下休息，倾诉此次旅行的来龙去脉，都觉得对方格外真诚，说话投机，彼此满意。他们谈到了自己的家乡、家庭、爱好，自己的生活轨迹，最可贵的是彼此欣赏对方的个性；最玄妙的机缘是彼此的真诚倾吐；午饭时间到了，女人主动请男人吃牛肉面，当然是男人抢着付了款。起风了，他们的情谊在山风中飘荡。

两人互相留了电话，加了微信，理由是要传照片。

一来二去，两人更加了解，感情渐渐加深。

微信，又将他们的感情向前推进。

但女人是有夫之妇，男人欲爱不能，欲罢不忍。爱，折磨着他。他日复一日地看那些照片，那是无限美好的记忆。

朝思暮想的折磨，猛然给他山崩地裂的震颤，这是剪不断理还乱的婚外恋。在他山重水复疑无路的时候，他拖着沉重的脚步上了瑶山。

瑶家人朴素诚实的生活就游动在眼前，理性的思绪感很快就有了落脚点。他在瑶山拉片村一户瑶族兄弟家做客，一家人对生活的诚恳态度感染着他。男主人告诉他，他才从浙江打工回来。远在异乡时极思念妻子女儿，每天繁重的劳工生活，有了爱，便有了精神的慰藉，再苦再累也还会感觉舒心。人世间真诚的爱是应该收藏的。收藏爱，比收藏金子还珍贵。现在他回到了瑶山，过着男耕女织的朴素生活。他走进他们的温馨的家时，女主人正在一块自制的白色土布上描绘着枫香染的蓝花花，男主人刚刚从上坡下来，踩了十几斤野蜂蜜，打算拿到街上去卖。小女儿在母亲旁边写作业。完全是一幅和睦温馨的瑶家风俗画。瑶族兄弟还告诉我这位朋友，他在外打工期间也有过红颜知己，他们在艰难困苦时互相帮助，在对方需要帮助时伸出热情的双手，共同抵御寒冷、饥饿，共同面对世态炎凉、人间冷暖。猛然间他豁然开朗，那爱，也有了石破天惊的主张。

风起云涌，岚霭升腾，瑶山像在缥缈的仙境里游走，我的心里突然漫上一缕恍如隔世的情韵，我此时也来到一个瑶族兄弟家，男主人瑶家兄弟同样是上山采蜜的高手，我们谈得同样投机，他递给我一块刚刚采集的野蜂糖，一口下去，已经甜透我的骨髓，我也同样具有甜蜜的爱情，心底突然响起一首缠绵的爱情歌谣："心上香，梦中缘，千万里剪不断。迎风迎雨像太阳，盛开在一年年。"这是我专门为她唱的一首歌，我和她相隔万里，彼此鼓舞，彼此思念，每当孤独的时候想起她，心中就有一股异样的暗流在涌动，我情感的深处弥漫起欲哭无泪的凄美。

四

瑶山，足以让我仰慕。

轻轻脚步上瑶山，我只能用生命的真诚去倾听。

听山听水听云雾，听歌听曲听情怀。

我此次荔波采风只有几天时间，无限风光领略不尽，奇风异俗诠释不完，当地文联的朋友带着我来到一个瑶家人聚居寨子，这个寨子已有 100 余年历史，叫"菇类"。菇类村懂蒙组仍然保留了完整的吊脚楼建筑。瑶族服饰，因男子的便装衣服皆黑布平领，黑腰带，裤子为白色，俗称"白裤瑶"。白裤瑶兄弟姐妹穿的衣服，都是瑶族妇女自己开荒种棉花，自纺、自织而成。用粘膏树脂来画衣裙上的花纹，下装则是绚丽多彩的百褶裙。联合国教科文组织认定瑶族是一个由原始社会生活形态直接跨入现代社会生活形态的民族，至今仍遗留着母系社会向父系社会过渡阶段的社会文化信息。恋爱中，女子往往占据着主导地位，主动选择，大胆追求，女子挑选男子，支配男子，男子处于从属地位。结婚之后，女子从夫居住，绝对服从男子的主导地位。荔波瑶族是国内最后一个狩猎的民族。他们居住在深山，崇拜自然，性情淳朴。每个成年的瑶族男子都是身怀绝技的好猎手。

立于瑶山之巅俯瞰华夏苍茫的民族历史，我竟然触摸到瑶家人生存智慧的河流。

我站在他们干栏式房屋前，欣赏他们独特的粮仓，一个小木房架在四根柱子上，木屋呈圆柱形，锥顶，盖以茅草，每根柱子上还镶嵌着一个光滑的陶瓷瓦罐，陪同我采风的村主任告诉我，这是为了防止老鼠爬上去，陶瓷瓦罐光滑无比还可以隔绝地下的潮气。他们把这种粮仓叫作"坛脚仓"。

走在瑶山秋风飒爽的阡陌，对大地感恩的情怀一如秋水的波澜壮阔。我来得不是时候，田野里稻麦收割已尽，丰收的歌谣已经接近尾声，但我依然可以感受到瑶家人生活的富足和他们对自己家乡的热爱。

这是一座盛开映山红和刺藜花的山岭，山岭下的寨子叫拉片。家家户户门前都挂着鸟笼。他们喜爱鸟。家家户户的男人都养鸟，每天，他们带着自己心爱的鸟儿上山劳作，累了，坐在田埂上听听鸟儿悠扬婉转的歌唱，有时鸟儿引来林间的同伴，鸟儿们相亲相爱，倾诉情感。回到家，他们会把鸟笼挂在木楼的房梁上，画眉的吟唱便会引来山雀、野鸡、斑鸠等鸟类，日停寨头，夜宿楼檐。"赶鸟节"是瑶族的节日，每年二月初一瑶族人一起庆祝这个节日，举行民间各种文体活动，包括陀螺、射箭、刺绣、斗鸡、斗鸟等项目的比赛。山坡上人山人海。

拉片的陀螺队和民族歌舞表演闻名远近，曾经代表贵州参加省内外各种运动会和歌舞表演，在陀螺项目和歌舞表演中屡获金奖。

我留恋在瑶山拉片，分明看见美丽的大自然中各种生命的惬意，他们各揽日月星辰，各揽清风流云。

一晃已是日落西山的黄昏时分，放眼红霞浸染的苍穹原野，远山近水都披上了玫瑰色的艳丽。站立于巍峨山岭上的我，像是漂泊在秋韵里的航船。四野一片寂静，头顶掠过道劲粗犷的长风。心灵在倾听天边流云里传来的优美山歌。啊，瑶山，你以生命的鲜活带给我对生活的无限爱恋，我还得回去，我要谋生、工作。回归的路上，我已经像踏上再生的征途。

上一趟瑶山，我心灵的深处已经悄然装满了爽朗灵动的魂魄。

面对织女，许下一个爱的诺言

银河迢迢，星汉灿烂。虽不是时令的七夕，当我来到淄博，走进牛郎织女的故乡，一个叫作沂源的小城，心头渐渐爬满细碎的情思。

仰望月光如水的苍穹，我想起牛郎织女的故事，一个优美而悲怆的民间传说，用爱意缠绵的情愫，滋养了无数渴求相濡以沫的真情男女。中国有四大民间传说，若要追问，恐怕很少有人回答清楚是哪四个，又发源于哪里。暗自庆幸，我还记得这两个并不高深却又不好回答的问题。中国四大爱情民间传说是：梁山伯与祝英台的传说、孟姜女的传说、白蛇传的传说、牛郎织女的传说。前三个不必说了，最后一个传说的发源地，在沂源，就是我要去的山东沂源。

揣一曲鹊桥美韵，衔几缕似水柔情，我执意走进沂源，寻梦那美轮美奂的七夕相会。一路上，宋朝浪漫才子秦观那首《鹊桥仙》始终在心中挥之不去："纤云弄巧，飞星传恨，银汉迢迢暗度。"然而，我暗度的不是银汉，是沂水。沂水东流，一路漾漾汤汤，我在岁末寒冬，冒了三九严寒，来到沂源。此行目的有三，一是参加由山东省淄博市文联及作家协会和《东方散文》杂志社联合举办的憨仲"齐风三部曲"作品研讨会。二是感受一下淄博古城的古老齐文化，领悟憨仲先生呕心沥血创作的"齐风三部曲"，品读作者拖着残障身躯行程十余万公里，实地考察数百处古遗址写成的《泱泱齐风》《天齐高风》《天齐雄风》六卷作品集。三是了却一桩心愿，去向往已久的七夕文化古城沂源看看。

山东淄博当地一个作家朋友给我带路，民间那广为流传的牛郎织女的传说已经让我在从南方到北方的漫漫征途上魂牵梦萦，这天，适逢"沂源'牛郎织女迎新年'文化艺术节"隆重开幕，有一个小乡镇，把"七夕情侣文化"做到极致，依托仙女故事，承载爱情主题，构建和谐社会，一首《鹊桥仙》唱响在男女老少心间："金风玉露一相逢，便胜却人间无数。"上千年的浅吟低唱，把齐鲁大地一个古老民间传说张扬成华夏的家喻户晓，这是何等的风光。这里土生土长的民众坚信这里就是牛郎织女的发源地，情深意长的沂源人有理由把一种民族的美好意象传承下去。开幕式的盛况点燃了我的梦想。

乡村的打谷场搭成舞台，张灯结彩，台上台下欢声笑语。满台的"仙女"，满台的"牛郎"，满台的"情侣"，满台的"暗送秋波"。

三对相伴五十多年的老人牵手走上铺着红毯的舞台，也登上了他们人生的舞台，讲述他们相亲相爱的爱情故事，倾吐他们对爱情的忠贞不渝和相濡以沫，爱情的细枝末节感染着每个在场观众。

十对年轻人举行集体婚礼，上千观众见证这一幸福时刻。多么浪漫的人生体验。

难怪沂源是牛郎织女传说之乡，难怪天南海北的游客满怀豪情涌进沂源。

是的，爱在沂源，沂源有爱！这爱，是看得见摸得着的实体。来自遥远贵州的我，能够在《东方散文》的故乡实地感受我心中的仙女，这是我终生难忘的。自从走进《东方散文》的大家庭，我就收获满满，在全国各地文友们的激励下，互相学习，勤奋创作，我在全国许多报刊发表文章，迸发出极大写作兴趣，参加各种征文，作品不断获奖。尤其难忘的是去年，我的散文《浸透馨香的大理》获得由《东方散文》杂志社主办的第二届国际东方散文奖二等奖，应邀到甘肃天水参加颁奖大会。我此次又应邀到山东淄博参加憨仲先生作品研讨会，会上与全国许多知名作家相会，十分快乐。

我脚下，是一片生长爱情的沃土。当我和作家朋友来到沂源县燕崖乡大贤山织女洞，禁不住发出阵阵惊叹。原来这里隐藏着一个"牛郎织女传说"实地实景古建筑遗址，景与传说惊人的相似，天上与人间合为一体，国内独一无二，这就更增添了我的自豪感——我在牛郎织女的故乡度过一段难忘时光。

我早已知道，山东人厚道、朴实、善良、热情。我在贵州最喜欢唱的一首歌就是《沂蒙颂》，"蒙山高，沂水长。我为亲人熬鸡汤。续一把蒙山柴，炉火更旺。添一瓢沂河水，情深意长。"在辉煌灿烂的中国革命史上，沂蒙儿女对共产党心怀感恩，一往情深，积极支援前线解放军，送军粮，救伤员。用自己的乳汁救活解放军的红嫂，早已成为中国人民心中的仙女。我深爱沂蒙这块热血澎湃有情有义的土地。

我来到织女洞时，天下着雨，洞内洞外，这就让我不得不躲在洞内品古思今。织女洞就在大贤山山麓。一个古朴的山门，进得门去有一个山洞，洞内二层，楼梯很陡，洞很狭小，织女塑像面窗而立，像在等待什么，神态淡定而执着。她的视野里当然是沂水，牛郎的家在河对岸，与织女洞隔河相望。牛郎庙始建成于明万历七年，也是一座二层楼阁式建筑，古色古香的青砖碧瓦，古朴艳丽的彩绘斗拱，普通人家的清幽小院。牛郎的"家里"有牛郎及其子女像，旁卧金牛塑像一尊，是成全过牛郎爱情的老牛。沂源的织女洞和牛郎庙是我国影响最大的民间传说古建筑遗址，因此被专家称为"中国爱情文化源地"。

此刻我在织女洞流连忘返，来过这里的人不少，最神奇的是，有人说在夜深人静的时候，还可以听到洞内的机杼声。当一片惊叹声穿越千年，一个书生冒雨来到这里，那是沂水人王松亭，同我一样被织女的爱情感动，便情不自禁地写下《登织女台》诗："高攀石凳赴仙关，洞口如逢列宿还。仿佛星河垂碧落，依稀牛女降人间。"品读着诗句，遥想织女的身形，在我深邃的畅想里愈加明晰："柔情似水，佳期如梦，忍顾鹊桥归路。两情若是久长时，又岂在朝朝暮暮。"千年烟雨迷蒙，在眼前飘飞细雨里驱逐着心痛和孤独。于是我们不断追寻美好，祈求爱的真谛与柔情。

然而，一年只见一次面，也够折磨人的。走出仙女洞，猛然觉得此次与仙女邂逅完全是一次机缘，是《东方散文》的牵线搭桥，是因为参加憨仲先生的《齐风三部曲》才使得我从贵州远赴山东，进而来到淄博沂源，参观仙女洞，实地领略牛郎织女故居的魅力。人缘好的人，此生定会遇仙女，我心中的仙女就是《东方散文》，此生怕是难舍难分了。

面对织女，我祈福许愿，许下一个爱的美好诺言，我们相伴永远！

阿西里西鼓点里的赫章

　　高举火把，跳一曲阿西里西，情怀被咚咚的鼓点点燃，赫章广袤的山川原野奔放出彝族兄弟姐妹无比壮阔的生命，让人在一浪高过一浪的旋律暖流里抚今追昔。神秘而又明晰的古老夜郎国轮廓，从历史的迷雾中变焦一样地出现在心灵，波澜壮阔，若隐若现，让我这样的外来旅人激情燃烧，那鼓点就成了声声呼唤。

　　震荡耳鼓的阿西里西是一首从历史的尘埃中流传至今的彝族民歌，时空交错，生活在毕节赫章的彝、苗、汉族等民族的风俗互相融合渗透，所有民族都喜爱这支曲子，于是她又成了大家不用翻译的共同语言，人人都听得懂。踩着阿西里西的鼓点，赫章像一幅生动无比的水墨长卷，在我心灵深处徐徐展开。

　　乐曲舒缓的序曲中，我首先看到的是美丽的高原上的大草原。时令已是初夏，我在当地宣传部同志的引导下驱车向云海茫茫的峰岭奔去，这里因为是贵州的最高峰，被人们形象地称为"贵州屋脊"。山上有山，峰顶有塬，成为阿西里西的特色。高原上数千亩壮观的野韭菜坪、世界上最大面积的野韭菜花带，浩荡绵延在群山峻岭。我们的车，开足马力，嗡嗡喘过九曲十八弯，爬上山顶。我们要求司机停车，好让我们流连观瞻。

　　磅礴的乌蒙山气势恢宏，环山而居的彝族同胞们牧养的牛羊，懒散地在山区草地上游走，他们的家园星罗棋布散居山麓，由于地处偏远，很少受现代文明的濡染，特色纯净。连冉冉升起在彝家人屋顶的炊烟也散发着远古的青草味道。

"阿西里西。阿西里西。"云天里回荡着赫章人热情的呼唤。

旋律一阵紧过一阵，踩着鼓点我看到了天上石林。震撼不言而喻，石林在中国很多地方都有，但穿云吐雾屹立在云端，赫章恐怕是唯一，所以叫作"天上石林"。车刚刚停稳，我急急忙忙跳下车，钻进石林。

一颗颗青石，如一柄柄长剑，直指苍穹，给这宏阔的草原平添了几分威严。我漫步在石头的夹缝中，峰回路转，曲径通幽。料想当年彝族先民迁徙途中的艰难与悲壮。一阵震颤天宇的歌声传来，在一块坝子草地上，一群彝族同胞正跳着"撮泰吉"。在彝语中，"撮"意为人或鬼，"泰"意为变化，"吉"意为玩耍游戏，"撮泰吉"反映的是变成鬼神的祖先当初迁徙、垦荒的艰难场面。后人们很希望用祖先的威灵来保佑后裔和驱逐邪魔瘟疫。因此，我比较赞成把"撮泰吉"理解为"请变成鬼神的老祖宗来保佑后裔的游戏"。

我被鼓点吸引，挤进人群。表演刚刚开始，土生土长的彝族表演者穿着黑衣，戴着面具，充满神秘感；头饰包缠成尖顶状，行走时为罗圈腿步态。一位仿佛活了一千多岁的老人，白发飘飘，手拿一根挂着野牛角的木棍，讲着什么，发音含混不清。演出的全过程相互只能以角色名称呼，不叫真名，怕被鬼勾走灵魂。这很有意思。在场上跳来串去的黑牛是人扮演的，暴躁凶猛，人们便与之斗争，几个回合，牛还活着，当然，歌舞反映的人与自然的斗争，是残酷激烈的。好看得怕人。

鼓点更加急促了，当然又是一帧气势悲壮激昂的画面。身穿色彩艳丽服装的苗族男女老少给我们跳起了"苗族大迁徙舞"。这里是毕节赫章县的可乐乡，听说一群作家要来，苗族寨子里的男女老少拿出了她们的"绝活"。演出地点依然是一块草坪。在德高望重的一位老人的高声呼唤里，"大迁徙的队伍"就来了。大迁徙舞苗语称作"够嘎底嘎且"，意思是"寻找居住的地方"。此舞流传于赫章大花苗支系，在苗民中世代自发相传。舞蹈在进行，苗族男女老少扶老携幼，行进在云贵高原，一个小姑娘掉队了，大家焦急万分，四处寻找，歌舞表现的是先民的团结。有妇女生孩子了，大家齐心合力，端茶喂水。听到孩子的哭声，在新的生命到来之时，大家迎着太阳走去，大迁徙的过程艰难而稳健。苗族大迁徙舞以史诗般的舞蹈动态叙述了苗族人民的悲欢离合，艺术地再现了苗族大迁徙的历史往事。表演者们竭尽全力表现苗族先民的壮烈生存场景。表演中，芦笙曲伴随古老歌谣，先民们最后历尽艰辛终于找到理想家园的结尾令人欢悦。

火把在燃烧，阿西里西的旋律高亢着，响彻云霄。已是深夜，赫章县的苗族、回族、汉族以及来自国内外的游客上万人欢聚在兴发乡大韭菜坪，与彝族同胞共同度过了一个难忘的"火把节"。我此次来赫章是初夏，很多同行的朋友都说来早了，这里彝族的"火把节"要等到盛夏八月。于是他们给我描述了那个激情燃烧的场面。彝族"火把节"彝语称为"朵扔吉"，早在混沌初开的时候，彝族先民就高举熊熊火把，消灾驱魔，期盼丰收。多少年来，这一燃烧的火把照亮了一代又一代彝人，不忘初心，继往开来。如今的"火把节"，依然豪放，依然多情，歌词中的"大家一起钻篱笆"，吸引了无数山外人走进阿西里西，慷慨激昂的鼓点成了赫章的名片。

阿西里西鼓点里的赫章，风情万种，魅力诱人。依托浩瀚广袤的野韭菜坪花海、天上石林、阿西里西大草原、可乐国家考古遗址、夜郎国家森林等丰富的旅游资源禀赋，云端里的赫章浪漫地翩翩起舞。

后山西苗

后山，是一个地名，一听名字就很偏僻。

从酒香弥漫的酒都仁怀启程，走进茫茫大山，去探访一个古老而神秘的所在，那是仁怀市唯一的一个少数民族乡，称作"后山苗族布依族乡"。峡谷幽深，林木蓊郁，这里属于磅礴乌蒙山的背后，后山，名不虚传。

寒气袭人的初冬之晨，四驱越野小轿车加足马力，沿着屈曲盘旋的山间公路气喘吁吁向山里奔驰。车窗外，白雾缥缈，山势峥嵘。到底是茅台酒的故乡，乳白色的雾气里弥漫着酒的醇香，如此梦幻般的朦胧征途，仿佛把我从霓虹灯闪烁的现代都市，带到一个具有神秘色彩的民族历史深处。

山间公路巨蟒一样沿着陡峭的大峡谷盘旋上升，渐渐地车已经在云里雾里漫步。摇开车窗，举目四望，仁怀酒都已在山下，羊群般的白云从小城的上空蜂拥飘过，一座大山，气吞山河。

不久，我们的车驶进后山。天，下起了牛毛细雨。在海拔1200米的高山上，雨最无拘无束，说来就来。山间公路，杳无人烟，愈发显得环境的沉寂清幽，也更加显出躲在时间背后的西苗历史的神秘。如此讳莫如深的意境，几多魂牵梦萦的企盼，我发现了新情况，迷茫的远山间，突然闪出了一座高耸的门楼，正中显现四个大字：西苗故里。水泥钢筋混凝土浇筑的巨大的牛角、铜鼓、芦笙、马鞍、蝴蝶，多种图案巧妙组合成巨大的拱门，浓郁的民族特色裹挟着青烟缭绕的西苗历史扑面而来。

西苗故里到了。

当地一位颇有阅历的苗族老人给我们带路，走向一个隐藏在深山峡谷间的苗族历史遗存。呼呼的山风中，老人深沉的声音如同久远的岁月里传来的倾诉，低沉而震撼。他告诉我，外界把这里称作西苗，西苗就是西部方言的苗族。"西苗故里"当然就是三苗的一支曾经迁徙落脚的地方，祖先曾经在这里居住生活。

往事历历，西苗走过的路，艰难曲折。一座木栏关雄伟的城门就是见证。木栏关是一个传奇。讲起这个古战场，苗族老人眉飞色舞，喜形于色，说那是西苗克敌制胜的骄傲。话说清朝年间，吴三桂剿灭水西叛乱时，指挥清兵杀至后山，花杆上的哨兵发现了，吹响芦笙，寨子擂响铜鼓，骁勇善战的苗族士兵阵前迎战，抬来一棵千斤巨大树木，横放关口，拦住清军道路，又置巨大碗口粗木杵一根，三尺长的草鞋一双，悬挂于此，清兵围拢过来，细细观看，认真揣摩，疑心遇上巨人，绝对不是巨人的对手，迅即逃跑，苗民不战而胜。苗寨欢声雷动。便留下"三斗三升弩牙子，八百花苗把后山"的传说，表现了西苗前辈的聪明智慧。

不得不提在历次战斗中立下汗马功劳的花杆。

一根杉木做成的花杆，立于山头，是寨子的瞭望哨。每天都有身手敏捷的苗族士兵爬上花杆值守，发现敌情，立即报警，吹响苗族的乐器芦笙，寨子里的苗民乡亲听见，就该逃的逃，该躲的躲，士兵则拿起梭镖长弩、刀枪棍棒，英勇迎战。几百年后，战争硝烟散尽，苗家安居乐业，花杆作为西苗一种民族传统体育项目保存下来。我来到后山乡采风时，恰好在乡政府文化站遇到了花杆传承人向永富，30多岁的小伙子精干机敏，个子不高，手脚灵活。他兴致盎然地为我们表演了吹芦笙、爬花杆。值得欣慰的是，他为了传承这项非物质文化遗产技艺，正在辅导两个十多岁的小孩子爬花杆。乡政府积极支持，筹资修建了后山民族文化广场，广场上树立起挺拔的花杆，每年三月三、六月六（两个苗族和布依族节日），附近寨子的男女老少就会云集在这里，唱歌跳舞，尽情狂欢，共庆佳节。远远近近的布依族、仡佬族、彝族、汉族兄弟姐妹也来了，欢乐祥和，民族团结，亲如一家，共同祝愿风调雨顺，生活美满，祖国繁荣昌盛。当小伙子爬上花杆，在杆顶倒立，双脚蹬天，吹响芦笙，苗族人自豪地把这个技艺称作"踩月亮"。

踩月亮，多么豪情壮志的西苗。

西苗神秘的面纱在我眼前掀开一角，更加艰深的历史还隐藏在山中，我在西苗故里徘徊、寻觅。最震撼的是看到了苗王墓！我在墓志铭前伫立，我知道，他叫蒙蒿。我从这位苗王的经历发现了西苗的来历，苗族最早出现在黄河流域，称作"九黎"，为了扩大生存领域，苗人拓土开疆，分别向华夏西部、中部、东部迁徙，形成三苗。蒙蒿带领的一支，跋山涉水，来到川黔桂，定居下来，后山是他们族人最中意的栖息地。蒙蒿成为西部语言苗族的首领，他带领苗民在这里狩猎农耕，纺线织布，过着与世隔绝的安逸的生活。就在苗王墓不远处，一座雕像映入眼帘，苗王浑身烁金，辉煌闪烁，只见他昂首挺立，手执巨斧，目光炯炯，充满了智慧，他肌肉发达，头戴牛角帽，身穿树皮衣，英勇剽悍，气质果敢。每个来此驻足瞻仰的游人，都可从他身上看到一种百折不挠的力量。

雄浑的历史、壮美的风光，一起吸引着游客的目光。我在后山乡采风时看到，西苗的后人紧紧抓住民族文化的传统，利用后山得天独厚的绿水青山，着力保护与传承一个民族的文化与历史。西苗故里景区，风光秀丽，底蕴深厚，人文色彩绚烂多姿。木栏关前重修的古驿雄关门楼，飞檐翘角，气势雄伟；能容纳五千人坐观的斗牛场，特色鲜明，每年都有来自广西、四川、黔东南、毕节的牛王争霸赛，吼声震天，威武雄壮。山脚下的那棵"摇钱树"更是朝圣者的最佳打卡地，一群群华人来此寻根问祖，来这里朝拜。具有 500 年历史的摇钱树，见证了西苗祖先艰苦卓绝的迁徙。

西苗故里，是承载苗族昂扬奋发精神的栖息地，是呼唤五洲四海游子回归的故乡，是欢迎大江南北游客前来做客的风景名胜。这里有预想不到的精彩等着你，请用你独特的眼光去发现新的奥秘。

后山西苗，那里有隐藏在青山绿水间的千年时光。

鸡公山不该寂寞

剥蚀的历史残片已经嵌入绿茵覆盖的山岭，苍劲的历史名山悄悄远离八音乱耳的闹市，它，静静地伫立在僻远幽深的苍茫天宇。中华民族善于象形，从文字到山水，不知从什么时间开始，有人把这座形似鸡头的峰岭叫鸡公山，从此，这只"雄鸡"，傲立苍穹，引颈长鸣，像是用一生的精力来呼唤。我是无意中走进这座神秘的山脉的，一个文人墨客的笔会、一个微不足道的佳作奖项、一群趣味相投的朋友，呼唤我冒着烈日酷暑，千里迢迢，来到鸡公山。

当我迈开沉着的脚步，兴致盎然地转悠在鸡公山，我品咂到这座山的旖旎与醇厚。

山势嵯峨，绿意葱茏。好大一座高山，它静静地躲在河南信阳的邈远一隅，与世无争。它有它的意趣，它有它的性格。无尽的绿色植被茂密而倔强地生长在险峻的峡谷。多种高大的乔木和纵横蔓延的灌木郁郁葱葱，漫山勃发的野草和艳丽的鲜花尽吐芳华。鸡公山地处大别山北坡，为亚热带向南温带的过渡地段。绿浪般的马尾松、水杉、柳杉、麻栎、青冈、榉树、黄檀、毛竹成为鸡公山的主宰。绿意集群的油茶、连翘、黄荆、胡枝子、山胡椒、映山红弥漫林间。大山里，生活着青羊、鹿、小灵猫、白冠长尾雉、雕鸮、大鲵，这是它们自由自在的快乐家园，生命需要安逸，需要远离红尘的打扰。

我急不可待走向鸡公山顶的报晓峰，与那只雄鸡一起举目远眺，我的眼中和它的眼中云雾缭绕，苍翠掩映。我知道奇峰幽谷间隐藏着神奇的历史，我随手翻开大山书写的泛黄的书页，看不见艰深的文字，那异国他乡情调的楼台别墅，那中式坚固的石筑小楼，以及名人名将的过往轶事，隐约浮现在我的眼前。是的，寂寞的鸡公山，它有它的心事，它有它的情怀。早在20世纪初，一列轰轰机鸣的老火车载来两个蓝眼睛高鼻梁的外国人，他们用那高高翘起的鼻子深深地嗅闻，是他们最先发现了鸡公山的不同寻常。他们就是美籍传教士李立生、施道格。狡猾的老外向信阳知州送去一点小礼，就轻而易举地从自称拥有鸡公山地权的大地主手里购买了方圆一公里多的山原，兴建了四幢别墅。此后，嗅觉灵敏的外国人士纷纷效仿，长满长毛的细腿纷至沓来。于是，鸡公山上，欧洲美洲风情的别墅和教堂拔地而起。不久国内军阀吴佩孚、肖耀南及许多富商豪绅也来到鸡公山，营造离宫行院。其中一幢取名"颐庐"的中西兼容的别墅出类拔萃，独树一帜，这便是吴佩孚麾下大将靳云鹗所建"志气楼。"

"志气楼"有故事。

靳云鹗来到鸡公山避暑疗养，举目看到满山遍布的别墅全是外国人所建，鸡公山几乎成了外国列强的公共租界，心中愤然不快，决心要在鸡公山上盖一座最壮观的楼房，重金聘请了京城一位曾经留洋的建筑师主持设计建造，执意在借鉴西方建筑风格精华的同时保持中国建筑特色。一座名楼引出他与戏班子女武生的爱情故事，演绎出英雄配美人的一段精彩传奇佳话。

然而，短暂的喧闹之后又是寂静。

到了中国革命史上的抗日战争发展到相持阶段，烽火连天，硝烟弥漫，武汉会战箭在弦上，一触即发。蒋介石携夫人宋美龄来到鸡公山，选定"花旗楼"作为临时行辕，就近挖建防空洞，出口与花旗楼底层相通。蒋介石在这个石头砌垒的坚固中式建筑里，指挥艰苦卓绝的武汉会战。蒋介石亲自主持中原会议，运筹帷幄，与日寇周旋。此楼小而精致，后来被毁。之后，河南省文物局拨款对花旗楼进行维修，并作为武汉会战历史纪念馆进行布展。为了凭吊历史，复原中原会议场景，展示文物史料、回忆文章和目击蒋介石夫妇上山的证言材料。历史遗迹，弥足珍贵。

山上依然保留了"美玲舞厅"，现在已成为纪念馆，展示了中国革命史上一个传奇女人的能力与魅力，彰显了现代中国美丽知识女性的性格。

舞厅与防空洞，战争与和平，两个场景，一个主题。这很有意思，文物是历史的，思想是现实的。内容是往昔的，脚步是现实的，都由走过这里的每个人自己去想，自己去填补思想的空白，打破鸡公山的寂寞。于是，我看见，鸡公山游人如织，人头攒动。

这是对的，鸡公山不该寂寞，鸡公山也没有寂寞。这不，我们这次作家笔会和颁奖典礼的组织者红罗山书院就选择了鸡公山。赞助商立白洗洁用品生产公司也乐意牵线推助。双双看中鸡公山。

来自全国的作家们，豪情萦怀，从祖国的四面八方走进鸡公山。说实话，来之前，我对鸡公山并不了解，不知道它的蕴藏那么厚重。

我特意提前一天到来，在到达的第一天下午，我和两位女士结伴来到星罗棋布于各个山坳的西式别墅。时代变迁，人去楼空，有的房子有人，但早已易主，我不知道若干年后会是怎样。

当年知名人士马歇尔将军住过的老宅，已经布置成纪念馆，参观的人不多，很多人不知道马歇尔是谁，这幢豪华的西式建筑耐得住寂寞，静立于苍翠，寂立于历史。

鸡公山是一座活山，有生命就不会寂寞。组织这次作家笔会的红罗山书院早已人才济济，书院的姚老师、安然老师、赵老师携手热情地召唤，把一群爱读书、爱写作、爱生活、爱山水的读书人召集到山林，笔会别有风味，热闹非凡。立白洗洁用品生产公司为每个获奖作者定做了一件天蓝色衬衫。大家穿上，仿佛一群服装统一的老少学生，鸡公山云集红罗山书院的莘莘学子。在笔会上，我从贵州带了12本我的散文集《笛醉千山月》，几分钟就被文友们抢光。开幕式上，一位作者的获奖感言，感人肺腑，激荡人心，不断赢得阵阵掌声。鸡公山、红罗山书院，还有书，成为一根红线，把颗颗明珠串在一起。起初大家并不相识，很快一见如故，成了亲密无间的朋友，男人女人都豪爽畅快，举杯痛饮。

鸡公山如此激情如火，但我分明从《信阳县志》看到，鸡公山与庐山、北戴河、莫干山合称"中国四大避暑胜地"。我思忖，朗朗清风也能点燃激情。

红罗山书院的琅琅书声生动了鸡公山。踏上鸡公山，就是在知识的群山里行走，它韵味无穷。

鸡公山不该寂寞，也不会寂寞。一群又一群的人们踏着热浪来到鸡公山，一车又一车的游人满怀兴趣走进鸡公山。

行走山间，我在想一个问题，为什么当初发现鸡公山的是一个外国人？有趣的疑问会牵引我的目光投向世间万象的神秘，也吸引我探寻，饱览鸡公山，感知鸡公山。我真愿意常来这里小住些日子。这样的地方，适合读书。

一下子又联想起了红罗山书院，这是像我这样的爱书文人的家园，感谢一次偶然的机会，它带我走进鸡公山，其实这也是我第一次走进这个院子。多好的书院，好有气魄，好有情怀。归根结底，一切都是命运的走向。

在鸡公山上，在红罗山书院，我又一次铺开纸笔。

这是我文化苦旅的又一次启程！

浸透馨香的大理

色彩绚丽的大理，周遭挂满艳丽的痴情，总像有一股馨香浸透整个小城的周身，山是香的，水是香的，风是香的，雾是香的，花是香的，姑娘是香的。你看那座古老的城门，隽永飘逸的"大理"二字一下子就点亮了南来北往的迁客骚人的眼睛，门里门外，岁岁年年，演绎出多少卿卿我我、缠绵悱恻、如漆似胶、情意绵绵的爱情。光影斑驳的城池巷陌，朱漆脱落的门楣花窗，都在深沉地告诉我，这里曾有过生动的故事，毫无疑问，这里是滋生生死爱恋的绝美境地。

迈着悠闲的脚步来到大理，我的心境一下子就变得轻松如云，飘向万里长天，尽情享受天地间如梦如幻的大美。大理深藏着牵连男女情爱的古街和老屋，筑屋的木料已经在沧桑的岁月里变成褐色，光线昏暗，陈设朴旧。这样的环境最容易诱发恋情。两人的世界，根本不需要太大的排场，小屋足够容纳。美丽的身姿，只一个回眸，就能勾去你的魂。

走向洱海苍山，我一头扎进浪漫的滋养。

恋歌当然馨香扑鼻，稍微有点文艺细胞的人，都会唱那首脍炙人口的民歌"大理三月好风光，蝴蝶泉边好梳妆，蝴蝶飞来采花蜜，阿妹梳头为哪桩?"人在大理，自然会在优美的旋律中，看到花好月圆，看到蝶舞蜂闹。心仪的美丽姑娘，分明在暗送秋波，撩拨心扉。我的心此时是痒起来了。

来到洱海岸边的古生村，民风古朴的白族民居扑入视野，那圣洁的白，牵引了我的目光。白族崇尚白色，其建筑外墙均有白色为主调，依山傍水修建，住宅环境优雅整洁。院子里砌有花坛，种上几株山茶、缅桂、青竹、三角梅，微风过处，树叶沙沙作响，花香沁人心脾。一位姓李的白族老人走过来，热情地把几位采风的作家邀回家，告诉我，他们家已在这里居住上百年了，房屋最先是他的爷爷修建的，爷爷是当年茶马古道上的马帮脚夫，终日行走在洱海苍山，把内地的盐巴、布匹运到边疆，再把边疆的茶叶、生丝运到内地。说话间，我兴致盎然观察白族民居的特色，屋顶飞檐翘角，玲珑活泼，用精美的雕刻装饰白屋的四周，青草、飞龙、白虎、雄狮、蝙蝠、玉兔，各种动植物图案造型千变万化，运用自如。粉墙画壁是白族建筑装饰的一大特色。墙面雪白，画上花鸟、山水，一种清新雅致的情趣悄然而至。从这艺术的匠心，我触摸到白族人安居乐业的幸福安逸。

百里洱海碧波荡漾，眼望那铺向天边的浩渺烟波，思绪也荡起浪花。古村里，我和一位姓段的白族老人交谈，他说，洱海古称"叶榆水"，是由西洱河塌陷形成的高原湖泊，外形如同耳朵，静静地依卧在苍山和大理坝子之间。

登上苍山，俯视洱海，别有一番情趣，碧绿的湖水如同一块碧玉，镶嵌在青山广坝之间，在灿烂阳光照射下，放射出晶亮的光芒。喝洱海圣水长大的大理姑娘，个个丰满，皮肤红润，如同湖边盛开的山茶花。我总觉得大理的姑娘不同于江南水乡的少妇，她们不是撑着油纸伞、说话娇滴滴、声音软绵绵的女人。大理的姑娘是伴着山野间盛开的野性的鲜艳的花朵。

苍山洱海，是大自然在人间的最完美结合。你看，那碧绿平静的湖水里倒映着洁白的苍山峻峰，蓝天不在天上，在山间，在水里，朵朵白云成为湖水的点缀。晚霞漫上天边的时候，情歌悠悠地唱着，湖边的竹林里传来姑娘的欢笑，"一朵鲜花鲜又鲜，鲜花开在岩石间，只要有心把花采，哪怕岩高路儿险……"歌声醉人，我情不自禁地沿着皎洁的月光寻觅而去。不管别人怎样解释大理的"风花雪月"，在我的心目中，爱的魂魄就是最美的风花雪月。

如此想着，我走进喜洲白族村寨，遇到一位风华正茂的白族姑娘，她静静地坐在桂花树下绣着荷包，依然是轻吟浅唱着那首脍炙人口的民歌："燕子衔泥为做窝，有心无心口难说。"眉目流盼间是桂花弥漫的清香，她告诉我，那一针一线绣出鸳鸯的荷包里有她的梦。

奇怪的是来到大理的外乡姑娘很快被风花雪月濡染成恋花之蝶，一双美丽的慧眼风情万种，说话的音韵柔情似水，初交也能把人带进情如手足的温情世界。大理浸透馨香，原来这诱人的香，也熏陶着人的情感，改变着人的性格。世界变得爱意朦胧。姑娘，你也和蝴蝶一样多情啊！

怀揣馨香的爱意，我奔向蝴蝶泉。未曾想，走在翁郁的林间小道，狂风大作，暴雨滂沱，蝴蝶泉不见了蝴蝶的踪影，只有孤独地站立在泉边的我。突然，一阵银铃般的姑娘的谈笑，是参加大理笔会的全国各地的作家同伴来了，一把把雨伞，恰如雨中翩然飞舞的一只只巨大蝴蝶，她们邀我照相，给我讲述生活的浪漫。蝴蝶泉边有两位来自异国他乡的游人，冒着大雨照相，男人前前后后忙个不停，两人的衣服已经湿透，人到中年，爱情如同狂风暴雨酣畅淋漓地倾泻着，雨中的蝴蝶泉，也同样浸透爱的馨香。

来到大理仅仅四天，我找回了多年消失的柔情，像是一个梦，一个遥远的期盼，此行得以落实。我追求的就是这样一种意境，几盏橘黄色的灯，几许流盼，几番抚慰，几多柔情，彼此有缘的人儿在一起，度过销魂的几天。一生有了这种体验，生命就灿烂了，生活就美满了，不留下任何遗憾，如此说来，应该感谢大理，圆我一个美丽的梦。

大理浸透馨香，香魂何处？

回眸风花雪月，感受爱意缠绵，回味情歌恋曲，答案不就在其中吗？

沁骨道经

　　历史深处飘来的婀娜之音，轻挂在这里的亭台楼阁，飘落在幽深的苍然林木，流荡进字正腔圆的殿堂，氤氲在八音乱耳的心田。我听见，这是身披一身紫气的老聃，来到这里，还没有来得及畅饮休歇，先讲经论道，娓娓道来的心语，虽无洪钟之悦耳，却似清风之润心，字字句句，沁入骨髓，震颤心灵。我在诵经咿呀中抬起头来。

　　蓝天下，是楼观台和我。确切地说，是巍峨的楼观台和渺小的我。

　　我惊诧于2500年前一团紫气的飘过。传说公元前10世纪周康王时期，大夫尹喜正在草堂和夫人对弈，忽然，下人来报："东方天空忽然涌出一团紫色云霞！"尹喜迅疾结草筑楼，攀登楼顶，举目远望。果然见一团神采紫气如蛟龙腾舞。观后，尹喜连声赞道："妙哉，妙哉！此乃祥瑞之气，真人将至矣！"于是便到函谷关迎接贵人的到来，等啊等，一日，果见一鹤发童颜老者，骑着一青牛，步履铿锵，缓缓而至。这老者便是年已93岁的老子。尹喜遂把老子迎进自己的住处，请老子讲经传道。从此，秦岭山脉终南山麓的一座小丘就弥漫起道与德的香火，彤彤地照亮华夏，映红炎黄子孙的心灵。

　　思绪游走在历史的深处，分明看见，绵延秦岭的终南山之雄姿，高峰环列，峻拔秀丽；一年四季荣枯茂杂，斑斓锦绣。终南透迤之山势间，湖泊如镜，碧水荡漾。在纵横的沟壑峡谷里，历经千年，古柏苍松，蓊郁碧翠，苍劲挺拔。道德之经，如此有灵气。

终南山有两条古道，一条通往长安，一条通往函谷。前一条，无数卫国戍边的将士，踏着道上的尘土，吟唱着"云横秦岭家何在，雪拥蓝关马不前"，走上不归之路。另一条，引导艰难寻觅人生福祉的后人，走向道德问鼎的家园。

有终南山这么一个坚实的靠背，香烟缭绕的道观楼台，理直气壮，拔地而起。

依然是在历史的隧道寻觅，古楼观台的大美印记让我目不暇接。它，吸终南之灵气，纳曲江之妙韵。最耀眼夺目的标志已经飘然眼前，那当然是"天下第一福地"的石雕与身后的骑牛老子，牛是青牛，健壮威武，颇通人性，还有呼唤"入道"的彩绘牌坊"仙都"时刻在等待八方缘人。这不能不说西安无比敬重的先贤老子，纵观两千年的"中华之道"，老子被敬重也是理所当然的。鲁迅就曾说：中国文化之根底"全在道教"。中国道家文化的经典语录，合成与加固了华夏的德行准则，一句"上善若水"，理喻本真，至理名言，昭示人们领悟这样的道理：至高的品性像水一样，泽被万物而不争名利。不与世人一般见识，不与世人争一时之长短，做到至柔却能容天下。

这么想着，我的两条腿像生了风，不由自主地走在终南山下"寻道"的山路，不断有道袍飘飘的道士，走向楼台道观，面容和悦而矜持，态度热情而典雅，胡须在微风中飞扬，与我相遇，相互问好，像是彼此接通几千年来的文明密码。

是的，就这样接通了神秘的文明密码。好一座楼观台，吸纳文人墨客留下的万般才情，把故事交给历史，又将历史浓墨重彩地绘就成才子佳人的才情佳话，有情有义，有板有眼。生动了道德依存的大地山川，生动了巍峨的终南山。

这"经"，念得多好！

你听，咿呀经音里传来化女泉的倾诉。《神仙通鉴》记载：老子由楚西游至秦，在道旁发现一具白骨。他慧眼独识骨旁有魂魄飘游，乃是一位阵亡的将军，一口仙气，白骨变成了一位英俊的少年，名叫徐甲。这公子随后牵上青牛跟老子西去，在楼南设台讲授《道德经》时，老子觉察出徐甲萌生了还俗思凡之心，为使他改掉邪念，终成正果，就施法力试他。老子用吉祥草，口吹仙气，草变成了亭亭玉立的美女，美女哭诉："上无父母，下无兄弟，今后日子怎么过呀！"徐甲见此非常动心，背上女子正要私奔，猛然发现老子站在他对面。徐甲见势不妙，放下女子，低头不语，老子面带怒容，用手一指，徐甲又变成白骨。尹喜见此情景，立即跪地哀求老子宽恕徐甲。老子就用手一指，使白骨又变回徐甲。同时，老子生气地用拐杖往地上一点，美女忽然不见了，地上出现一泉清水。这泉水一直奔涌到今天，化女泉也因此而得名。

故事告诉我们，做人做事须专心，切莫三心二意，朝三暮四。

上一趟终南山，走一趟楼观台，彻底颠覆了我对读书的认知，原来只觉得那厚厚的经卷枯燥无味，却不知它存活的山路上生动着这如许的妩媚。道德真经，不仅滋润了华夏儿女的心田，也灿烂了中华文明的史册。字里行间，哲思厚重。

在刻骨铭心的感知里走向楼观台，细细品读先贤的评述，当然是别有风味。《陕西志》载："关中河山百二，以终南为最胜；终南千峰耸翠，以楼观为最佳。"宋代文学家苏轼也说："此台一揽秦川小，不待传经意已空。"宋代大书法家米芾更是赞美楼观台为天下"第一山"。由此我想到，难怪一进景区，就看见刻下

"天下第一福地"的巨石。我走进了福地。

走进楼观台的深处，也就走进道德经的深处，最让我惊奇的是"响石"。我在老子祠启玄殿的背后，看见一个八角形石碾盘，传说是太上老君碾药的工具。给我当向导的美女告诉我，敲击此石可发出金属响声，如钟似磬。当地的老百姓还说敲此石可以去灾免病，有此等好事，为何不敲？

我找来一根木棒，敲击石碾盘，它真的发出"铛铛铛"的清脆的音响，悠扬，悦耳，动听。音域宽广，声波远播，久久不息，袅袅如烟。

我仔细端详，突然悟出，它如此响亮，实在是在传播道德真经的真谛，理直而气壮。"道"是指宇宙万物之间存在的共同的客观自然规律；"德"是指人们在社会生活中的行为准则。这么想着，历史深处飘来的清脆之音，更加入耳入心。我坚定不移地向楼观台的深处走去。

陶然在古木参天的马蹄岩

"更待菊黄家酝熟，共君一醉一陶然"，古往今来，无数文人墨客、才子佳人追寻独立自由的个性，少不了摒弃市井红尘的缠绕，车马劳顿，风尘仆仆，走向郊野，寻觅大自然的一份清悠。

我们的车毫不犹豫地驶向黔南的墨冲。抬头仰望，冷气靡靡氤氲，初冬的细雨润湿了山峦起伏的葱翠，显然，车已进峡谷。

幽深的凤啭河大峡谷，旷远宁静。几亿年前原是一片蔚蓝的大海，欧亚板块碰撞，地壳隆起，旷野撕裂，使云贵高原苍山如海般崛起，喀斯特地貌的大山毫不相让地对峙出巨大的壕沟，地理学家称之为峡谷。谷底溪水潺潺奔流，斗篷山泄下的山泉与来自青藏高原的长江支流汇聚，形成这原生态的黔南美景。生性喜爱浪漫的万千野花卉积极活跃于大山的每个山脚，每个河湾，每个季节，每种气候，甚至在布依人家的房前屋后，花草伴着岁月更迭演绎出喀斯特高原俊美独特的绝唱。我引以为豪，在黔南一年四季都可以看到各种各样千姿百态的野花，作为江西人的我在黔南工作生活了46年，早已把黔南当作第二故乡，我常常参加作家协会的各种采风活动，喜爱在绿水青山中东奔西走。

时令已是初冬，来自西伯利亚的寒气冻彻了黔南墨冲的时空，但眼前依然是草木苍翠，山花烂漫。

我和朋友们陶然在古木参天的马蹄岩。

我们来的这天，阴雨绵绵，山风劲力，仿佛拨动大山的百根琴弦。

大千世界，风光无限，许多景致看了总留不下多少印象，有的甚至与别的混同，而在沙寨看到的一种风景却让我难以忘却。那就是一个具有200多年树龄的枫香树，当地的村民把它称作保寨树，寒来暑往，年复一年，风吹雨打的老树依然枝繁叶茂地护佑这一方水土中的一方人，我对同行的作家朋友说，每逢布依人的佳节"六月六"，村民做赤橙黄绿黑的花糯米饭，其中的黑色就是用它的叶子汁水染的，过不久要筑坝修堤，河水将要淹没大树的一段，我们激烈讨论如何保护大树，有的建议移栽，有的建议围墙，大家为保护古树忧心忡忡。

"久在樊笼里，复得返自然。"当我站在一块形似"马蹄"的巨大岩石前，远望碧绿如玉的凤啭河，有一种无以言表的畅快。有一辆重型大货车厢般大小的马蹄巨石，是沙寨的网红地标，传说是天神的战马途经此地，昂首嘶鸣，见凤啭河清流婉转，两岸林木茂密，百鸟齐鸣，竟然忘却恩怨，不肯穷追敌寇，留恋于美景，不忍离去，一只马蹄化为巨石。数百年来，石破天惊。鸟语花香中，以凤凰的啼吟最为悠扬，声震苍穹，余音绕梁，这条河也因此唤作"凤啭河"。我曾在一位当地布依人的带领下，沿河溯回览胜，在千百花草与飞禽走兽的山林间穿行，山间小道一步一景，两岸风光美不胜收。我尽情地享受大自然的恩赐，畅快地与清风山岚亲近，忘却久在樊笼的疲惫。

喀斯特地貌主宰下的贵州群山，溶洞空穴星罗棋布。这类景观我见得多了，走进凤啭河畔的拉雅洞，让我大吃一惊，这是一个没有经过人类随意雕琢的原始山洞，钟乳石四壁垂悬，上下呼应，参差怪状。此洞长达千米，空阔可容千人。最让我耳目一新的是洞内一个有3层楼高、需要20余人牵手才能合抱的巨大钟乳石，这在贵州乃至全国喀斯特溶洞中极为罕见，洞口三只天眼，仰视天空。因此也显得拉雅溶洞非同一般。

这一次，我是受"墨冲马蹄岩旅游康养建设项目"建设团队邀请，前往采风，我们来到沙寨凤啭河畔，眼前是一个已经破土动工的巨大工程。项目负责人是一个年轻漂亮的妇女，马蹄岩建设领导者，人们称她侯总。她边走边告诉我，这里将建设成一个集养老、健身、旅游于一体的康养基地。放眼望去，几幢老旧民居已经拆迁，山间道路正在拓宽，工地规模大气磅礴。

挽几缕时代长风，植青竹片片在胸，我看见几个年轻豪迈的创业者手捧蓝图，充满自信地对我描绘不远将来的前景。

时令虽是孟冬，不是播种的季节，然而我心中的希望已经胎动萌芽，在俨俨激情的催生下破土而出。我仿佛看见一个承载梦想的家园已经在青山怀抱中拔地而起。那是远近乡亲们梦中的康养基地。走上脱贫致富的乡民及远在城市水泥方块建筑里的城里人都需要它。

安逸的日子，无须华丽。有山，有水，有古树，有洞穴，博古通今，回归自然，在悠然见南山的乡野走走。与世无争，忘却恩怨。再加上几个好友，几杯小酒，吼几嗓民歌，吟几首小诗，其乐融融，其兴勃勃。

人生的最高境界，是摒弃一切世间的尔虞我诈、刀光剑影。日子需安静地过，在物我合一中释放自我。说到这里，我不得不称赞"墨冲马蹄岩旅游康养基地"的领跑者侯荣玲女士，放弃南京优越的就业条件，毅然决然回到故乡都匀创业，致力乡村振兴，带领乡亲们脱贫致富。

我敬佩这群勇于创业、大胆创新的年轻建设者，他们把"乡村振兴"的愿望根植于绿水青山，融入布依族文化，崛起在民风淳朴的马蹄岩。建好后的"墨冲马蹄岩旅游康养基地"，会像磁铁一样吸引年轻人来此陶冶性情，也适合老年人安度晚年。而我们，一群热爱文学的人，在这个寒冷的冬季亲眼见证了乡村剧变徐徐拉开序幕，好戏在后头。

我们，陶然在古木参天的马蹄岩。

第三辑　拨弦秋风

遗落在峡谷深处的美丽青春

一

我怀念那如梦似歌的岁月，那是我永远也不忍舍去的三线记忆，装满自豪与痛苦的青春。流水般的日子不舍昼夜地向前奔腾，当生命的脚步走向生活的深处，回望来路，掂量那些曾经的平凡往事，总是让我热血沸腾。心中的震撼是在三线军工厂工作的日子。当时并不觉得多么特别，时间远去了，却让我倍感珍贵，"夜阑卧听风吹雨，铁马冰河入梦来"，哦！我的三线岁月啊，多少留恋遗落在峡谷深处的美丽青春里！

来到都匀深山里的三线厂时，我十六岁。

十六岁的少年从繁华都市走进深山峡谷，开始一种全新的国防工厂人的生活，人生的路就这样奇异地铺展开来。

激情，已在记忆的时空隧道里流淌。

二

那天大雪纷飞。

那是我来到黔南都匀的第一天。父母调到黔南都匀 504 厂时

（504 不是厂名，是军工厂对外通信地址，全名叫贵州省都匀市504 信箱，大家都习惯这么称呼，我就这样称呼吧），我高中没读完，父亲知道，刚刚组建的山沟里的大三线厂没有办高中，仅有一所小学，就让我到湖南津市读完高中。那时的高中是冬季毕业。我拿着难得的高中毕业证，父亲便到湖南接我去贵州都匀。一下火车，厂里派了一辆解放牌大卡车迎接我和我的父亲。那天正好是 1975 年的大年三十，都匀好冷清，车在寒风凛冽中驶过百子桥，那时的百子桥还是一座石拱桥，可以过汽车，桥上没有现在的亭台楼阁，我第一次看见少数民族地区的小城，觉得别有风味。我当时并不知道都匀将是我相依为命的第二故乡。

车，在山间公路上艰难地行驶了将近一个小时，我到家了——一个深山里的新家。

一进家就嗅到一股浓郁的野花香，接着看见先于我半年来到厂里的妹妹的床头放着一盆山里的野生兰花。鹅黄色的小花，清香四溢，淡雅朴茁。我问妹妹，哪儿来的？妹妹告诉我："就在厂房后山挖的。漫山遍野，好多呢！"我透过窗户，向外望去，野花、绿草、白云、清风，弥漫了环绕的全厂的四周青山。厂区正在建设施工，红旗漫卷，机器轰鸣，工地一侧是一条打工标语："提高警惕，保卫祖国，要准备打仗"。

思绪猛然涌来几分自豪，因为我知道 20 世纪 60 年代中期，新生的中华人民共和国面对严峻的国际形势，毛泽东主席高瞻远瞩作出的一项重大战略决策，悄悄实施一项浩大的战备工程——三线建设。因此"三线建设"是我国面对美国苏联这两个超级大国虎视眈眈局势的战略举措，是加强战备，改变我国国防生产力布局的一次由一线向三线转移的大调整。千军万马浩浩荡荡开赴三线，而我是其中一员，准确地说，我是三线的子弟，父母带着我和妹妹从陕西宝鸡来到黔南。

三

日子，盛开着美丽的爱情之花，但那些花是不属于我的，我的情和爱都如同冰冻土壤里的野草，还没有发芽。

生长爱情的环境非常美好，到处流淌着青春的歌谣和爱的旋律。

来到厂子不久，我认识了一个青年电工，姓陈。也许是物以类聚，人以群分吧，我喜欢音乐，得知另一个电工有电唱机（我家有之前保存下来的胶木"封资修"老唱片），于是我就经常去找他，和他一起放唱片听歌。值得说明的是我们放的是当时认为是资产阶级靡靡之音的"黄色歌曲"，比如电影《芦笙恋歌》的主题歌《婚誓》、电影《柳堡的故事》的主题歌《九九艳阳天》，俄罗斯歌曲《莫斯科郊外的晚上》等。我们只能偷偷地躲在下班后没有人的车间里放。小陈是跟随他的父母从四川一个老国防厂调来黔南的，他母亲很会种菜，他来了就进厂工作了，天遂人愿，小陈是一个人住在车间里。

夜长梦多，不知怎么搞的，有一天我们听着听着，就有一个女生的音在门口大声训斥我们："好啊，你们躲在这里听黄色歌曲。"我和小陈立刻紧张起来，就迅速收捡了唱片，藏在被子里。我说我们听的是革命歌曲，就唱了起来："从草原来到天安门广场，高举金杯把赞歌唱。"她一听就笑了，说："你唱得还可以。"她是机动车间的检验员，认识小陈。她进来了，把我们藏在被子下面的唱片抽了出来，看了看，说："你们不老实。"说完就走了，她走后，我和小陈都有点紧张。

我说："她是不是苏联间谍？"

几天后，她在厂里澡堂门口遇到我，我们两人都是刚刚洗完澡从澡堂出来，走在同一条路上。她披着长发，偏着头，一手拿脸盆，一手梳头。她把脸盆递给我，命令式地说："帮我拿一下。"于是我就帮她拿一下。她继续梳头，说："你唱歌挺好听的。"我很警惕地说："就是《翻身农奴把歌唱》那首歌，是吧。"她说："别装了，我都听见了，什么'阿哥阿妹情谊深'。"她又说："我也有一点这种唱片，我拿到你们那里去放。"我好激动，说："好啊。"后来她果然拿了几张老唱片来和我们一起悄悄放来听。

我们成了好朋友，我知道了她叫小芳，是跟着她的哥哥到这深山里国防工厂找工作来的。他哥哥是北京一所名牌大学的高材生。

她来找过我们过几次之后，我发现小陈就喜欢上她了，因为有一天小陈问我，你觉得她漂不漂亮？她多大了？她是哪里人？她有男朋友没有？我说你问我这些，我只知道一样，她是苏北人。小陈认真地"哦"了一声，然后就仔细分析说："这段时间她经常到我这里来，肯定是对我有意思了。唉，我丝毫没有思想准备，爱情就这样悄悄地来临了。"小陈讲这话时，表情很严肃，内心很陶醉。

不久厂里放电影，是一部反特故事片《寂静的山林》，电影明星王心刚主演的影片，小陈让我去跟小芳讲，我们三个人坐在一起看，我跑步去检验工作间找小芳，小芳听了说："好啊好啊。"那天小陈特意洗了澡，梳了头，把脸擦了百雀羚，香喷喷的，早早就约我去占位子了。那时的露天电影，是最让人留恋的文化生活。军工厂每个星期放两次电影，只要有新片子，厂里就派车去贵阳帮电影公司拉片，于是就优先观看，如《渡江侦察记》《勐垅沙》《秘密图纸》。我们看得好过瘾。但这天晚上并不过瘾。我们到了好久，还不见小芳来，小陈盼得眼睛发绿，一直朝几个方向看，脖子扭得溜溜转。快要开始时小芳才来，小陈看见了，站起来招手。小芳来了之后坐在我和小陈的中间。电影放了一半，大家都看得津津有味，天气突然变了，寒风怒吼，小陈赶快把身上的风衣脱下来给小芳穿，小芳就把风衣展开给我披一半，她披一半。我看得聚精会神，就没有注意到小陈，等电影散场时，小芳把风衣给小陈，问他："你冷不冷？"小陈牙齿直打颤，说道："不、不、不冷。"两颗鼻涕在洞口呼之欲出。我觉得恋爱中的男生好可爱，也好可怜。

又过了几天，我们依然悄悄躲在小陈的单身宿舍里偷听电影歌曲，那天听的是《蝴蝶泉边》："大理三月好风光，蝴蝶泉边好梳妆，蝴蝶飞来采花蜜，阿妹梳头为哪桩。"正听着，突然停电了，一片漆黑，我突然感觉有一只手伸进了我的脖子里，我大叫一声："啊！"黑暗中的小陈问："怎么了？怎么了？"他迅速划亮了火柴。我看见小芳亮亮的眼睛在看我，立即暗示我要编瞎话，我机智勇敢地说："我看见窗户外边有鬼。"小陈紧张起来，拿了一根他包饺子用的擀面棍就小心翼翼地出门去，像要打鬼的样子，小芳忍不住笑了，我则突然感觉脸上被什么热热的东西黏了一下。

四

青春，以她蓬勃的生命力在群山深处生长；爱情，以出人意料的情结在军工厂里开花结果。

转眼我身后的时代已经是轰轰烈烈的知识青年上山下乡的洪流。我只好打起背包到都匀邦水栗木公社养猪场当知青去了，那段时间母亲天天念着"早点下去，早点上来"。我走后，在农村广阔的天地里听说了小陈与小芳的爱情结局，当然是文学作品里写的，出人意料之外，又在情理之中。他们当然没有成功，小芳在解决了全民所有制工作指标后，在她的老家江苏找了个爱人，以夫妻两地分居为借口，调回扬州去了。原来，她到军工厂只是个跳板。

小芳在"烟花三月下扬州"，小陈是"唯见长江天际流"。

小陈有好长一段时间找不到对象。他母亲急死了，天天托人给他介绍，一有新的招工进厂的小姑娘来了，媒婆们就一拥而上，姑娘很快就会被抢光。后来他还是找到了一个胖姑娘，很勤劳，每天积极去倒尿盆。

说起倒尿盆，我就要介绍一下军工厂当时的家属住房。

20世纪70年代建起的红砖家属楼，是清一色的火柴盒式的建筑。每一栋楼有60平方米左右的大号住房，40平方米左右的中号住房，20平方米左右的小号住房，如果是一家四口以上的老职工家庭，可以分得大号住房；刚刚结婚的小青年双职工，可以分到小号住房。当然，这些住房里都没有卫生间。

于是就出现了每天早上男男女女端着尿罐子去厕所倾倒屎尿的队伍，加入这个队伍是自豪的，体现了一个男人或女人的勤劳、忠厚。

我就加入端着尿罐子去厕所倾倒屎尿的浩浩荡荡的队伍之中，这一晃已经是五年之后。因为我下乡两年半之后，在农村听说恢复了高考，一考就考上了黔南民族师范专科学校，读了两年，又被分配到军工厂子弟学校当老师。

当然要说到我的爱情了。

不好意思的是，我实在是在军工厂找不到合适的老婆。找不到老婆的日子对一个意气风发的青年是很痛苦的，是难熬的。我天天唱："抬头望见北斗星，红军想念毛泽东，迷路时想你有方向，黑夜里想你心里明。"

但心理压力很大啊。严酷的现实逼得我到老家湖南津市去找老婆，我在那美丽的澧水河畔读过小学，读过高中。那时有一个比我低一届的女同学天天来找我一起做作业，就在我外婆的木楼上，她带了好多连环画小人书来给我看，有《霓虹灯下的哨兵》和一本我不知道名字的苏联电影连环画，讲的是爱情。有一天，她说她有一道数学题不会做，让我给她做，做对了会有奖励，我做出来了，问她奖品呢，她微笑着拥抱了我。想一想这些，我觉得留恋故乡，思乡情结波涛汹涌，排山倒海。我不能自拔，一定要在湖南老家找老婆。果然，湖南老家的表姐把她的同事介绍给我，真是前世姻缘，我们一见如故，一见钟情，很快就结婚了。

但是！但是！但是！我离不开我习惯了的军工厂，我喜欢山清水秀的深山峡谷，我喜欢这里的同事朋友。后来，老婆调到了都匀的三线厂，我在军工厂安心了，稳定了。

军工厂是个机构健全的小社会，什么都有。它已经成为我战斗生活的温馨家园，我深深热爱的温馨家园。

结婚后，厂里给我分了一个小号房子，推开东窗，可以瞭望远山和冉冉升起的太阳，还有农民的天地。春天里油菜花金黄，夏天里稻谷飘香，秋天里蛙声一片，冬天里白雪茫茫，多美的生存环境啊。我和爱人在屋后开了一片菜地，我拿出在农村当知青会种菜的本领，种了好多菜，夏天有辣椒、茄子、豇豆、南瓜；冬天有大白菜、瓢儿菜。我和爱人每天下班后就在菜地挑粪施肥，浑身臭汗，之后去厂里的免费澡堂洗澡，洗完后吹着柔婉的晚风，头发飘香地回家。

其实在军工厂很多人家都有菜地，是自己在房前屋后角角落落自己开垦的。记得有一个转业军人开了一块菜地，让他的爱人种地，他爱人是个少妇，漂亮的女老师，来自上海农村，很会种地，但她不好意思种，于是她老公就用我在厕所掏粪的例子教育她：“你看人家小卫这么个文弱书生，知识分子，还敢挑着大粪在马路上走。”美丽的女老师还是不好意思“挑着大粪在马路上走”，他笑着说。

军工厂是一个小社会，百货商店、理发店、照相馆、书店、饭店、银行、邮电局、幼儿园、子弟学校、澡堂、医院、职工大食堂、招待所，样样俱全。职工大食堂往往具有多种功能，既能够供给数千职工用餐，也能够用于开全厂职工大会，还能够放电影，演节目。

厂里给我发了双人床，木工车间工人做的，松木材质，清香扑鼻。在这样的温馨家园里，三线人的第三代——我的女儿出生了。

女儿吃着我们自己种的新鲜蔬菜长大，在厂子弟学校读书，后来考上北京科技大学，接着读完中国人民大学的硕士研究生，她是真正的山沟里土生土长的姑娘。

五

提起三线，我总有诉说不完的激情。那是我永远难忘和永久怀念的过去。

写到这里，我的心里吹来一股清凉的山风。我想起那个美丽的星期天，我们一家三口来到屋后的小冲山，茂盛的马尾松隐天蔽日，碧绿的杉木林长满山坡。林间的映山红开了，是野生的单瓣花种，如火的鲜红，一丛丛一簇簇蔓延到山野的深处，女儿一边采野花，一边唱着山歌，我们登上了山头，可以俯视全厂，铁丝网围墙中的厂子已经野草丛生，我告诉爱人：“我们这个厂就要政策性破产了，人员陆续分流。”

激情燃烧的岁月已经接近尾声，这是2001年的春天。惊心动魄的一个春天，难舍难分的一个春天。

无可奈何花落去，似曾相识燕归来。

时代总是不舍昼夜地向前奔腾，改革开放的洪流惊涛拍岸，谁也阻挡不了，每个人都无可奈何地选择自己的去路，我后来也调到了黔南的一所重点中学工作。

……

云舒云卷，花开花落，一晃又是十多年过去了，我而今居住在都匀城剑江河畔的高楼大厦，却依然怀念三线岁月，怀念那如梦境般的往事，尤其是风雨交加的夜晚，就想起陆游的诗。

"僵卧孤村不自哀，尚思为国戍轮台。"哦！我的三线岁月啊，多少留恋遗落在峡谷深处的美丽青春里！

当晚霞漫上山头的时候

一

绚烂的晚霞润润地漫上山头，把喀斯特高原的天空浸染得如缎似锦，每一座山都温顺地静伫在金辉之中，美得令人垂泪，美得流光溢彩，美得大气磅礴，美得波澜壮阔。苍山如海，残阳如血。这样的情景最让人如痴如醉，这样的意境简直就是牵动人情爱的绝美风物。

入秋的一个寻常黄昏，一个曾经和我一起工作的女友约我来到黔南都匀的最高山峰螺蛳壳，登高远望。女友刚刚离婚，还没有来得及从孤独的忧伤中走出来，本想轻松一下，用居高临下的快乐冲淡苦闷，哪曾想到如此赏心悦目的风光又勾起缕缕乡愁。

我无法抗拒思绪万千的温情，缕缕情丝仿佛从千山万壑的袅袅山岚中脱颖而出，直抵心灵。

我和身边这位多愁善感的女友把目光投向了峡谷深处，视野里逶迤着起伏的群山。云贵高原秋高气爽，山野田园依然青葱翠绿，目光所及的山谷就是我们曾经工作生活过的军工厂，曾经讳莫如深隐藏在大山深处的赫赫有名的国防电子工业基地，星罗棋布十几个工厂及科研院所。厂子和研究所一律采用数码代号，我所在的军工厂对外称作 504 信箱。

"夜阑卧听风吹雨，铁马冰河入梦来。"南宋诗人陆游的诗仿佛穿透千年，碰撞出绵绵乡愁的心灵共鸣。

怀旧，搅动我和女友血脉里奔涌的激情，如地火喷出，似火山爆发。

我信命，我是一个命中注定一辈子把他乡当故乡的游子，我的家乡本不在贵州，但我从十几岁就跟随父母从陕西宝鸡来到黔南都匀，安家落户已经 40 余载，早已把异乡当故乡，因为茫茫大山点燃了我美丽的青春梦想，我在这里工作生活，在这里娶妻生女，直到生命燃烧成今天的风景——"只要夕阳无限好，何须惆怅近黄昏"。退休后，我跟随女儿到北京生活，然而经常回到我魂牵梦萦的无一个亲人的第二故乡——都匀。

许多平凡的往事，已经在时光的磨砺下，变得弥足珍贵。回忆起来真的让我无限自豪，如数家珍。

二

往事悠悠，乡愁绵绵。无数过去的日子已经成为历史，曾经激荡我奉献青春热血的军工厂已经人走楼空，残垣断壁，野草丛生，政策性破产的结局已经让千军万马各奔东西，另谋出路。越是如此，越是激发像我一样的千千万万的三线人的乡愁，我深深怀念那些曾经火红的岁月。

军工厂的生活是单调的，却又是丰富的。

说它单调是因为军工厂所处位置的偏僻。所有军工厂建设被一个时代统一称为"三线建设"，每个军工厂的选址原则是"山、散、洞"，具体解析就是隐蔽在深山，分散在幽深峡谷，重点车间可以进山洞。工厂的车间与家属住房是千篇一律的火柴盒式的平板楼，行政办公大楼大多是苏式筒子楼，红砖外墙，水泥马路。厂区的高楼顶上架上高音喇叭，每天早上吹响军号起床，吹响军号上下班。

嘹亮的军号，是三线职工心头挥之不去的最美旋律。

说它丰富是因为军工厂每一天的生活都有新的内容，每一天都产生丰富多彩的故事，工厂的命运，日积月累演绎着跌宕起伏的悲欢离合。

我所在的军工厂，修建在茫茫大山的包围之中，与世隔绝，形成了军工厂的独特之处，一个厂就是一个独立的社会。生活设施样样有，商店、邮局、菜市场、澡堂、学校、医院、电影院、饭店、理发店、银行、托儿所、照相馆、粮店、新华书店，应有尽有。建筑物的墙上，出现最多的标语是"提高警惕，保卫祖国"和"备战备荒为人民"。

还有一条标语，不贴在墙上，却永不褪色地刻在军工厂职工们的心头，这就是"好人好马上三线"。到三线军工厂工作的每个干部职工都经过了党组织严格的筛选。不少人来自北京、上海、西安、哈尔滨、成都等地的名牌大学，是才华横溢的高材生。不少人是具有烹饪、园艺、绘画、音乐等技能的能手。群英荟萃，人才济济。

20世纪70年代的军工厂是年轻的军工厂；年轻的军工厂云集了来自五湖四海的年轻人。就连我们的父辈们当时从外地调到贵州也只有40多岁。我们这个厂是国家号召陕西宝鸡、四川绵阳、江苏南京三个厂联合包建的，调来的都是技术能手，大家拖家带口，举家搬迁，千军万马，走进贵州黔南深山峡谷里的军工厂。

很多人不知道，在这样偏僻的大山里，广大科技人员和职工生产出了国家一流的高科技尖端国防产品舰载火炮雷达。

"我们年轻人，有颗火热的心，革命立场最坚定。"正像歌里唱的那样，年轻人带着一腔热血，装满革命豪情，昂首阔步参加三线建设。爱情，在这群激情燃烧的人群中悄然来临，多姿多彩的爱情之花，在军工厂里绚烂盛开。

中年人的爱，深沉炽热，干柴烈火。

年轻人的爱，情窦初开，无拘无束。

由于一个军工厂就是一个独立的小社会，因此男女青年找对象难，可选的余地小。只要每年来了帅气的大学生小伙，很快就会被手脚麻利的姑娘们一抢而光，下手慢的只能"望洋兴叹"。

在恋爱的季节里，我和许多年轻男女最爱去的地方有两个，一个是电影院，一个陈嬢嬢的饺子馆。

差不多每个星期军工厂会放映两场电影，每每有新片子问世，军工厂都能率先搞到片子，先睹为快。在春夏秋三季的晴天，就在灯光球场放露天电影，职工们和家属孩子们早早吃了饭，自带椅子，来这里占地盘、抢位子。

露天电影，已经定格成一个时代的靓丽风景。

冬天在大礼堂室内放电影。大礼堂是了解男女爱情的场所，一旦两人恋爱关系确定，就会双双出现在电影院，一起看电影，成为男女爱情的无字宣言。无数双眼睛会说："看，他们两个人好了！"

我最佩服的是开饺子馆的老板娘陈嬢嬢，这是一个有点微胖、长相对得起观众、两眼炯炯发光的40多岁的中年女人，讲一口东北话，当然就是东北人了，姓陈。她很会说话，消息特别灵通。只要走进她的饺子馆，就会听到她侃侃而谈，天上的事她知道一半，地上的事她全知道。当然，她也会看人来，遇到话不投机半句多那种人，她不说什么。她信任我，喜欢我和交谈，常说，尹老师文绉绉的，哪个姑娘找了他哪个姑娘享清福。我被她夸得轻飘飘的，心里像吃了蜜糖一样甜，越发喜欢听她讲厂子里最近发生的故事，当然大多是有关男女的风流故事。我喜欢看她擀饺子皮的动作，面团在她的擀面棍下转得飞快。她说，装配车间那个离婚半年的金姑娘，请机修车间的一个男人修灯，男人搭了板凳站在桌子上，天热，只穿宽松的短裤，她一抬头就看见男人那传宗接代的东西在裤子里荡来荡去，灯修好了，男人一下来，两人就抱在一起。我听了，嘿嘿地笑，她说，你笑什么！我嘴上不说，心里很想听这样的荤段子，这也是我经常来这里吃饺子的原因。

三

光阴荏苒，雁过无痕。时代变迁，社会发展。

到了 20 世纪 90 年代，随着改革开放进程不断加快，伟大的国家日新月异。过去用于备战备荒的大三线军工厂，由于偏僻、闭塞、交通不便，产品更新换代迟缓，技术水平落后，渐渐跟不上时代的步伐，国家准许政策性破产，成千上万的军工厂干部职工及技术人员分流离散，再一次背井离乡，厂子易地搬迁，职工下岗分流。

无可奈何花落去，似曾相识燕归来。

离开军工厂已经 19 年，我跟随父母来到这里时，不到 17 岁，后来读了大学，成为高级教师，成为厂里的宣传部副部长，又调任人事教育处副处长。我爱好写作，在这里写出了 600 多篇文章，以军工厂战斗生活为题材，创作出了小说《红色情话》，在当时国防工业最高级别的纯文学刊物《神剑》刊发，又获得贵州省职工新长征文学创作奖。我用文学艺术再现了悲壮的爱情故事，深情讲述两个女人和一个男人错综复杂的爱恨情仇。

记住乡愁，铭刻三线。黔南州都匀市政府毅然决然决定建设红色教育基地"都匀三线博物馆"。市委市政府邀请我参加文字组的工作，我积极响应，和创作组其他同志一起构思创作博物馆的展陈大纲。领导安排我们去攀枝花中国三线博物馆和贵州三线博物馆参观学习，博采众长，吸取经验，我产生了灵感，拿出第一稿，把整个展馆设计为9个部分，每个部分我采用一句七律诗词作为主标题，用两个四字词组作为副标题，以补充说明。第一部分写当时党中央构想建设三线的国际国内形势，取名叫"山雨欲来风满楼——战争威胁备战备荒"，后面几个部分自然而然用了铁马冰河入梦来、谁持彩练当空舞、未敢忘危负岁华、江山代有才人出、春潮带雨晚来急、战地黄花分外香、八千里路云和月，我的初稿交上去后，得到创作组其他同志的修改完善。我的构思是，乡愁，如诗如画。

　　这个都匀三线建设博物馆利用原三线企业东方机床厂废弃的旧址，把破旧的厂房、空荡的车间、杂草丛生的小道、高耸入云的烟囱加以改造，变成一个"留住乡愁"的红色教育基地，也是三线人灵魂的栖息地。

　　已经流散在全国各地的三线职工，纷纷组织回到都匀，回到老厂，来到三线博物馆参观，我悄悄注意许多年迈的老职工，他们站在一张张老旧的照片前，手摸一个个机床，目睹曾经用过的搪瓷缸、缝纫机、自行车、竹筐、扁担、铁锹，眼里滚动着浑浊的泪。人群中我发现了冷作钳工杨三叔，早先细嫩的容颜已经苍老，先前敲打出炮瞄雷达精密元件的双手皴如松树的皮。这泪里，分明浸泡着殷殷乡愁！

　　风起云涌，山风劲力，如此的凄美让我们触景生情，思绪万千。

　　"为有牺牲多壮志，敢教日月换新天。喜看稻菽千重浪，遍地英雄下夕烟。"我情不自禁轻轻吟诵一代伟人毛泽东回韶山时所作的豪迈诗句。

当我把思绪从历史深处拉回现实，殷红的晚霞如鲜血般漫上默默无语的群山，云贵高原的黄昏一片灿烂。

妹妹女儿的婚礼

我昂首面对苍天长长地吸一口新鲜的空气，真舒畅。时令已是数九寒冬，太阳把万道金光洒在这个世界，温暖地照耀着我们，悠扬的婚礼进行曲已经激昂了婚姻的殿堂和广阔的蓝天，亲朋好友，喜气洋洋。妹妹女儿的婚礼正在进行，我的思想正在内心深处潜滋暗长。是的，我想得很多，也想得很远。

这世界真有一种神奇的力量主宰着人生，把握着公平与正义。我在江西萍乡这个普通百姓的婚礼前奏曲中，迎来了2015年第一天的第一缕阳光，因为这是新年的第一天，当然有意义，注定让我终生难忘。

到了我这个年龄，对人生很多事情都有自己独特的见解和感受。我对很多自己喜爱的事情，更看重过程，过程就是享受，然后品味其中哲理，感悟大千世界的奥妙。

新年到来的前一天，北京的女儿给我网购了从贵州凯里到江西萍乡的特快列车票。一夜奔驰，心潮澎湃。一觉醒来，列车已经穿行在湘赣边界，水乡风光烟波浩渺。这是毛泽东领导秋收起义的地方，风中有一派力，好鼓舞人的劲风。江西是我的老家，浓郁的乡音传入耳鼓，心中溢满乡愁，我吟唱着"雄伟的井冈山，八一战旗红"。

新年新气象，开篇好兆头。之前，我和妹妹的命太苦了，现在正走向一个新的阳光灿烂的起点。氤氲在喜悦氛围中的美酒芬芳，明明白白宣言妹妹完成了一件光荣而艰巨的任务——女儿成婚，热热闹闹地办酒席庆贺。正像一首流行歌曲唱的那样："越来越好，来来来……"

亲朋好友真的从四面八方来了。我喜欢四处周游，新年第一天，我从贵州到江西，一日千里。爱人本在北京带外孙女，也"请了假"，从首都来了。伯伯九十一岁高龄，听说喜讯，也在儿媳的搀扶下从乡下的老屋里走了出来，五个堂哥也来了，妹夫的父母一大家人开着车从赣南宁都赶来，妹夫忙着迎接宾客，不亦乐乎。按照萍乡的习俗，每来一批客人，就点燃一挂鞭炮，于是，鞭炮声此起彼伏，震耳欲聋。妹夫的朋友、宁都的老乡都积极帮忙，妹夫一向人缘好，朋友多。浩浩荡荡的送亲车队奔驰在乡东的大街小巷。

婚礼是交给婚庆公司主办的，程序有些夸张，要的就是这种热闹气氛。妹妹的女儿自己选定了欧式婚礼仪式，新娘在父亲的陪伴下，走进婚姻的殿堂，她轻挽着父亲坚强的手臂，面带笑容，洁白的礼服照亮了所有人的双眼，这一时刻，她无比漂亮，无比自豪，微笑着走进华光闪耀的舞台。主持人用赞美的语言引出男主角新郎，一句话，当众激活人们对婚姻家庭的想象："英俊的小伙子，你愿意娶这位善良的姑娘为妻吗？""我愿意！"新郎大大方方地回答。"美丽的新娘，你愿意嫁给眼前这位帅气的小伙子吗？""我愿意！"新娘回答。当然少不了众人期盼的热吻与拥抱。婚礼的高潮到来了——喝改口茶，发红包。伴娘把热腾腾的茶端上来，主持人抓住时机，让新郎赶快给岳父泰山敬上。问："喝了女婿的茶，心里甜不甜？""甜！甜就快拿钱！"让新娘赶快给父母敬上。问："女儿敬的茶，好喝不好喝？""好喝！钱要给得多！"

亲朋好友的欢笑已经汇成欢腾的海洋。

回味美丽的过程，绝对是一种享受。你一定参加过无数婚礼，如果几十年后，当你满头白发，你想起你参加亲朋好友的任何值得纪念的活动，那种享受又会变成珍贵的记忆。所以我注重过程，喜爱过程。

任何活动之后，我喜欢品味其中哲理，新年第一天我踏上征程，回故乡，千里奔波。也许这一年我会有更多的机会走向五湖四海，走进田间地头，走向真实的生活。这是我喜欢的采风生活，是文学创作的源泉。接下来我已经感悟出大千世界的奥妙。不管你承不承认，这世界总有一股力量，支撑着正义与善良，它同情弱者。几十年来，我和妹妹走过了艰难困苦，迎来新的日子。从另一个角度说，人和人的婚姻真的是讲缘分的，不得不承认，我们家三代人的婚姻都特别神奇。父亲是江西人，找了一个湖南姑娘，后来她成为我的母亲。我是江西人，和父亲一模一样，也找了一个湖南姑娘，后来她成为我女儿的母亲。妹妹侧相反，嫁到了江西。妹妹的女儿则嫁了一个与她外公同样家庭情况的老公。世界那么大，有时候又那么小，机缘竟是那么巧。巧到让两个远隔万里、素不相识的人相见、相识、相爱，爱得海枯石烂，直至结婚，生儿育女，幸福生活一辈子。

不管你信不信，人的一生布满了玄机，需用一生的智慧去把握；需用一生的真诚去对待；需用独特的视角去解读。

大连轻柔的梦

弥漫了海风的腥香韵味，旖旎了波涛的雄浑悲壮，走进大连，竟然收获了意想不到的感觉。凝望大连的眼睛，映照文友们久别重逢的心灵。

我饱满的向往熨帖着诗梦盛情的邀请，激情燃烧奔向大连。从南到北，跨越的不仅仅是东经北纬的分界，更是对我所熟识的诗梦人的又一次升华，这是绝对的超越。寻觅的方向于是有了比罗盘还精准的刻度。奔向大连，怀揣友谊；面朝大海，春暖花开。

带着这种心境，我走进大连！

选择大连，应该说是诗梦的一次别出心裁的创意。当然首先要说说大连。

这座城市太不同寻常了。

它洒脱自如地站立在中国北部的海疆，同时又小心翼翼行走，不去张扬自己，悠然地过着属于自己的日子，那里的海浪也似乎波澜不惊，男女老少在沙滩上徜徉，看不见惊涛骇浪。这正是我喜欢的状态。郊野，有大片的绿荫覆野，远离人烟处，一处别墅小区，人迹罕至，路途迢迢没有阻挡人的脚步，我来了，与一群酷爱文学和生活的朋友，小住几天。床铺有些简陋，像北方的炕，五六个人睡在一起，人体的一切若隐若现，鼾声如雷如同宣言，声震夜空。人和景，如此通融，这是一种何等的悠然惬意。

日子里的大连，大连城的日子，竟如此粗美！

这个阳光躲进云层的夏日上午，我来到金石滩。一望无际的大海，从容地倘在蓝天白云下，穿泳装的人们，依偎着海风，低声细语，情侣相拥，海鸥在天空翱翔，鲜花在岸边烂漫，这是我嫉妒的风景，这就够了，生活有了惬意，人心就天宽地阔。

风云可以变换，那当然是一种丰富。我来到大连滨海国家地质公园时，阴云密布，暴风雨在天边滚动，凉风袭人，这是夏日变化多端的性格，我的心已经融进"山雨欲来风满楼"的情境。我疾步走在海边屈曲盘旋的礁石山路，思绪万千，风也开始如泣如诉，似乎在告诉我，人生险恶，风起云涌，做人做事要小心才是。尘埃落定，心胸应豁达宽容才是。

诗意的大连，大连的诗梦。

说了大连，当然要说说盛情邀请我走进大连的诗梦朋友。

我很敬佩这群酷爱这诗歌散文的文友，他们用心写出一篇篇美文，或者诗词歌赋，艺术精良的巧手制作成音画，互相欣赏，互相点赞，艺术世界与她们的内心世界融为一体，美得让人垂泪。我认识几位美女妹妹，她们的文章，我百读不厌，只好收藏，没事了拿出来看看，于是又想起相识相见的一幕一幕，人与人之间的心灵，奔涌着，热辣着。

我与诗梦文友的四次相聚历历在目，呼之欲出。邯郸的赵王城，我们一起领略燕赵大地的古朴雄浑；湖北武汉的黄鹤楼，我们牵手共吟"日暮乡关何处是，烟波江上使人愁"；广州花都的特美声，我们高唱"花城百花开，花开朋友来，鲜花加美酒，欢聚一堂诉情怀"。而今的东北大连，海风轻轻，美轮美奂。我和诗梦的朋友们再续友情，一起谈诗谈梦，那诗已是人生的脚步。

于是朋友们的形象就定格在我的心里，网站站长李晓妮对诗梦网站的执着酷爱，起初让我想不通她怎么这么爱惜这个网站，现在是肃然起敬，文字已经升华为生命之歌；王克楠先生德才兼备，自从我认识了他，就感觉世界到处是朋友，一个人的善良与宽容厚道，足以改变一个人的人际圈，让世界充满爱。东方一君先生文武双全，起初我以为是日本人，后来才知道不是。他具有北方汉子的剽悍、豁达，打得一手好拳术，虎虎生威。操一口标准东北话的网站站长偏锋剑客，知识渊博，几次笔会都是他主持，一气呵成，妙语连珠。和我住在一个通铺上的"雪上飞舞"，是那么阳光的一个人，随时身背照相设备，热心为大家服务，每个活动环节都在录影录像，用艺术家的眼光记载大连珍贵的瞬间。来自山东烟台的千帆舞，每次见面都是那么客气，那么谦逊，她的诗文写得好，为人也是那么善良，记得去年我和幽兰站长去山东领奖，她专程从烟台到沂源与我们相聚，带来了山东美酒，时间虽然短暂，但十分愉悦，记得那天她喝了一点青岛啤酒，美丽的面容更加美丽。我和湖北的沁梅映雪也是多次相见了，这次我先到大连，次日一早，王克楠先生拉我一起去接沁梅映雪，我一口就答应了，这是求之不得的事情。还未等刚刚到达的沁梅映雪缓口气，她就主动陪我去大连火车站接"倾城之恋"，累并快乐着。

收获友谊，收获文心，收获思想，收获未来。大连相遇的诗梦朋友们，我想对你们说的心里话还很多。

那夜的文学创作体会交流会又翩然飞入我的视野，看见了梦寒，那个来自湖北武汉的帅哥，那年我和王克楠先生到达武汉，是他开车接我们，一路侃侃而谈，把满腔的热情注入一路的讲解，原来他和武汉的另三位文友为接待四面八方的诗梦兄弟姐妹做了细致周到的准备，把笔会的环节安排得井井有条。这个晚上他讲的是古诗词的创作，语言幽默，很会把握现场气氛，于是喝彩声一浪高过一浪。他真是个才子。好长的一篇精彩演讲，奢侈地用了一个晚上。

还要说到才女，和我们一起从大连到北京的"梦中的野百合"真是德才兼备，坐在卧铺车厢里，那么谦虚地听我们谈论黔南布依族风情，啊呀，啊呀地惊呼"太长见识了"，她说她的店也有一个"黔"字，将来可以把我们的布依族风格引进她的店。她还中肯地对下一届诗梦笔会提出建议，言语中透出对诗梦的爱，对文友们的真情，是那么的热情善良。在北京地铁，就要与我们三人分别，她去天津，我们回贵州，列车开动的那一瞬间，挥手告别，阑珊的灯火中我分明看见她眼里闪闪的泪花。

不知不觉，大连已经在我们的挥手之间成为往事，一回到家里，我工作忙得天昏地暗，但我还是常常想念诗梦的朋友们，我不善言辞，很少进群，但有情有义，这一点，相信那夜听了我讲述我的创作的朋友们都会承认，我会永远记住大家，一往情深。

哦，一往情深，大连轻柔的梦啊！

苍茫大海的精灵

震惊人心的一幕，奇迹般地出现在碧波荡漾的大海之上，也神秘地出现在人类现实生活的天幕上。此前从来没有人经历过如此奇闻。

蔚蓝明丽的天空中，飞来一架设备精良的直升机，巨大的轰鸣声惊扰了大海，螺旋桨搅起飞旋的飓风，掀起一堆堆雪白的狂浪。紧贴海面，超低空——它在超低空飞行。

突然，海面跃起一条大鱼，剑一般刺向飞机，以猛烈的力量，用自身的血肉躯体，将飞机撞毁击落，瞬间，飞机跌落大海，消失在苍茫的大海的波涛之中。

真是奇迹！令人惊诧万分的奇迹！

我不知道这种鱼叫什么名字，我不知道他是大海里哪一种无畏的精灵。我只知道——

它是一柄刺破苍穹的长剑！

它是一道撕裂天宇的闪电！

它是一声警醒人类住手的长啸！

它是一句不畏强暴顽强抗争的宣言！

这个血肉精灵，这个鲜活生命，这条鱼，向世界发出了一声慷慨悲壮的呐喊。

他已经无法忍受肆无忌惮的人类的嚣张；他已经不堪经受野

蛮粗暴的人类的侵犯。大海是鱼儿的家园，大海是鱼儿的故乡，大海是鱼儿们祖祖辈辈生活的地方，直升机超低空贴近海面的骚扰飞行，打破了他们本该有的宁静，他怎能不奋起反抗，他怎能不据理力争。海面上的那一声轰鸣，天空中的那一声震波，水里的一次爆炸，是给人类的一次实实在在的血的教训。

任何海洋动物都是大海的精灵！

曾经见过多少自以为是的挑衅海洋动物的恶劣行为，看见了，我的心就滴血。残忍的杀戮，无知的毁灭，过度的捕捞，围海造地的侵扰，这些都是人类肆意妄为破坏海洋生态的愚昧之举。

一切根源，皆为对海洋知识的无知。

西安曲江海洋极地公园做了一件好事，热情而生动地带着你用近距离的接触、用鲜活的形象、用可爱的生灵，宣扬一种道义，告诉我们海洋的博大与美好，告诉我们海洋里生活着这么多可爱的精灵，提醒我们与他们和谐相处。

走进曲江海洋极地公园，如同走进一个形象鲜明的巨幕课堂，你看，一条心宽体胖的鲨鱼游了过来，我听说鲨鱼是最大的食肉鱼类之一，属于大型进攻性鱼类，但此刻，这只大鲨鱼慢慢地游着，并没有伤害任何人的敌意，因为它懂得与人友好地相处。那条躲在紫色珊瑚后面的鱼，叫斑点九棘鲈，它形体英俊健美，像一个国王，正漫步思索在雍容华贵的宫殿；在桃红色珊瑚丛中，一个身穿白色长裙的鱼，像是一个美丽的公主，傲慢任性，走一步就抖动一下窈窕的身姿。一片海草丰茂生长，岛屿清波拍岸，大群大群的蓝鳍金枪鱼浩浩荡荡，在清澈的海水里纵横，上下翻飞，快乐地畅游。与他们形成截然对比的是肥胖的海龟，缓慢地踱步在沙滩，如同深谋远虑的思想者。

碧蓝的海水里成长着千姿百态的珊瑚，清澈洋流中滋养着五颜六色的鱼虾。

更有趣的是人类与海豚、海狮的和谐共舞，在工作人员的抚慰下，聪明的海豚快乐地越水顶球；美髯飘逸的海狮引颈长鸣，他是在高兴地唱歌跳舞；狡黠的海豹用机警的双眼好奇地审视人类世界；体态雍容、大腹便便的企鹅，神情自若地走近我，向我频频点头。人类善意的亲近，他们懂。情意绵绵的相爱，他们懂。每一种生命都是那么可爱。我爱怜地拿起一点美食送到海豚的嘴边，她竟然双手作揖向我致谢，我抚摸她时竟有恋人般的柔情似水。

我慢慢欣赏着他们的从容与宽厚，我爱他们，他们也爱我。双方彼此尊重与友好。

大海是海洋动物可爱的家园，是人类与他们共同的故乡。

浩瀚奔涌的大海，碧浪连天，以容纳百川的博大，成为滋养世界不同民族的水的广域。他以深奥莫测的神秘，成为人类依存的生命的摇篮。他以朴实无华的伟岸，成为无数海子劈柴喂马的心灵的寄托。

面朝大海，春暖花开。

思绪延伸至遥远的未来，让我们共生万千的担忧。我是怀着对大海的虔敬走进西安曲江海洋极地馆的。感谢这个内容丰富的博物馆让我的好奇心有了落脚点，博物馆内一个个精美的展陈，让我能够与向往已久的大海的精灵有亲密接触。

我的知识领域在扩展，一丛丛色彩艳丽的珊瑚，一群群自由翱翔的鱼群，一蓬蓬茂盛摇曳的水草，一块块坚固壮观的礁石。大海里的生命按照自然规律，自由自在地在经年累月的华彩里生存。人类怎能肆无忌惮地打扰他们生活的安宁。

万物有灵，我深信这一点。恶意侵犯他们的人，定会在冥冥之中遭受报应。

可不是吗？鼠年开篇的新冠病毒肆虐蔓延，给偌大的中国乃至世界带来了惨痛的灾难，起源竟是人类肆意侵杀野生动物，其中更深层次的原因，值得我们每个人深思，尤其应该我们引起注意的一点是，任何生命都必须彼此敬畏。

敬畏生命，是人类必需的良知。

我曾听到过许多不可捉摸的人与自然的神奇故事。传说在大海中，在江河，在湖泊，以及不知名的水域，生活着神秘的水怪，他们能辨善恶，不喜欢人类放荡地涉入他们的家园，一旦冒犯，就会遭受灭顶之灾。百慕大三角、青海湖、乌苏里江、洞庭湖，都有这样的神奇事件发生。

说到这里，我心中的波澜又牵引我回到豪情万丈挥笔作文的起因，眼前是文章开头的惊心动魄的画面。那勇敢无畏从苍茫大海里一跃而起的精灵，那奋起反抗用身躯击毁侵域之敌的英勇，这惊天撼地的鱼儿的壮举，告诉我们，任何时候，任何情况下，也不能自以为是，生活在大千世界为人处事确实如此。不是吗？你看当时，海面平平如镜，水域波澜不惊，天空阳光灿烂，飞机平稳地飞行，谁能想到，大海里猛然腾起的致命的打击。

人生在世，万万不可有眼无珠。

人生在世，处处须得谨慎小心。

人类与世间万物相依共存，这是天经地义的绝对的真理。

西安曲江海洋极地公园给我们推开认知海洋的一扇窗，用苦口婆心的真诚，把我们与海洋动物亲密地联系在一起，让我们了解大海深处生活着如此可爱的朋友。

走进曲江海洋极地公园，我的思绪缥缈得很远很远，我们生存的环境越来越恶劣，资源越来越匮乏，许许多多我们已知或不知的动物正在悄悄消失。居安思危，我们唯一能做的事情，就是保护所有野生动物，保护大海里自由的精灵。一切行为都友善地从和谐共存的敬畏起点出发。

爱护他们，就是爱护我们人类自己。细心的人一定会发现，我固执地把"它们",写成"他们"。

西安曲江海洋极地公园的玻璃隧道明亮而璀璨,我怀着朝圣者的虔诚,小心翼翼地走近那些令我敬畏的海的精灵。

而当我走出西安曲江海洋极地公园,抬头仰望通透蔚蓝的天空,心中便多了一份慰藉。

漓江蜿蜒东流去

一

总以为自己对来过多次的漓江了如指掌，又一次走进桂林灵川，才颠覆了我的坚固认知。仲夏浩热酷暑参加作家笔会，意外收获了藏在岁月深处的奇迹。

来的是漓江。漓江当然美，你看！

潋滟波光被一湾绿水托着，蜿蜒在青山翠谷间。山，独立却不孤独，静静地伫立在蓝天白云下，大片大片的田畴，漾满生机，绿意盎然，田禾肥壮，细细琢磨，看见稻谷、蔬菜及繁茂的野草花卉，各种生命都灿烂在广袤的云天下，成为秀美昂首的青山衬托，妩媚着灵川。

漓江蜿蜒，我不仅看到一条清波荡漾的秀美之河，也看到一条曲折艰险的河流，触摸到一段坎坷的革命历史。

我坚定地——逆流而上。

二

一条碧江漫漫潆潆，一路思绪逆流追溯，我无意寻找山光水色的源头，只是探觅历史的光亮。如此想着，超乎寻常的奇异亮点扑入视野。我欣喜地看见了漓江上的红色脉动。路莫村到了，它是存在于时间与空间皱褶里的一张名片，写满漓江的历史沧桑。路莫村隶属于桂林市灵川县定江镇，已经老旧的一间间、一排排青砖灰瓦的清代民国初期建筑，在广袤的青天下无言地诉说着世道的变迁。村里最宏伟的建筑莫氏宗祠，是抗战时期的救亡室旧址。这是一座由头门、天井、正厅和东西厢房组成的四合院式砖木结构的建筑，当年的八路军桂林办事处灵川县路莫村军需物资转运站，现在已被国务院列为全国重点文物保护单位。这个隐秘在桂林大山深处的小村落，曾为在抗日前线浴血奋战的八路军、新四军筹集和转运抗日军需物资，担负接待和护送过往秘密党员、干部及爱国华侨、革命青年奔赴延安和抗日前线工作。1939年2月16日，周恩来代表中共中央赴皖南指导新四军工作途经桂林，在新四军军长叶挺、办事处处长李克农同志陪同下来到路莫村，在村中龙王庙亲自给办事处工作人员和桂林文化界的党员200多人传达中共中央六届六中全会精神，并作了长达3小时的《目前形势和任务》的报告。

当地武装部的一位口齿伶俐的中年妇女把我带进发出"永不消逝的电波"的电台室。当年，这里主要负责领导和联络南方各省及海外中共党员组织的秘密工作，也是党中央和南方局设在南方地区联系和领导各地方电台的指挥中心台，同时也肩负为其他地区中共地下党组织组建秘密电台，悄悄地培训和输送电台人员，运送电信设备。在这里，我瞻仰陈旧的电台室，仔细观看陈列八路军工作的照片，轻轻抚摸堂屋及两侧的卧室皆摆放复制的当年使用过的床凳桌，八路军的卧具、服装、日常用品等物，仿佛散发着当年的余热。漓江岸边的无线电波奇迹般地敲打出中国革命的历史丰碑。

众望所归，初心不忘，现在八路军桂林办事处灵川县路莫村军需物资转运站纪念馆已经着手重建，胡志明旧居、李克农及家人旧居、军需物资仓库、招待所和食堂、陈列展厅已经初步建成。

伫立在路莫村的八路军桂林办事处军需物资转运站，我触摸到一个秀美灵川的红色历史与英雄传奇。

中国革命强势推进，漓江蜿蜒东流去。抗日的烽火燃烧在太行山上，也燃烧在漓江两岸。路莫村家家户户留宿八路军，帮八路军撑船运粮，帮新四军筹集衣物，一车一车的抗战物资运往前线，一船一船的爱国儿女奔赴战场。清波荡漾的漓江河，也是一条红的河，河水东流，沿着中国人民前行的方向。

三

逆流而上，我沿着漓江寻访秀水岸边的壮族人家。一个具有千年历史的古村落扑入视野，一进村，同行的作家一片唏嘘，阵阵惊叹，这个村有个好听的名字，叫江头。古村古屋一看就让人百感交集。

这个村，隶属灵川县九屋镇，古色古香的白墙灰瓦，诉说村子1000多年的历史。翘首蓝天的飞檐翘角讲述着周氏家族的来龙去脉，他们骄傲地声称，是北宋著名文学家、哲学家、理学开山鼻祖周敦颐的嫡亲后裔，于明朝洪武年间宦游粤西，千里跋涉，定居江头村。众所周知，周敦颐的名篇是《爱莲说》。"予独爱莲之出淤泥而不染，濯清涟而不妖，中通外直，不蔓不枝，香远益清，亭亭净植，可远观而不可亵玩焉。"现在，这个村已被桂林市政府列为"廉政教育基地"。一群群的党员干部和群众，举着鲜艳的党旗，纷至沓来，认真地听取解说员讲述周氏家族几代官员的廉政事迹，在内心深处品味江头村数百年来 176 人为官却无一贪官的事迹，赞叹周敦颐家族良好的家风。

高天下的一片古屋，霞光里的一池青莲，感染人的是灵魂的洗礼和心灵的净化。我徘徊在曲径通幽的小巷，踱步于布局奇妙的祠堂，仰视工艺精湛的马头墙，抚摸雕禽刻兽的隔扇漏窗，深层思忖周敦颐理学文化的光芒。

究竟何因，江头村，文脉灵动，植根于灵川九屋的沃土，人杰地灵，兴旺发达。

那史册里的点点金光，折射出远去了的文人墨客的声响。在江头村，我听见了风雅颂的啸吟，我品尝到了弟子规的礼数。这是中华民族得以绵延千年、经久不衰的行为规范，是中华儿女兴旺发达的根基。

"江山代有才人出，各领风骚数百年。"你看，给我们作家采风团担任讲解的这位后生，就是江头村周家后人，才思敏捷，口齿伶俐，待人热情豪爽，举止落落大方。知识渊博，一个个精彩的往昔故事从他秀口流出，引来一阵阵唏嘘的赞叹。

四

劈波斩浪，我沿漓江逆流而上；随波逐流，我随漓江顺流而下。竟然奇迹般地发现漓江的三大奇观，绝美秀丽的自然风光，英勇抗战的红色暗流，出淤泥而不染的古村礼教。这是桂林美轮美奂的浓墨重彩，是漓江底蕴厚重的斑斓三色。

一条漓江，多少人来过，多少人赞过，有谁能够一下读懂每一朵奔腾的浪花？在抗战岁月里，在醉美风光的历史长河中，漓江魅力无穷，蜿蜒曲折，浩荡东流，坚定地朝向太阳升起的地方。

曼妙茶香品信阳

一

穿越崇山峻岭，列车进入中原大地，我从贵州到河南采风，第一站就是信阳。我用陌生却又熟稔的眼光第一次打量初见的信阳！感受最深的是馥郁芬芳的茶香。

正是山花烂漫的时节，一下高铁，朋友开车来接我，把车直接开到信阳郊外的茶山脚下。中原大地旖旎的风光从车窗前掠过，小麦返青，桃吐丹彤，油菜花悄悄绽蕾，正含苞欲放。朋友说，安排我此次行程，她专门做了功课，询问她的朋友，说是接待一个作家，在什么地方最好，朋友毫不犹豫地说，当然是茶山，信阳的毛尖名扬四海，文人墨客又爱吟诗作赋，当然应该与茶亲近。

朋友把车开到郊外僻远的一个私家小客栈。环境清幽，花卉葳蕤，篱笆包围的农家院里狗吠隐约入耳，"汪汪汪"此起彼伏，月色清丽，透过绿芽初绽的稀疏，朗照在花间小径。

花好月圆的信阳，风和日丽的信阳，夜眠竟无梦地香甜。

第二天一早，朋友带我上茶山。

不知名的鸟儿舞动窈窕的身姿，自由地在茶山引颈歌唱。波浪起伏的绿意伴着悠扬婉转的情韵荡漾天边。采茶的农家姑娘已经站在绿意盎然的茶径，白雾弥漫的空气里，飘荡着缕缕茶香，绿荫间透亮着北方中原农家姑娘的明眸，纤细的手指摘下独芽的茶芯，红润笑脸上的惬意宣告一年新的希望开始，阳光点亮旖旎隽秀的山岭，也顺手点燃了茶农富足的希望。

采茶是个细活，静下心来观赏，便有了诗意。心中自然想起一首名叫《采茶姑娘》的歌，姑娘在歌声中告诉我，她家承包了80多亩山坡，全部种的是优良品种的毛尖茶。这个村，家家户户靠种茶获得经济收入，发家致富。说话间，金灿灿的太阳升起一杆高，远远近近的起伏山岭绿意葱茏，岚霭迷离。我登上一个更高的山头，信阳的万亩茶园尽收眼底，新枝吐绿，生机盎然。整齐的茶树如同绿浪，一直漾向碧蓝的天边。

二

信阳人，不光茶种得好，还很讲究茶文化的传播与熏陶。我在信阳的一个小乡镇转悠了好几天，惊奇地发现，小镇上销售茶的小店很多，一家挨着一家。制茶公司也一个挨着一个。大一点的茶庄，还建起了茶文化博物馆和茶文化体验馆，那里当然是我的最爱。每个茶文化博物馆的特色都不一样。我最先就是透过弥漫茶香的光环看见了茶的悠悠古韵。

信阳地处河南省最南部，桐柏山与大别山蜿蜒成豫南山地，延伸于豫鄂皖边界，空气清新，天时地利的自然环境使信阳适宜于茶叶的生长种植。

于是，茶里缥缈了亘古的豫风，茶里浸透出悠然的楚韵。几种地域文化在中原大地交融，形成了信阳独特的人文环境，信阳茶文化的远扬传播如风如雨。缕缕茶香，含蓄着三省通衢小城的内涵；绵绵茶韵，潜藏着迎来送往的交通要道的文化交融。

信阳毛尖，在中国茶文化的品鉴口碑中脱颖而出。

我饶有兴致地走进一个个茶文化博物馆，一直想探究"中国十大名茶"的来龙去脉。这个小博物馆独特资料的介绍，让我如愿以偿。1915年巴拿马万国博览会将碧螺春、信阳毛尖、西湖龙井、君山银针、黄山毛峰、武夷岩茶、祁门红茶、都匀毛尖、铁观音、六安瓜片列为中国十大名茶。中国民间历来对十大名茶说法不一，但是，信阳毛尖榜上有名却是众口一词。

茶庄里精心装修了品茶体验室，如同皇宫里的殿堂，高雅、素静、柔柔的暖光照射在每一个角落，清香的茶韵弥漫在如诗如画的殿堂。巨大的根雕制作成茶桌、茶凳，与大自然融合。古典式的茶柜显露出民族气韵，几只桃花点染出永远盛开的春色。茶庄老板知书达理、知识渊博、彬彬有礼，我刚刚坐定，舒缓悠扬的古典琵琶乐叮咚响起，身着汉服的茶礼姑娘开始了茶艺表演。纤细的手指如同盛开的兰花，动作轻盈如同乳燕翻飞。目光含情脉脉，泡茶一丝不苟。提壶注水，轻盈灵巧。转瞬间，杯中毛尖绿茶颗颗如芭蕾绽舞，窈窕婀娜，活活络络，端茶一杯，喝的已经不是茶，而是艺术和情怀。

茶庄老板给我讲起了茶的妙趣横生的茶圣的故事。陆羽精于茶道，并写了世界第一部茶叶专著《茶经》，对中国茶业发展作出了卓越贡献，也影响了整个世界，所以他被尊称为茶圣。《茶经》一问世，即风行天下，陆羽全面讲述茶的来龙去脉，娓娓道来茶叶的生长。

慢慢品茶，其乐无穷；

茶慢慢品，别具雅趣。

三

如果说华丽静雅的茶文化体验馆是商贾雅士营造出的人文环境，而清风拂面的鸡公山则是中原大地一座品茶休闲的博大的自然环境与社会舞台。这里曾经上演了中国革命史上最精彩的一幕。

鸡公山是信阳边缘的一座青葱翠绿的大山，这里生长的茶称得上茶中极品。如若有空，拨冗进山，来到这远离喧嚣红尘的群山深处，小住几日，那真是神仙过的日子。手捧清茶一杯，静静思忖人生，获得的是无法用语言形容的惬意。

思绪当然从鸡公山的历史脚步缓缓进入。据说100多年前，许多高鼻梁、蓝眼睛的外国人最先感觉鸡公山的清丽富足，纷纷走进大山，在这里建房造屋，然后携家带眷，来鸡公山安家落户，起先听见信阳的朋友这样说，我有点不相信，直到去年夏天，我参加一个红罗山书院笔会来到这里，亲眼看见一幢幢青石建造的欧式建筑，才知千真万确。在鸡公山转悠，美国、英国、德国、意大利、法国、瑞士等不同风格的别墅扑入视野。

手捧一杯清茶，我从朋友嘴里听到了中国历史上一段鲜为人知的往事。朋友先卖个关子，不说事情，先带我到了一个屋中有洞的坚固建筑。屋的门楣上醒目写着"武汉会战纪念馆"，我饶有兴致地走进屋中，迎面墙上看见了这样一段简介："花旗楼原为英国驻武汉商人柏尔恩1918年所建，因后转售汉口美国花旗银行而得名。1937年国民政府军事委员会武汉行营在鸡公山征用此楼作为蒋介石的临时行营，并就近修建了防空洞。武汉会战是抗日战争初期发生在武汉外围的一次大规模战役。"我轻轻走在森严壁垒的小屋。品读这坚固建筑的格局与意义。小屋共分会客厅、军事会议厅和防空洞三个展区，一楼是复原了的蒋介石行营会客厅；二楼是中原会议会场场景，防空洞内为武汉会战历史图片展。

走出小屋，放眼望去，鸡公山群山连绵，山高林密，是养生的天堂，也是轰轰烈烈的中国革命风起云涌之地。

原来，鸡公山不但产茶，还生产历史的情韵。巍巍青山，写满历史的神秘。

我在氤氲的茶意里读出了信阳毛尖的醇厚绵长，回味无穷。我在曼妙的茶香里嗅到了中原古城的豪爽多情，情动魂牵。直至此刻，方觉这茶具有人间百味，茶的香型也别有特色。

看来，喝茶不仅仅是喝茶，喝的是文化，喝的是情趣，喝的是历史，喝的是岁月。

茶香曼妙，唇齿留香。

我在信阳感受了一次茶的洗礼，厘清了我在滚滚红尘里迷乱的心绪，从几缕清香里慢慢悠悠找回自己，找到一种超脱净化的灵魂。

同时，我在茶的洗礼中感受信阳，触摸到一个中原小城物质与文化水乳交融的精灵。

这茶，喝得好有味道。

卫城之味

　　卫城不大，但很有味道。

　　数百年历史雨露的浇灌，让一个地处偏僻一隅的小城生长出醇厚的意韵。它是一个镇，距离省城贵阳不远也不近，区区 60 公里，显得文静、幽雅。它夹在历史的皱褶里，既讳莫如深，又声名远扬。

　　我乘坐的中巴车还没进城，健谈的司机已经滔滔不绝，听说我是卫城镇党委政府邀请来采风的作家，更加来劲。他告诉我卫城好多的趣事。其实任何一个城镇甚至乡村，其名称都有来历，这个小镇叫卫城当然有故事。

　　开车的司机侃侃而谈，他说，卫城是一座"以军兴商"的古镇，在明末，水西地方安氏叛乱，烽烟四起，疆土危机，朝廷风雨飘摇。为加强对少数民族地区的军事监控，特地设立镇西卫，并将卫所置在今天的卫城镇。

　　此乃咽喉之地，理应独当一面。从此一个四通八达的小镇人声鼎沸，来往穿梭军人与商人，繁荣了一时的经济与文化。从此，小小的卫城，商贾云集，文贤荟萃，八方来客，热闹非凡。

　　穿越小镇，曾经见证过如烟往事的古屋无言地静立在苍天下，闪着青光的石板老街缄默地延伸。时光遗留的种种迹象，轻轻诉说着当年的繁华。这里叫卫城，保卫的卫。陪同我们采风的一位作家告诉我，能够叫"卫"的军营，规模就不会小。中国历史上有个天津卫，对照一下，就不难看出镇西卫的浩阔。

我饶有兴致地回眸历史，让跳荡的心走进历史的镇西卫。"卫"是明朝的军事建制，由指挥使统领，直隶于后军都督府。每卫士兵足额5600人。卫的建制虽没有行政职权，但朝廷固定划拨一定的土地，让卫的官兵驻扎下来，修筑城堡，屯田垦荒，数量较多的人群蜂拥而至，那当然是屯田的军属和政事官员。官兵要吃饭，要生活，于是做生意的商人嗅觉灵敏，成群结队涌入，随着人口增加，政事商事自然繁盛起来。我视野里的卫城，脚步匆匆走进了元明的星月年轮。那时，元代的卫城隶属于八番宣慰司、顺元路宣慰司、亦溪不薛宣慰司；明初及中叶，隶属于贵州宣慰司，并归少数民族水西安氏管辖，称为"引叶遮勒"。

如此浩大的历史天幕，写满卫城一路走来的艰辛。

有意思的是，小小的卫城，渐渐汇聚大江南北的文臣武将与智慧商贾，再加上卫城周边，聚居着苗族、仡佬族、布依族等不同少数民族，不同的口音，咀嚼着不同的口味，天长日久，竟然使得卫城成了"五味俱全"的"味城"。神奇地汇聚贵州全省的美食佳肴，当地作家带我走进一条叫作"寻味贵州"长达3公里的美食街，小镇人延伸了历史，完善出一条荟萃了贵州各地乃至全国的名菜名吃的小街，诸如贵阳青岩豆腐、凯里酸汤鱼、瓮安辣子鸡、都匀啤酒鸭、安顺花江狗肉、三穗血浆鸭、贵阳带皮牛肉等美味。卫城本土的名菜，诸如黄焖鸡、豆浆青口白、红烧肉也味道极佳，出类拔萃。

卫城有味道，还在于中国革命史上一段红色的传奇。

20世纪30年代，曾有一朵红色的祥云飘过卫城的上空。我来到"红军过卫城纪念馆"参观，发现一个奇特的时间节点，我知道红一方面军是1935年10月到达陕北吴起镇的，而展板上分明写着 1936 年 2 月，红二方面军过卫城，这是怎么回事呢？仔细阅读，增长了见识，原来红二、六军团为了给中央红军护卫，1935 年 11 月，贺龙、任弼时、萧克等率领红二、六军团从湖南桑植县出发，1936 年 2 月 1 日从猫跳河北岸过索桥进入清镇境内。

红军爱护当地群众，打土豪，分盐巴。杀了土豪劣绅五十几头肥猪，把猪肉分给穷苦百姓。适逢正月初十新年耍龙灯，老百姓燃放鞭炮，喊出"举彩龙，迎真龙，庆贺龙"的口号。红二、六军团在卫城期间，召开了千人群众大会。大会上，动员群众起来闹革命，就地处决了几个土豪劣绅，一时，红军与镇西卫的百姓斗志昂扬，扬眉吐气。

卫城有点味道，我们在这里采风，一位本地作家把我们带到一个叫作"荆州幼儿园"的会场。这就奇了，不叫"卫城幼儿园"，却取这么个名字。原来他们本地人自豪地把自己居住的小镇称作"小荆州"。荆州是湘鄂地区的鱼米之乡，富甲一方，人气旺盛；荆州是古往今来的兵家必争之地，是南来北往的咽喉要道；荆州出过无数风流人物，人杰地灵。我后来卫城的许多地方看到"荆州"的文化符号，能与荆州媲美。难怪大家要把卫城称作"小荆州"了。

最有咀嚼味道的是卫城的残破的古城墙，几十斤，上百斤，甚至数千斤的巨石横亘在皇仓坡的荒山野岭，尽管仅存绵延百米，但依稀可见当年兵士守城护卫的身影，这里位于卫城的高山之巅，放眼望去，整个卫城镇尽收眼底，一览无余。残破的城墙，在高天流云之下，无言地诉说着昔日的往事，给人留下无尽的想象，具有特别的残缺之美。

徜徉在古镇漫漶的历史烟尘中，我出乎意料地发现卫城的不同寻常。当那个叫作"花舞卫城"的农业产业园进入视野，我感到一种古为今用的创意。当地的一个村支书指着好大一片已经开垦的土地说，将来这里要种植几百个品种的农作物，春天有花，秋天有果，夏日碧绿，冬日晶莹。那里是一片希望的田野，是梦的家园。

有梦就有希望，追梦成就辉煌。走在卫城的小街，我看见了大汗淋漓的农民工正叩石垦壤，着手恢复文化古迹。巍峨壮观的西城门已经崛起，古朴凝重的老街古屋正在修缮，寻味贵州百十餐馆招幌醒目，花舞卫城的鲜花含苞欲放，卫城这个古老而年轻的小镇，正信心满怀地在镇西卫耀眼的光环里行走，步履是那么矫健、轻盈。

卫城真的有点味道。

芬芳金酱，温暖民族的情怀

酱酒，酱香型的酒。用一种独具匠心的味俨香醇，征服了无数举杯畅饮者。

酱酒之香，妩媚在仁怀赤水河畔的绝美佳酿，千百年来层出不穷创造出中华民族美酒文明的绝妙传奇。

金酱，一种古老又年轻的酱酒精品，从参差错落的玉液琼浆中脱颖而出，在琳琅满目的品牌峰峦中崛起，成为赤水河畔的美丽佳话。我在这个秋高气爽的时节，沐浴八月桂花香，来到仁怀，走进茅台古镇，感受芬芳金酱温暖民族的朴实情怀，实地触摸金酱酒业备受人们青睐的来龙去脉。

首先要说去脉！这是一种物质生命的文明走向，最直截了当、最可观可感的是金碧辉煌的业绩创造与山里山外人们的赞许目光。还是让我用来自心灵深处的诚实心语，说说金酱。金酱是一个酒的品牌名称，金酱酒业公司（以下简称金酱酒业）是贵州仁怀茅台镇3000多家的酿酒企业中的一个，是奋蹄奔腾冲出众酒重围的一匹黑马。它的命运、它的脚步与中华民族紧密相连。中华民族前进道路艰难坎坷，命运多舛，水灾、火灾、地震灾、瘟疫灾、病虫害灾接连不断，然而，任何灾害都没有吓到坚强不屈的中国人民！中华民族历来有团结一心、共同抗敌的优良传统。2022年，金酱酒业听说河南的兄弟姐妹遭受了有史以来的最大水灾，毅然决然慷慨解囊，捐款 100 万元。这些年来，只要获悉附近穷乡僻壤的村寨出现经济困难，金酱酒业便是热心相助。5 年前，金酱酒业为茅台镇中华小学修缮校舍捐款 2000 元；四年前，金酱酒业为仁怀市九仓镇扶贫捐款 4000 元，3 年前，金酱酒业为中华村精准扶贫捐款 8000 元；2 年前，金酱酒业参加关爱环卫工人公益帮扶捐款 5 万元；2021 年前，一场突如其来的新冠病毒袭来，金酱酒业参加抗击疫情公益捐款 10 万元；2022 年，河南大水，灾情突降，金酱捐出 100 万元。我仅仅从金酱酒业爱心捐助社会的众多条目中选取几组数据，眼明心亮的人一眼就可看出其中的规律。金酱酒业正一步一个脚印地努力前行。正如民族俗语说的：芝麻开花节节高。

毫无疑问，这是金酱酒业生命的文明进程。

一个企业的热心与诚信，一个企业领导者的眼光与胸怀，决定着企业的兴旺与发达。

我饶有兴趣地追寻金酱酒业一路腾飞的神秘密码。

对一种品牌酒来说，酒杯与口碑，便是这种酒的命脉。

我把目光投向 100 年前的茅台古镇。风景如画的寒婆岭下，波涌涟漪的赤水河穿城而过，鳞次栉比的青砖灰瓦古民居坐落在马鞍山斜坡上，这里山环水绕，气候炎热，温风沉润，一种适应这种气候的独特微生物群在这里游荡，密密匝匝，卿卿我我，生长繁殖，实乃得天独厚的利于酿造酱香酒的天时与地利。

自古以来，这里的百姓吃盐困难，西汉以来运盐马帮和舟楫络绎不绝，在赤水流淌的仁怀穿梭往来，茅台镇商贾云集，市场繁荣，走南闯北的盐商们发了财，在行船停靠的茅台镇饮酒赋诗，这为酿酒销售提供了商机。于是，时间的脚步逍遥走到 20 世纪初叶，茅台镇你争我赶出现多家"散酒烧坊"，而汪家烧坊成为茅台镇生意兴隆的经营烧坊，所酿之酒，口感好，酒香醇，酒客爱喝。汪家烧坊所产的汪氏酱香型散酒因品质一流而声名远播，经过一百多年的艰苦创业，汪氏后人致力传承这门独特技艺，于1996年组建了贵州省仁怀市茅台镇金酱酒业有限公司，传人中的佼佼者汪洪彬脱颖而出，成为规模企业的领军人物董事长。他16岁进入国酒厂工作，几十年来积累了丰富的酿酒经验，现在他的金酱酒生产基地在茅台镇占地180余亩，并在名酒工业园区拥有200余亩生产用地。公司实力雄厚，年产优质酱香型白酒5000余吨，储酒能力达20000多吨，集团总资产达5亿元。汪洪彬秉承着茅台千年传统酿酒工艺，在俗称12987的古老技艺基础上又有发挥，"端午采曲、重阳投料、基酒生产周期一年，二次投料、九次蒸馏、八次发酵、七次取酒"，他演绎成一年备料，一年生产，三年储存，勾调后再存放一年，合六年出酒，形成一个大周期。他执着地坚守这样一个理念，酱香酒的原料必须是高粱、小麦，溶液只能是水，赤水河的水，绝对不允许添加食用酒精，违背这一原则便是违规违法违天道。因此金酱酒业酿造的酒，更加丰满醇厚，回味悠长。

如此的坚守与执着，汪洪彬董事长执掌的金酱酒业迎来辉煌。1997年，公司被评为茅台镇明星乡镇企业，2010年通过了质量管理体系认证HACCP认证，2013年公司与杭州娃哈哈集团进行战略合作，走向企业联合发展之路，成为茅台镇地方酒产业的杰出代表。金酱酒于2016年上榜贵州十大名酒，2017年荣获遵义十大名酒。2015年公司投资1.2亿元，在茅台镇中华村建设了茅台镇第一家生态酒庄，我就是在春华秋实的丰收季节来到"金酱酒庄"的。风光秀美的金酱酒庄无疑是古色古香的一个赏酒乐园，不管是平时饮酒与滴酒不沾的旅人，一靠近这里，便不由自主地融入博大精深的酒文化氛围中，目光所及，酒屋儒雅，酒罐恢宏，牌坊巍然，酿酒繁忙，场面热烈。我目不暇接欣赏远近陈设，飞檐翘角的门楼里，酒柜、酒品、酒字画、酒工艺品比比皆是。品酒是最有意思的，我看见一个眉清目秀的窈窕淑女端起酒杯，一闻二看三思索，接着将一杯微微泛黄的酒一饮而尽，她告诉我，以前是不喝酒的，这定然是酒文化对每个观瞻者的潜移默化。

金酱，多美的名字。金，有色泽有质感；酱，有味蕾有厚度。

我站在茅台古镇的山峰，远眺峡谷，回望历史，依托天时地利人和的支撑，生长在这块大地上的酱酒之花已百花争艳，各种不同品名的酱香千姿百态，而金酱无疑是这个灿烂百花园中的一朵佳卉奇葩。

站在内涵深邃的酒的陈列室，我思绪万千，金酱酒披着文采飞扬的酒文化的烟云从历史深处逶迤而来，走到今天，融入大千社会，兴旺发达的同时，不忘初心，致力于回馈社会，捐资助教，抗灾救灾，慰问关爱老人，慰问部队，拥军爱民，这些让我发自心灵涌出一串串感动。用朋友们举杯时的话说"一切都在酒里"。

酒，历来以水为形，以火为性，生性炽热，入怀生情。

芬芳金酱，用自己的满腔热忱温暖民族的情怀。

南阳把酒问青天

吟诵东坡居士的佳句"明月几时有，把酒问青天"，华丽辞藻与似水柔情掺杂酿造的意境，渐渐葳蕤蓬勃，我想到的不是皓月，不是时光，而是酒。

一片广袤的水域有个好听的名字，叫丹江，丹江口水库边有个古城叫邓州。水汽淋漓的南阳邓州，处处弥漫着酒香。那酒，很有特色，是从远古传来的黄酒。

酒，自从走进人类世界，就始终伴着欢乐与忧愁，痛苦与希望，曹操诗句"对酒当歌，人生几何？譬如朝露，去日苦多"把事情说得鲜明生动。苏东坡仰着脖子望明月时，手里端的是什么酒，我不知道。曹操忧愁中手里捧的是什么酒，亦难以考证。多得数不清的古往今来诗词歌赋中牵扯到的酒，想必是各种各样的酒，其中不乏华夏佳酿，又有诗为证"更待黄菊佳酿熟，共君一醉一陶然"。改革开放初期，一首豪情激荡的经典歌曲"美酒飘香歌声飞，朋友请你干一杯"，把人们的畅饮意识唤醒，生活的美已经醉在人们的心灵。人们喝的酒，毫无疑问是形形色色的，中国是酒的大国，酒文化几千年来洋洋洒洒，文采飞扬。丹江流域空气潮湿，邓州县城的人们爱喝黄酒祛湿御寒，酒桌上出现的身影常常是名字美得如诗的豫宛香。

目光就这样聚焦到邓州，地处河南省西南部的古城，早在远古夏朝就出现在中原大地，第三个帝王仲康封其子于邓，始有邓国。邓国人喜爱酿造一种小米黄酒，并称之为国酒，这便是黄酒的由来。

今天的豫宛香，国色天香，远近闻名！

没想到古老品牌效应华彩荡漾，我想知道的是，这琥珀似的液体究竟好在哪里？朋友说，成长在河南南阳邓州构林镇的黄酒豫宛香，可以说得上是上苍馈赠的珍品。

苍天恩赐，血脉遗传。说穿了，离不开天时地利人和。

带着如此绝妙的酒趣香魂，我来到邓州。浩瀚无边、浪花奔腾的巨大湖泊扑入视野，这是丹江口湖区。

浩渺宽广的丹江，清波耀金的大泽，壮美了河山，豪放了伟业，一个意气风发的民族改写了艰苦卓绝的民族抗旱历史，成为人民巧妙战胜天灾的传奇话题。丹江口水库的琼浆，早已融入一个风水宝地的清香命脉。湖水的清流，生生不息地流成这块土地的血液，成为这块土地的生命之源。只有这样的水才能酿造豫宛香，正是黄酒豫宛香，雄壮了能够昂首挺胸高唱豫剧高腔的中华民族，强盛了南阳大地气势磅礴的精气神。

我是在祖国华诞前夕来到南阳的，当地作家朋友诚挚相邀，尽数古城南阳美丽的风光与厚重的历史，告诉我楚汉文化闻名遐迩，细说张仲景医圣祠曲径通幽，叙述新野古战场的激战情景，说到了千年古刹的建筑雕绘，说到了南水北调渠首源头的亚洲第一大水库丹江口。我蠢蠢欲动，于是整装待发。我从贵州出发，来到中原南阳，走进邓州。南阳好友云伟把我接到仙气缥缈的古色古香的一个农家小客栈，邀来几个文人墨客，喝了几杯小酒，天南地北海侃，诗词歌赋闲聊。记得那一天，我们喝的是包装精致的黄酒豫宛香，倒进碗里，真是如同诗仙李白诗句所言"兰陵美酒郁金香，玉碗盛来琥珀光"。当地作家朋友看见我的好奇，自豪解说这是邓州最好的纯酿佳酿，玉液琼浆里荡漾着中华酒文化。

黄酒中的骄子豫宛香，春节团圆餐桌，亲戚朋友聚会，南阳人引以为豪的举杯。飘散在时空中的浓浓的谷香，无可替代地汹涌成一种最诚的诚意，茶余饭后，人们总是自觉或不自觉地对人轻声说：昨晚，朋友拿豫宛香请我。

是的，昨晚，我来到南阳，喝的就是豫宛香。一脚踏进邓州构林的亚热带盆地，到处游荡的是酒分子的身影，空气中氤氲着浓郁的酒味，当然是一种独具特色的特色黄酒的醇香。地理上称作盆地的独特的地形，为豫宛香酒原料的发酵提供了恰到好处的环境条件。

如此的美酒，寂寞地走过了几千年。它还有一段绝美的故事。还是得说说一部分人只知其然不知其所以然的趣味往事。时间的脚步走到大清王朝，康乾盛世，科举盛行。一位进京赶考后高中状元的书生被一群前呼后拥的官员护着，住进一家古朴客栈，要店主拿出最好的酒菜慰劳，名厨烹饪了名菜卤猪脚，拿出的酒是一坛土陶罐子装的黄酒。书生意气的状元一看就瞧不上眼，嘴里嘀咕："如此低劣何以拿得出手，店家是否怕我付不起酒钱？"店主也不加解释，只是抱起土里土气的陶罐子用力往地下一摔，顿时一股酒的浓香在堂屋里弥漫，状元与众官员大呼一声：好酒！此时一种民间佳酿伴着华夏黄酒文明史上疲惫的脚步，在众人冷眼旁观不屑一顾的奋力一掷中，进入有身份地位的上流社会，在黄酒瑰丽的舞台上脱颖而出。

南阳把酒问青天！我来了兴趣，很想知道今天手中豫宛香的前世今生，得知而今掌门人叫陈涛。董事长陈涛生在黄酒世家，祖上潜心酿造，陈氏家族十余辈人励精图治致推陈出新，一心只为这黄酒。他接手精湛技艺的家业，秉承千年酿造家传秘方，在绿水青山就是金山银山的理念支撑下，将酒业公司迁入水质优良的丹江口风清气正的郊野。坚定使用优质红酒谷，认真研读《本草纲目》中药材制成的百草麦曲，自然发酵，千日窖藏。新一代身披华光异彩的豫宛香闪亮登场。文人墨客，才子佳人，深巷翁妪，新街垂髫，目光渐渐转向黄酒中新的后起之秀。

每逢节假日，南阳的朋友聚会、同学聚会、战友聚会，都要来点小酒助兴，一边吟诵苏东坡的"明月几时有，把酒问青天"，一边举起豫宛香，一碗碗黄酒便是彼此走过的路、越过的坎，人生的往事，岁月的留痕。

每逢家国大喜，族群欢庆，大事小事，一边高唱《诗经》中的"蒹葭苍苍，白露为霜，所谓伊人，在水一方"。一边痛饮黄酒，金黄色的豫宛香成为花好月圆的情谊纽带。

世上的酒，品种多种多样，唯有黄酒是热喝。我没有见过谁把白酒茅台烫热了喝。读过鲁迅《孔乙己》的都知道，那穿破旧长衫的教书先生一进咸亨酒店，就对掌柜说：温一碗酒。可见黄酒是暖胃的。南阳好友以诚待我，举杯畅饮，这酒，更是暖心的！

南阳人爱喝酒，喝的是一份诗意，喝的是一份健康，喝的是一种情调，喝的是一种和谐，这感觉像鸡毛轻轻拨动心灵，产生一种毛茸茸的幸福感。

暗香盈袖醉佳酿，南阳把酒问青天。

浩瀚的天穹，广袤的宇宙，已经给出答案。它，吸天地之灵气，吮日月之精华，这是黄酒，是从远古流来的文化滋养，是在时光更迭中的物华呵护，饮一杯健康天长地久，喝一碗友谊来日方长。

今夜，我又举起豫宛香！

冷艳的冷屏山

触摸黄平，一路上让我慨叹不少，而给我留下深刻印象的却是冷屏山，一座名不见经传的野山。

浩然苍穹下的冷屏山沉默不语，山路的险峻凝固了车内的空气，没有人说话，都看着车窗外云遮雾障的山岭和深不见底的峡谷。

这天清晨，我在黔东南州黄平县委县政府派来的同志陪同下进山采风。能找到怎样的感觉，我没有底，迄今为止当地媒体对冷屏山的介绍寥寥无几。因此，云遮雾障的冷屏山就更加神秘。

车，一往无前向上顶攀登，走过九曲十八弯，像执着的失恋汉子去寻找相爱的恋人。

冷屏山，站在我面前的真的是你吗？你如同一个不轻易流露喜怒哀乐的女子，冷静地睁大双眼看着山外的世界；又像一个不施粉黛的少妇，用原始质朴的容貌演绎"清水出芙蓉，天然去雕饰"。

可是，雾又起了，茫茫天宇之下，我只能看见冷屏山冷艳朦胧的身姿。

一个有趣的细节那么自然而然地出现了，当地的司机对进山的路也十分陌生，一路问路，摸索前行，终于到达山顶。但是我们惊叹了，这是一个"天苍苍，野茫茫，风吹草低见牛羊"的山巅莽原。浩然天宇下，青青的野草一浪一浪涌向远方，草间夹杂着姹紫嫣红的野花，金黄的蒲公英、白色的满天星、粉红的刺梨花、幽香的野菊花、紫色的格桑花，团团簇簇，点染山原。牛羊在草地里悠然地吃草，具有"乱云飞渡仍从容"的大将风度；也具有"不为美色而动情"的君子傲骨。这真是云贵高原少见的奇景，内蒙古草原的苍凉也能出现在云贵高原，但又没有呼伦贝尔大草原的平坦，可算作云贵高原俗称的"坝子"。当地的干部告诉我："这冷屏山位于贵州省黄平县冷屏山新州镇周家山主峰，距县城 14 公里，最高点海拔约 1300 米。"

眼前的冷屏山，云遮雾障，人烟稀少。当云雾散去，我的眼前出现一片石林，更有趣的是石林里出现了一群穿着蓝色军装、头戴五角星的"红军"，个个在石林间荷枪实弹，在山头上的战壕里埋伏阻敌。一问，原来是在拍电影。潇湘电影集团有限公司与贵州省文联联合策划的纪念中国红军长征胜利 80 周年重点献礼片《勃沙特的长征》正在拍摄之中。导演选中了冷屏山来拍摄几场重要的戏。县文化产业办公室主任杨正洪告诉我，这个故事讲的是红军长征路过贵州时的一段故事。"1934 年 10 月 2 日凌晨，萧克、王震将军率领红军西征先遣队，从江西来到贵州黄平县，攻下旧州古城。怎么才能走出旧州？这时红军得到一张全是法文的地图，这张地图对于红六军团无疑是无价之宝。但是，没有人能够看懂法文，这可急坏了红六军团的团长萧克。萧克顿时想起了会说一点汉语的瑞士传教士勃沙特，便派人把勃沙特请到军团司令部，帮助把地图上的法文译成中文。勃沙特操着生硬的中国话，把地图上重要的山脉、村镇、河流、中文名称翻译出来。后来，根据这张地图，红军顺利走出贵州。此后，勃沙特跟随红二、红六军团到了湘西，开始了艰苦的远征。"

我们的意外到来，也成为影片拍摄的花絮，化妆师正给主要演员化妆，"红军战士"和"国民党军"正在战壕里准备战斗，这些群众演员都是从黄平一所医疗卫生学校请来的学生，而导演听说我们是县委县政府请来的作家客人，来采访黄平，也很客气，"红军战士"很愿意和我们合影。我们请潇湘电影集团有限公司青年导演孟奇介绍这部影片的拍摄。

我问："这部片子为什么叫《天国地图》？我有点不懂。"

孟奇导演说："天主教里不是有天国之说吗？他们认为那是理想的地方。"

我又问："你们用什么艺术手法展现这样一个历史故事？"

他说："故事的梗概是真实的，情节上有一些演绎的成分。"

正说着，拍摄场地上传来即将实拍的号令，孟奇导演要去忙了，只听一声令下，山头上"枪林弹雨"大作，敌我双方吼声震天，恰在这时，天气突变，风狂雨猛，冷屏山上的雨来得如此之快。电影拍摄剧组的负责人大喊："快躲雨，不要淋湿衣服。""红军"们，"白匪军们"跑得飞快，都纷纷跑上中巴车上去躲雨。

跑慢了的几个"红军"被雨淋湿了衣服，冷得发抖。看来革命的事业，任何时候都会遇到艰难困苦。

真遗憾，我们没有看成拍摄。但后来，我听说，片名改了，叫《勃沙特的长征》。导演之所以选择冷屏山作为拍摄场地，还是看中了它的"冷"，人迹罕至，不受干扰；植被没有遭到破坏，具有原生态的自然之美。

来一趟冷屏山，我收获了文化韵味，当我们在滚滚红尘中被尔虞我诈弄得心力交瘁，冷屏山绝对能够使人心平气和；当我们被眼前的小小成功激得心高气傲，上一趟冷屏山，可以遏制人的唐突冲动。冷屏山，我喜爱的就是她的"冷"，其实她冷而不淡，艳而不妖。那沉稳的冷艳，怎一个"爱恋"了得？在她的冰冰的怀抱，我享受了一种毫不矫揉造作的质朴。

哦，冷屏山，你不急不躁，不紧不慢，迈着自己旷达的脚步，走在如梦的年华里。

山风吹来瓜果香

初秋的红水河畔，满目金辉，暖阳融融。山风轻柔地吹拂，伴着悠扬婉转的山歌，曼妙氤氲在蓝天白云之下，是这么一天，我又来到了凤尾竹婀娜的罗甸。我看见，田野青葱翠绿，瓜果阵阵飘香。一脚踏上这块土地，就让人感觉到一派生机勃勃的景象。

在董当乡，在沫阳镇，连绵起伏的肥沃土地正用殷实庄严的蔬果清香，唱响了建设社会主义新农村的主旋律。

借助得天独厚的"天然温室"自然条件和"高原千岛湖"地理优势，使得仰卧在黔南喀斯特高原上的罗甸洒脱地在脱贫致富的道路上选准突破口，用苦干实干的"大关精神"，一步一个脚印地向前走……

一年一度秋风劲，田间地头随处可见村民抢收抢种秋冬蔬菜和水果的身影。数万亩反季节四季豆郁郁葱葱，西红柿红润亮泽，韭菜清香弥漫，辣椒果实满枝。

就在公路边，一眼望去，蔬菜育苗和蔬菜高科技种植大棚蔚为壮观。

走进董当乡，一条绿如宝石的山间溪流热情地伴着远客而行。两岸龙竹婀娜多姿，像一只只巨大的绿孔雀翩翩起舞。陪同我们的文友石朝友告诉我说，这里是大井村。

大井，山清水秀，风光旖旎。

罗甸县董当乡大井村属省级新农村建设试点村。该村位于董当乡东北面，是一个典型的布依族聚居村，早先属省级二类贫困村。董当乡村民在县委、县政府的正确领导下，充分利用美丽的山水资源优势和丰富多彩的布依山歌、扎染艺术、民族服饰等，形成独具魅力的休闲、度假、观光、探险、科普、民族文化、自然体验等多功能的乡村旅游发展理念。同时，董当乡发展早熟商品蔬菜，勤劳的布依族村民使大井村貌焕然一新。

说话间我们已来到碧波荡漾的董当河谷，神秘莫测的打黛河天坑群和鬼斧神工的溶洞群已映入眼帘，乘竹筏飘过水波潋滟的董当河，古榕树盘根错节，龙竹开屏展翅。抬头望，峻峰挺拔，峭壁高耸。河的尽头，有一个具有典型喀斯特特征的巨大溶洞，洞内钟乳石千奇百怪，各具形态，栩栩如生。

为我们撑划竹筏的大姐告诉我，她的家就在董当。村党支部带领大家因地制宜，找准目标，支持村民发展旅游业，她家开办了"农家乐"饭庄，用当地特有的美食"黄豆鸡"招待客人，她家购置了供游人在水上游览的竹筏，游人享用的"农家饭"的菜肴是不带任何化学污染的农家菜，鸡是自己养的土鸡，蔬菜是自己种的各种蔬菜。

所有客人都会毫不掩饰地说："好喜爱罗甸的瓜果蔬菜。"是的，民以食为天，这是亘古不变的。我多次来罗甸，也多次见证和我同行的所有男人和女人，只要见了鲜艳的水果，都会睁大眼睛，面带笑容地惊呼，进而要求司机停车，大袋大袋地下车购买。这一次我们来到罗甸时是初秋，正是瓜果飘香的时节，整个黔南唯独只有罗甸能够生长的火龙果成熟了，紫红紫红的果皮和果肉点亮了亚热带的风光，芭蕉丰收了，一大串的硕果昭示了民族地区特有的韵味，黄皮柚子远远地就散发出清香，橘子用金色的艳丽诉说了喀斯特高原滋养的美味。

而家庭主妇们最青睐的是蔬菜！罗甸的蔬菜分正季节与反季

节。也就是说，当北国边疆已是千里冰封、万里雪飘，而地处亚热带地球绿飘带上的黔南罗甸，却生长出西红柿、黄瓜、辣椒、茄子、瓢儿菜。你看，马路边菜农们已经挑来水淋的新鲜蔬菜，热情地呼唤你来购买。

为了探寻董当乡在建设社会主义新农村中，村里党组织和广大党员带领群众脱贫致富的好经验，我来到深山坳里的大井村深入采访，这个村将该区域建成集山水风光、布依族风情旅游观光的综合展示区；完成项目投资后，还建成了大井景区大门、观景台、码头等，同时以大井、红星村蔬菜种植基地、优质杂交水稻种植基地为主的农业产业板块已具雏形。

啊，我们的田野，美丽的田野。

一幕更让我惊叹的场景出现了，一位布依族大嫂正在自家地里收获红豆，正是那首脍炙人口的唐诗里吟唱的红豆。以前只在饭桌上见过的红豆，今天终于在田间地头相见了，我情不自禁地吟诵起这首诗：

> 红豆生南国，
> 春来发几枝？
> 愿君多采撷，
> 此物最相思。

我故意问大嫂，这种植物叫什么名字，她说："饭豆。"我更吃惊了，诗人眼里的爱情之物，原来是滋养生命的必需。爱情与粮食，精神与物质，结合得那么紧密。散发着泥土香味的红豆牵动了我的情丝，柔情蜜意的王维用缱绻的《相思》让我的思绪飘飞成邈远的甜梦。

啊，瓜果飘香的红水河畔，怎能不叫我留恋？

红水河畔三重奏

　　一叶轻舟，划破碧绿的清流驶向湖的彼岸。几声木叶，从孤舟里飞出，湖边布依人家石头瓦房里的少女，早已破解这无字的密码，披着月光，飞向竹筏。少年解缆起锚，橹声欸乃，汇入夜色中湖的甜梦。孤舟与竹筏就在洒满月光的湖中相遇，少年与少女相依而坐，银灰静静地流泻在他们的四周，湖岸边的野蔷薇长在盛开，吐露出阵阵幽香。

　　这是何等美丽的风景！这朴实的故事就生长在黔南最南端的罗甸这片热土上，布依姑娘的爱情如鲜花一般在这秀丽古朴的大山深处盛开，让生活散发出无限芬芳。让我们把目光投向养育她们的滚滚流淌的红水河，那是她们生活的土地。河水流过的地方，生命便洋溢着斑斓的五彩。布依山寨的四周，蜿蜒着许多湖泊，湖水环绕喀斯特地貌，成为一团团绿色耀眼的翡翠。红水河两岸，青山巍巍，苍翠葱茏，密密匝匝，生机盎然。就在这落日熔金、湖波潋滟的意境里，生长出无数布依族少女的情和爱。爱情的背景里站立着亚热带的小县罗甸。

　　我驾着轻舟划向湖的彼岸，那里，沉闷的铜鼓敲得正紧，一寨苗人聚得齐刷刷，老老少少把场坝围得满档。擂铜鼓的是两个中年汉子，一人手握木槌，一人用木圆筒相配，圆筒插入鼓肚皮的凹处，一开一拢，一分一合，声音便形成呜哇的起伏，有人也叫公母配。

神话一般美丽的民风民俗让我流连忘返,而这一幕又是我在罗甸采访到的生活片段。

多年来沉默不语的红水河,出其不意地给我几分惊奇。

我至今也无法想象久远的年代里寨中敲响铜鼓的盛况,那是一次匪患压境或天灾突降的紧急,还是一次祈求风调雨顺的杀牛宰羊的祭祀。是节庆里族人们喜庆的欢聚,还是一位德高望重的老人驾鹤西去哀嚎震野的送别。

现在,铜鼓是敲起来了,让我细细品来。

在拉来苗寨,一位德高望重的苗族老人告诉我,只要一敲起铜鼓,他们祖先的魂就会回来,魂灵听得见子孙们的呼求,后人们尽量只在节庆日、丧葬、祭祀、丰收时才惊动祖先。铜鼓作为一种地域文化载体,积淀着民间对宗教信仰、礼仪司俗、生活理想、审美要求的一种美好愿望,与生活在罗甸的苗族先民的生活息息相关。他们坚定地相信,铜鼓一响,祖先就来了。但是也别让祖先在这震天动地的铜鼓声里焦虑寂寞,那就跳起夜乐舞吧,让魂灵与后人们同乐。有时夜乐舞通宵达旦。那潇洒的舞姿、奔放的激情,完全是未曾加工的原生态的舒展,击鼓手的技巧与舞者配得完美无缺,鼓点阵阵,鬼神听见,早已逃跑得不见踪影。

说到这里,这位姓梁的苗族老人眉飞色舞了,他告诉说:"你不要小看这夜乐舞,我们曾被邀请到北京演出。1957年,周恩来、朱德、陈毅等中央领导,还亲自接见了到北京跳夜乐舞的拉来寨苗族演员。"

嗡嗡沉沉的铜鼓声入耳,豪豪爽爽夜乐舞翩跹,叮叮咚咚粑粑棒纵横。拉来寨的夜乐舞以激昂奔放的鼓点作为舞蹈引领,与皮鼓和谐呼应,伴以粑棒的敲击声和舞者的吆喝声,让人充分领略到一个民族喜怒哀乐的情感释放。细细一想,这极可能是苗族同胞精神的凝结，同时也是血统后裔举族力量展示的一次宣言，还是艺术化人生的一个亮相。

轻歌曼舞的红水可是不能不去亲近的。"高峡出平湖"的大手笔写上了高原，高原"千岛湖"横空出世，壮观得让人傻眼。上游的蒙江奔腾而下，在龙滩被截流，罗甸盛情挽留了80多平方公里的秀水，一双巨手在罗甸的山岭间镶嵌了一颗蓝宝石。它蓝得惹眼，蓝得温存，蓝得远接天边的白云。伸手摸一摸，是水，是源泉，是灵光，这一摸顿感个人生命的渺小和大自然伟力的博大。这蓝原来就是养育无数生命的湖水，这蓝原本就是奔腾不息的生命。水天一色，天水一体，当小船荡至湖心，碧波万顷，金光闪闪，我情不自禁脱口而出："啊，红水河，你这高原之神！"

用另一种语言诉说红水河的是石头，与高峡平湖的横空出世不同，它羞羞答答，躲躲闪闪，有人说千岛湖像一个恬静的少女，而我觉得罗甸石更具少女的温文尔雅。它秀美而不张扬，它高雅而不傲慢，它埋没多年苦苦寻觅世间的知音，然而高山流水，知音难觅，它并不抱怨，静静地等待。我曾见过荣获2000年昆明世界国际园艺博览会银奖的红水河奇石"红河女神"，她周身华贵，气度不凡，她站在高山之巅，从容地依恋着这色彩斑斓的世界。石质温润、千奇百怪的罗甸石让四面八方的玩石人开了眼界。

那一天我走进一个布依族农家小院，院里"长满"的石头，不需加工，这些石头竟千姿百态。主人是一个布依族小伙子，他说："这些石头块块有来历，块块有生命，块块有灵性，风雨之夜，我听得见它们呼朋引伴的叫喊。"他入迷了。

是的，罗甸是迷人的。

我多么有幸，像阿郎阿菊那样驾着轻舟漂荡过绿宝石一般的千岛湖；在好客的布依族姑娘用芬芳米酒把我灌得面红耳赤后倾听过嘹亮的布依族山歌；在悠闲的假日一头钻进商铺琢磨过奇形怪状的石头。同我一样，天南海北的游客踏上去罗甸的路。

碧湖、铜鼓、奇石在红水河畔奏响了三重奏。

自然之美、远古之音、文明之光三重奏构建了引人入胜的立体罗甸。

红河女神入佳梦，铜鼓夜乐动碧川。一个对清丽山水和民族历史钟情的人应该去一趟罗甸，一个对自然与生活有几分迷惑的人也应该去一下罗甸，相信红水河不会让你失望。

行走华夏的深情叩问

满口生香的辞藻，带我行走在中华民族亘古的疆土，生命经受一次次的文化洗礼，这一路的文化苦旅，走得愉悦充沛而艰难缓慢。

翻开《天齐高风》，中华民族历史的洪流从字里行间奔涌而来，一开篇就让我领略了恢宏的文化气势，流畅优美的文字力量裹卷着浩瀚历史的风云，冲击我的心灵，读着，我一直不能平静。说实话，若是没有一点历史知识的人读憨仲老师的这部著作，是无法承受的。反过来说，憨仲老师以渊博的历史知识、用深入浅出的语言文字，带着我行走华夏，激励我深思叩问。

我出生在陕西宝鸡，对"岐山"这个地名并不陌生，看了憨仲老师的《天齐高风》，才知道这里是周文化的发祥地，有"铜器之乡、甲骨文之乡"的美誉。我最熟悉的是岐山臊子面。我饶有兴致地听他讲"凤鸣岐山"的故事，西伯侯姬昌在西岐称王，登封之日，有凤凰在岐山上栖息鸣叫，他带领西岐子民在渭水流域定居下来，男耕女织，造甲营舍，羽翼渐渐丰满。

我虽是大学中文系汉语言文学的学生，但对北方民族历史的细枝末节不甚了解，憨仲老师的生动笔触，激活了我的渴望。在他的《八百诸侯结同盟》一章里，我感受到"武王伐纣""牧野之战""前徒倒戈"的精彩。最让我叫绝的是这篇文章的开篇，从淇县来到获嘉，让我深刻地领会到了"胜者王侯败者寇"的辛酸，憨仲老师，不愧为文化散文创作的高手，一开篇就引人入胜。

泡上一杯茶，兴致勃勃地读憨仲老师的《天齐高风》，是何等的惬意；细嚼慢咽，氤氲在心中的那种文气，就是两个字——丰沛。

真的是喜爱憨仲老师的散文，看了这部书的作者简介，我才知道憨仲老师原名叫石绍宏，以前只知道他自谦为"憨"，且排名为"仲"，古汉语中的"孟、仲、季"译为现代汉语就是第一第二第三，但我称呼他时总是难以启齿，我和憨仲老师相见很迟，但自见面，就有相见恨晚之感，以前在虚拟的网络上遇到过，但接触不多且从未谋面。机缘来自贵州遵义笔会，我们见面了，如沐春风，我渐渐了解他，走近他。他是残疾人，曾获得"十佳自强不息模范""中国的保尔·柯察金"等荣誉称号，这些荣誉是山东省淄博市张店区人民政府、淄博市人民政府授予的，可见货真价实，我还能说什么呢？除了敬佩，还是敬佩！

于是爱不释手地细读他写的像砖头一样厚的著作《天齐高风》，我用了整整十天琢磨他笔下的殷商纣王帝辛在朝歌城的最高处"西风台"仰天长啸，引火自焚，真是慷慨悲壮。憨仲老师是我所见的第一个在商纣王身上用了褒义词的文人墨客。

这一点，让我看出憨仲老师在文化苦旅的道路上，没有步他人后尘，而是走自己的新路，他有他自己的远见卓识，我读书也就更有兴趣。

跟随憨仲老师的文辞优美的脚步，我来到河南濮阳，历史上的卫国都城。这块土地不仅养育了商鞅、吴起、吕不韦、张仪等英雄豪杰，也是他老石家的祖先起源之地，他一到那里，就领受了落叶归根之感，不由得捧起田间的泥土，亲了又亲，马上接到了远古的信息，他想到"秦国没有灭掉卫国的根本原因"，是"卫多君子，其国无患"。他挖掘大量的史实，论证出中国第一个女诗人，应该是从齐国嫁到卫国的美女庄姜，她嫁给了卫庄公。一番美轮美奂的肖像描写让我爱恋不已：身材窈窕、眉清目秀、倾国倾城、风华绝代。卫国人一首千古绝唱《硕人》就是献给美女庄姜的："巧笑倩兮，美目盼兮。"

卫国这一趟，走得真值！

前面说过，我出生在宝鸡，但那时我年纪幼小，只是度过了我的少年时代，对宝鸡的了解远远不及憨仲老师，我饶有兴致地跟随他游历宝鸡。缓缓来到周公庙，在他娓娓动听的讲述里，我品味"周公吐哺，天下归心"的深刻寓意。武王去世后，成王幼小，尚在襁褓之中。周公就登位替成王代为处理政务，主持国家大权。管叔和他的诸弟在国中散布流言说：周公将对成王不利。周公就告诉太公望、召公奭说：我之所以不避嫌疑代理国政，是怕天下人背叛周室，没法向我们的先王交代。于是终究辅佐成王，"一沐三捉发，一饭三吐哺"。周公忠心为王朝操劳，辅佐武王、成王，为周王朝的建立和巩固作出了重大贡献。特别是他在受成王冤屈以后，仍忠心耿耿，为周王朝的发展呕心沥血，直至逝世，终天下大治。

蓝天白云下的仿山，一派清丽景色，丝毫感觉不到陵墓的阴冷与畎静，眼前，殿阁雄伟，楼台秀俨，苍松翠柏遮天蔽日，亭阁廊道隐于其间。仿山，已是曹氏先人灵魂的栖息地，也是曹氏后裔精神的家园。

古戚城雄踞黄河东岸，把无限的想象融进一个宏阔的领地。我跟随憨仲老师的脚步，移向这里，伫立城墙之下，一股久远的劲风鼓荡胸怀。尽管当今钢筋混凝土的高楼大厦和歌舞升平的繁噪已将历史的残垣断壁掩埋，但历史的尘埃仍然会随风飘起，漫天飞扬，在如此浩繁的时空，人们发现历史有时与现实是那么的惊人相似，于是我非常看重历史的启迪，读憨仲老师的书也就越发觉得兴致盎然，阅读越有意思。

我在他的《穿越时空两千载》里咀嚼《赵氏孤儿》的故事中，悲喜交加。我在《祭祀蒙山留遗痕》里感受蒙山国王救老山蜂，老山蜂救国家的故事，"神蜂阵"巧妙抗击来犯之敌，咬得敌军鼻青脸肿，丢盔卸甲，落荒而逃。真让人振奋，也让人思索，人要积德，说不定什么时候，别人会帮你。

憨仲，一个身残志坚的老人，腹中经纶是如此丰繁，历史学识是如此渊博，叙议文采是如此艳丽，哲思述评是如此精准，这让我慨叹高赞，绝对的发自肺腑，自心底涌出。我是在读到《齐风韶韵遍天水》时发出此感言的。我没有到过天水，出生地宝鸡离天水不远，但我不甚了解天水，从憨仲老师笔下得知，天水是"羲皇故里"，这里有好多的人文掌故和秀丽自然风光。我走进天水，慢慢品味，流连忘返。

天水，名字取得多有气势！姜太公落魄之时，曾在此垂钓前程。历史上实力强悍的秦人，就是从天水一步步羽翼丰满走上历史舞台的，在天水的牧马滩，隐藏着秦人可歌可泣的奋斗史，在天水的卦台上，暗潜着秦人命运转机的玄机，在天水的纪信祠，闪烁着纪将军高山仰止的伟大精神。

一本散文，竟被文字高手憨仲老师"经营"得波澜起伏，高潮迭起，我捏紧了心，一页页地翻动着，春秋战国的诸侯纷争，弱肉强食；春秋五霸的地位争霸，尔虞我诈；列国之间的侵扰吞并，狼烟四起。这不，一个曲沃代翼的故事在字里行间惊心动魄，那是晋国历史上发生的大规模内乱的时期，曲沃这个地方，河流弯弯，清波荡漾，河水两岸，土地肥沃，气候温润。晋昭侯把曲沃这么好的地方给了他那个野心勃勃的叔，这便离祸事不远了。道理也很简单，这个曲沃比晋的都城翼城还大啊，你把这个地方给你叔，这不是要逼死自己吗？这么简单的事实，晋昭侯居然不明白，可见他的智商实在不高。晋昭侯就把叔父成师封到曲沃，这是比首都翼还要大的都市，麻烦来了：成师和他的子孙数十年如一日地开始和晋侯争国君之位，斗争极其残忍。总之，经过长达67年的内战，成师的孙子晋武公称终于消灭了"仇"的子孙，曲沃武公也因此成为了翼城的新主人，并得到了当时的周天子册封，成了晋武公。晋国的首都是翼城，那当然就是曲沃代翼了。

　　一个月来，我尽量避开各种社会活动的纷扰，在冗繁的党政工作中挤出时间阅读憨仲老师，请注意我说的是阅读憨仲老师，而不光是他的作品。我从字里行间读出了他的人品，读出了他的才华。就是这个自谦为憨仲的老人，一个手脚不麻利的残疾人，花那么大的精力，艰难行走在华夏大地，用饱蘸浓墨的笔触，汇聚春秋战国的文化精华。他，以文学为经，以史料为纬，潜心编织一部规模浩大的鸿篇巨著《天齐高风》，情质厚重，思想深邃，一得到这部书，我就爱不释手。

　　熟悉我的朋友们知道，我这个人从来不喜欢随波逐流，包括微信聊天，也不喜欢过多海聊，但每每读到精妙处，我便每每发点心中感慨。

　　手里的《天齐高风》，洋洋洒洒96万多字，一个年过半百的残疾人，这么高质量的历史文化散文，采访成百上千个人或事，该是何等的不易。他，石绍宏，用散文创作的独辟蹊径，创造属于自己风格的文学样式，独创论文、散文、报告文学嫁接的艺术新品，我翻动每页每张，感受是那样的新颖、唯美。这当然与他深厚的文学功底与渊博的历史知识是分不开的。从书中，我还读出了憨仲老师的良好的人缘，他在四海之内广结朋友，走到哪里，都有朋友热情相迎，也受到地方政府的热情接待，他是一个地道的平易近人的文化学者。这让我想起我和他的相识，我无意间从一个文友发来的征文链接看见遵义笔会，我马上写了一篇散文发过去，很快，在第二天就得到组织者憨仲老师的亲自回复，说早就在网络上关注过我，便热情邀请我参加，我到了遵义，他亲自颁发证书，聘用我为《东方散文》的签约作家。这便是我第一次与他相见，直接接触之后，感觉他的乐观，他的正直，他的厚道，他的谦逊，我敬佩他！

憨仲不憨，石老真实。

心花在彭蠡之滨旖旎绽放

思飞千载的牵引，眼望意象的律动，手捧一本散文，我时时在书中精美语言的构建里领略人间情怀与自然风韵。这本书，叫《彭蠡流韵》，作者叫李婷。

这本书让人拿起就放不下，读了就忘不掉，咀嚼就唏嘘慨叹，这本书当然有它的妙处。我在北方高天滚滚寒流急的火炉边捧读《彭蠡流韵》，神州大地一股灵动温情从字里行间飞进我的心中，再加上早就结识李婷，也就觉得格外有滋有味。

"渔舟唱晚，响穷彭蠡之滨；雁阵惊寒，声断衡阳之浦。"我认识"彭蠡"，是从唐朝王勃风光如画的描摹开始的，蠡字很难认，就算有点文化的人，一张嘴就能读出来的也不多。一旦彼此相见，也就难以忘怀。再加上这两句诗文优美如甘醇，读来朗朗上口，我自然记住了彭蠡，目移江西，看见了"落霞与孤鹜齐飞，秋水共长天一色"的浩瀚大泽，今天叫作"鄱阳湖"。如此说来，李婷的散文，字字句句弥漫着浓郁的中华文化的底蕴，篇章段落隐匿着妙趣横生的典故与传说。这便是我手不释卷的原因。

有情有义，有爱有道，是贯穿《彭蠡流韵》的一根金线，一开篇我就了解到这本书是李婷以刘氏夫君老家为画龙点睛的一本书，有点有面，有粗有细，呈金光辐射状链接五湖四海。我很快想起她的第一本散文集《圭江流韵》，以娘家的人杰地灵为线索，构文成册。一看就是姊妹篇，异曲同工，各有千秋。

纵观李婷的散文集《彭蠡流韵》，很容易归纳出值得借鉴的文创招数，表面看来自然天成的文字构建，实在是才女功底深厚的匠心独运。

旁征博引，妙趣横生，是我一篇接一篇通读后的最大感受。《触摸岚陵》写的是赣北边陲小镇上的一个小山村，她娓娓讲述这里历史上的"三代四进士，五代六举人"的传奇故事，讲述村中古井的来龙去脉。更具异彩的是《小孤山之行》，小孤山本是江西彭泽北江的一座普通的山，李婷的眼光却看出了不一般，用丰厚的历史记载，历数古往今来名流才子来小孤山的轶事趣闻，一口气写出东晋山水诗鼻祖谢灵运、唐代现实主义诗人白居易、北宋著名文学家王安石、南宋爱国诗人陆游等十几位诗文大家，又重点引出南宋著名诗人谢枋写小孤山的名句"天地偶然留砥柱，江山有此障狂澜"。在《彭泽西山行》里，她挖掘出当地人口头摆谈的一个小故事，这座佛家寺庙初建于唐朝，传说狄仁杰在彭泽任县令，带了一位姓冯的将军和一位姓白的将军，冯将军住东山，白将军住西山。两将军侠肝义胆，杀富济贫，惹得富人告发衙门，当地老百姓为了保护他们二位，分别在东山西山各建庙宇，保护恩人。这样的传说作为材料，增加了文章的可读性。在《彭蠡流韵》的一篇篇散文里，她激情澎湃地讲述一个个精彩动人的故事，一门三将军，刺杀黎元洪；彭泽县令陶渊明，在这里喊出"不为五斗米折腰"。有了历史典故，便滋生出有活气的人文情怀，自然山水也就成了活的山水，俗话说，山不在高，有仙则灵，就是这个道理。

遣词造句，脍炙香艳。看得出来，李婷对彭蠡充满深情与厚义，所到之处，目光所及，能够寻出闪亮之点，脚到，眼到，心到，手到。她的写作语言是从心灵流出，像泉水一样，是文学批评家说的"文如泉涌"。心语往往是最生动的，最鲜明的，最淳朴的。于是，她一口气写出"江西弋阳高腔"的铿锵，一位80多岁的高龄老人刘质生，唱高腔声如洪钟，中气十足。写出"彭蠡八宝洲油菜花的清香"，尽管一场猝不及防的春雨，打碎了她心头希冀的黄金梦，她依然魂牵梦绕地期待来年。她写流行在江西定山、太平一带的"嘎婆会"，跟随在身披红色道袍、头戴方帽、手持摇铃的道士身后，走街入户，看严肃的仪式，为村民消灾辟邪，驱妖除魔。我兴致盎然地一篇接一篇地阅读，李婷的"古尹城在河南西北与山西西南交界一带，这里是尹氏的发源地之一"观点让我耳目一新。我姓尹，读到此处，眼睛一亮，更加仔仔细细琢磨古往今来尹氏家族的来龙去脉。了解到，黄帝之子少昊，在古代东夷族担任首领，其子被封于尹城，后代在尹城世代居住，皆为尹氏。尹氏宗谱以尹吉甫为一世。先祖尹吉甫是周宣王良辅，精通诗文，是中华诗祖。这一段博古通今的阐述，让我感叹唏嘘，信心倍增，这也体现散文创作的妙处，好文一定能激活作者与读者的情感认同。

谋篇布局，心驰神往。很多文学爱好者曾归纳出天下散文的最大特点是形散而神不散，单篇如此，汇聚成册的散文集又何尝不是。李婷的《彭蠡流韵》，用彭蠡大泽的结缘开篇，站在浩渺水域瞭望五洲，引出中华大地许多风景名胜。如果仔细阅读，就会发现李婷尽情挥洒家庭与社会的千般情万般爱，从圭江到彭蠡；从娘家到婆家，把家庭之爱延伸到社稷之爱与山河之爱，她的脚步从江西走向全国。我们便欣赏到了西双版纳热带雨林的各种植物的琳琅满目；欣赏到了滇北藏族小镇独克宗的藏族风情；欣赏到了海南蜈支洲岛的碧涛与椰林。在李婷不断的行走脚步中，一个历史知识渊博、文学功底深厚的名人进入我们的视野，她在写河南安阳笔会一文中顺水推舟地引出擅长写历史地理散文的知名作家憨仲先生。接着一口气写了憨仲先生带领下参加的多次寻古问今的采风。丰富多彩的文学创作攻势所向披靡，安阳汤阴"精忠庙里谒岳飞"；河北"鹊山脚下谒神医"；苍山洱海参观白族人生活的古生村；宁夏中卫"寻访苏武牧羊地"；甘肃天水"娲皇故里行"；再看李婷写《小孤山之行》，汪洋恣肆撰写了风光及历史之后，又让眼睛回归现实，站在山头俯瞰全城，老百姓们燃起高香，炸响鞭炮，红烟紫气袅袅升腾，于是她顺理成章从景入文，紧抓细节，巧妙地、利索地、干净地结束全文"小孤山氤氲起浓浓的雾气，给它披上一层神秘色彩"。现在整体回眸《彭蠡流韵》，集子构造别具一格，文脉的流动都在亲朋好友的赏景采风中牵连，纵观整部散文集也是形散而神不散。

顺手拈来，淳朴讲述。写到这里，我饶有兴致地咀嚼回味李婷的篇篇文章，多处流露出一个女作者的细腻柔情，更深入一些，我体会到李婷的为人处世，我是五年前认识她的，发自内心的评价是，她办事认真仔细，环节滴水不漏，不光我一个人这样评论，那次在东莞参加《东方散文》全国作家采风笔会与《圭江流韵》首发式，几个来自天水、西安、山东、贵州的作家在酒店聊天，不约而同这样点赞。

文学就是人学，从人到文，性情一律。最能体现这个特点的文章大部分集中在"血浓于水"这个章节。亲情、友情、爱情、乡情，从一幕幕感人的生活片段中排山倒海奔腾而出，我用了排山倒海一词，如同黄河壶口瀑布，浩浩荡荡。因为在阅读这部分时，我被她叙述的情节感动得热血澎湃。她不厌其烦地接待丈夫老家江西到广东找工作的一批又一批亲友，在她并不宽敞的小家一住三五天、六七天；她默默为丈夫的亲友垫钱付押金；她忍受自己有接触辣椒过敏的身体特点为丈夫老家来的朋友下厨房做菜。那一次我和她接受淄博文友赵金雷邀请去博山县，午餐时饭馆的辣子鸡里放了辣椒，她的皮肤马上起红点，我急中生智，让她喝萝卜汁解毒偏方，才消了下去。我切身感受到她讲述的"舍命陪君子"是真诚的。她写的在美国与读书的儿子"话别"，亲情牵引我走进一个贤妻良母的内心世界，辛苦工作，每年要给儿子交付六七十万的学费，又再次生出几分敬佩，吃苦耐劳，精明强悍。在读了《母亲的电话》之后，我必须在"贤妻良母"之后加三个字"好女儿"。李婷写她当了刘家媳妇后，与丈夫全家人的和睦相处、恩恩爱爱、无微不至，简直让我叹为观止。猛然觉得与这本书相见恨晚，早一点读到它，一定会给我人生的路提供许多借鉴。

捧读《彭蠡流韵》，心花在彭蠡之滨旖旎绽放。

真可以用一句时髦的话作结：一路走来，感恩有你。

第四辑　蓦然回首

澧水河畔的老屋

一

亲切的乡音，熟稔的声气，都曾在这老宅里的每一个角落滚动。奇怪的是它们并没有随着时间而远离，也没有伴着老宅的圮毁而消逝。它们时不时地在我的心中搅荡，直搅得那一份情感膨胀足了要冲破胸腔而出。

随着年龄的增长，我越来越思念曾住过的老宅了，从前的记忆与滚烫的情感铺天盖地压我而来，这就是乡愁，难以抹去的乡愁。

不得不一次次走进老宅，可以毫不夸张地说，承载我童年时光的老宅是偌大世界最有特色的屋舍，是装满亲情的陋室。那一街庞大的建筑林立在湘北的澧水河畔，这里是孟姜女的故里，这贤惠的女人正是从这出发去给千里之遥修筑长城的丈夫送寒衣，民风民俗与澧水河一样金光闪耀。不知多少年前，为了躲避夏日的烈焰与冬日的朔风，先民们创造了屋内有屋、长长一条、冬暖夏凉的式样，你随便入一幢老宅，都如同走进《西游记》里的水莲洞，几十户人家毗邻而居，别有洞天。每一幢老宅都有两个门牌号码，头一个，尾一个，头是一条街多少号，你一头钻进去，飘飘摇摇出来，尾已成了另一条街多少号。每一幢屋都可成为陌生人的走廊过道。如此狭长的老宅，究竟装了多少人间的酸甜苦辣，谁也说不清，谁也讲不完。

没有电，不隔音，一入夜，老宅就充满了神秘。一盏盏煤油灯把一个个音符般的身影投在墙上，堂屋里、天井旁、花园中、后楼上，无论走到哪里，总能听见似有似无、隐隐约约的声响，尤其是偶尔传来的低沉哭声，还有窃窃私语，直击人心。第二天，堂屋里乘凉饮茶的婆婆们又有故事了。的确，这老屋里家家户户的事情瞒不住人。

居住在老宅里的人情感编织的网要比住现代建筑的人密许多。

维系婆婆们生命的精神依托是聊天，年轻人有自己的活计，奔忙去了。婆婆们夏秋选择在浪口聊天，浪口是两幢屋舍之间的细窄的通道，抬头只见一线天。湘北的夏天炎热似火，而浪口却凉爽宜人，连鸟雀也喜爱在这里停留。午后的一杯茶，一把芭蕉扇，便疏朗着婆婆们温馨的休闲。

寒风呼啸的冬春，当然会选择在堂屋聊天，婆婆们各带一只炭烘篓，搭一块青布，让布满沧桑的手藏在里边，也是很快活的。

当然会聊到幢幢老宅的来历。每一幢屋，风格一致，但布局结构却截然不同，各有各的特点和妙处。婆婆们最羡慕的是鲁幺婆住的屋，那是整个小城最豪奢的一幢，原是做黄金首饰生意的大资本家彭耀祖的豪宅，新中国成立后，彭耀祖把这栋房子交给政府，后来这里住进了二十几户普通居民。

在这样的老宅居住，谁也不会寂寞。

不会寂寞的生活当然是色彩缤纷，趣味无穷。

各有各的一本难念的经，都在为自己的生计忙碌。"今天生意还好吧。"我常听见前堂左厢房的孤老头——剃头的郑伯这样与楼上的修钢笔、手电筒兼配钥匙的汪伯打招呼。驼背的汪伯从肩上卸下沉重的工具箱，淡淡一笑说："马虎。"堂屋里的陈寡妇以卖鱼为生，整天把腥气扑鼻的竹鱼篓子挑进挑出。只有中堂屋唱戏的张姨妈一家人稍好一些。她男人是小学教师，姓胡，张姨妈在县剧团上班，但胡老师与张姨妈感情不和，不知为什么经常吵架。后屋楼上楼下大部分是上了年纪的公公、婆婆，儿女已成家立业，另立门户。我那时最怕中堂屋西厢房住着的毕委员，大家这么称呼她是因为她在居委会有一个职务，家庭出身最好，是贫农，她自然感到自己的责任不轻，整天昂首挺胸，组织婆婆们学习，她"捉奸"是出了名的。我印象比较深的是，小孩子哭闹，婆婆们只要小声在孩子耳边说一句"毕委员来了"，那孩子就不哭了。

有段时间，毕委员说这老屋闹鬼，她便积极带领几个胆大的年轻人去捉，年轻人对探幽寻秘之类的事，兴趣正浓。她们躲藏在俯视后花园的楼梯间，是一个残月之夜，两个"鬼影"在后花园里晃动起来，毕委员指挥若定，几只雪亮的手电筒直射下去，两个紧紧搂抱在一起的"男鬼和女鬼"就飞快地跑散了。第二天，人们对陈寡妇的眼神就起了变化，有几张嘴巴这样说："陈寡妇真不要脸，把一身的鱼腥气擦在胡老师身上……"不久，胡老师就同常在晒台上练嗓子唱《苏三起解》的张姨妈离婚了，而卖鱼的陈寡妇却不知去向。

毕委员给这老宅做的最大好事就是每天拿着硬纸壳糊成的喇叭筒屋前屋后地喊话："各家各户，小心火烛，水缸挑满。"那时的老宅没有自来水，居民吃水要到屋后的澧水河里去挑，年轻人挑水是一种享受，借挑水看大江东去，百舸争流，坐在河边，点上一支烟，来往渔船上的渔家姑娘会向你招手。婆婆们没有这份情致，挑水也就成了一种工作，每天都有人担着水桶高声问："哪个要水？"缸里缺水的婆婆老老就会从楼上伸出头，应一声："来一担。"

老宅最忙碌、最喧闹、最亮堂的时候，是"老"了人的时候，湘北津市的风俗人情味饱满，说话尽量避讳不吉利的字眼，将人的死说成"老"。一家有难，四邻相助，以前的恩恩怨怨被风吹散，当堂屋里支起灵堂，老老少少也就一家人似的里里外外张罗起来。煤油灯把堂屋照得雪亮，鞭炮把小街炸得震天响，丧鼓敲打得人悲痛欲绝，来追悼的亲朋好友接踵摩肩。灵柩摆放三日，要出殡了，铜管乐队号角嘹亮，吹的是《社会主义好》《团结就是力量》和"雄赳赳，气昂昂，跨过鸭绿江……"一街的街坊邻居早已站在了各家门口，为日日相伴的老哥老姐送行。那震野的哭声绝对真诚。

颤颤巍巍、挽挽扶扶、悲悲切切走出老屋的婆婆老老谁都明白，年岁与老屋都会随着时光一样一天天老去。

二

时光确如白驹过隙般飞逝。承载我童年和少年意趣的老宅已经老去……

这些年来，我在贵州读了大学就留在此谋生。有一天，我回到了阔别多年的故乡。当我站在已被高楼大厦取而代之的老宅原址前，一种难言的苦涩与无穷的恋情从心底升腾，我知道老宅是在开发商雇请的身强力壮的农民工的重锤下坍圮，继而化成粉末。

思情浓烈时，只得在内心深处将老宅重新修建。

老宅再也不会老了，在我心中稳稳当当地立着。

缘来洋州

一个美丽的错误，我把李白的两句诗写成"故人西辞黄鹤楼，烟花三月下洋州"。稍有一点古诗词知识的人知道，唐朝诗人李白写的是扬州，不是洋州。我故意篡改了一个字。

其实是有原因的。

几年前一个摄影朋友从汉中来贵州参加全国摄影大赛，在后备厢无意中藏了一块硕大汉白玉，这是他开车出发前，在洋县郊外的一个野山坳里捡到的，通体雪白，形如雪山，他觉得好奇，虽从来不收藏石头，也抱了回去，甩在车上，时间一久便忘了。我家刚刚装修，为了美化家庭环境，增加文化气息，我在客厅创意了奇石身影。他看出我的心思，把这块汉白玉送给了我，我请他来家喝茅台，他看了也非常满意，说石头找到了知音，说石头与我有缘。这位朋友许诺，有时间带我去汉中看看。

我与洋县的汉白玉就这样结缘。

从此，我心里种下一个兴趣盎然的向往，去汉中！

接下来的一个春天我如愿以偿。

我在春风盎然的时节走进汉中。汉中披着五彩灵秀的外衣与我相见，这个地方很有意思，既带有北方的豪放，又有江南水乡的清秀。汉江岸边的杨柳生出鹅黄的绿芽，稚嫩弱小，几阵春风轻雨，翠绿柳叶摇摆堤岸，汉中的朋友仿佛是穿越古代的诗人，观察好细，从柳树的身后闪出，微笑着轻吟："碧玉妆成一树高，万条垂下绿丝绦。"

洋县的春天就这样生动着，用微寒的希望讲述汉中大地的绚烂。

这位汉中摄影朋友带我走向洋县的郊外，一片从亘古茂发生长的槐树林卷着汹涌的绿浪，串串白花吊满枝头，空气里弥漫着槐花的清香。微风拂过，令人神清气爽，景致美不胜收。各种不知名的野花在小山坡绽放，各种不知名的鸟儿在林间恋爱。

鸟儿啁啾，花儿多姿。

此次来汉中洋县的目的有二，一是寻觅隐藏深山的汉白玉，二是拜访心中神秘的大鸟朱鹮。

也真是巧，朋友带我来洋县大山的时候，是一场绵绵春雨的尾声，乍寒回暖。这一日，久违的阳光透过云层，把万道金光投射在林间草地。从寒冬渐渐苏醒的花卉，妖娆地起伏在山坡。这座山叫牯牛岭，云雾氤氲，万木葱茏。马尾松、榆树、白杨树、梨树、桃树连片参差，更多的是铺天盖地的翠竹，绿浪趋天。在一片郁郁葱葱的松林间，突然飞来一群白羽红头的大鸟，声声鸣叫，响彻天际。朋友惊呼：朱鹮，朱鹮！

啊，这是洋县飞舞的精灵。

朋友说，他来牯牛岭好几次都没看到朱鹮，没想到我一来就看见了，而且数量这么多，看来我与朱鹮有缘，连他都是沾我的光。

他说得我心花怒放。

鹮，是有魂魄的，绮丽娇媚，从严冬就开始酝酿的靓丽惊艳，在温情洋县翠静角落脱颖而出。

鹮，是最积极善情的使者，激情燃烧，含苞怒放。在灿烂阳光的沐浴下，美丽得令人垂泪，千寻万觅，她锁定洋县。

洋县，傲守汉中，是秦岭南麓的一个天赋禀贵的小县，是汉中盆地的一块沃土，是汉江穿流的富足沃野，是朱鹮青睐的一个温馨家园。

早在大学读书时，我就背诵过中国最早的一部诗歌总集《诗经》，《国风》中有一首诗《关雎》，这样吟唱："关关雎鸠，在河之洲，窈窕淑女，君子好逑。"动物学家考证，两千多年前古人说的鸠，就是朱鹮。遗憾的是，时光流淌，人们无节制开发山川河流，朱鹮在 20 世纪从俄罗斯、朝鲜、越南等国消失，在整个亚洲也濒临灭绝，从事野生动物保护的科学家们，殚精竭虑苦苦寻找，足迹遍布中国东北、华北、西北 3 大地区，跨越 9 个省区，行程 5 万多公里，终于在 1981 年，中国科学院鸟类专家在陕西汉中姚家沟的山林中发现 7 只朱鹮。

20 世纪 80 年代，善良的汉中人为了挽留 7 只"不速之客"，改土为田，把旱地变成水田，种上朱鹮喜欢吃的稻谷并且坚决不施化肥，不打农药。善良的洋县人发明了用本地野山上一种叫"狼刺角"的植物汁液灭虫，很环保。心有灵犀的神鸟朱鹮感受到洋县人民的热情，留了下来。一位热爱朱鹮的乡村妇女，自觉担当起日日投食喂养朱鹮的"母亲"，如同关爱自己的孩子一般关爱朱鹮。几年之后，朱鹮数量不断增加，种群不断优化，从起初的 7 只，发展到现在的 1800 余只。

汉中，创造奇迹，喜出望外。

从那时起，鹮舞洋州，就成为一代洋县人的梦想。

现在的成群朱鹮，依然是鹭鸟中罕见的佼佼者，是鸟中珍宝，现已成为陕西的省鸟。

人与人相识，要讲究缘分；人与物相见，要讲究缘分。

我能在陕西汉中洋县茂密的山野见到朱鹮，肯定是一种缘分。

"鹮舞洋州"，已经成为洋县的精美名片。飞舞的朱鹮，飞舞的名片，随时有可能在不经意间把惊喜送到你的面前。

　　诱人的绿，娇艳的花，是洋县的霓裳羽衣。

　　舞动的鹭，欢唱的鹮，灵动山川大地。

　　有灵动定有魂。每一片森林，每一片草地，每一园鲜花，每一座高山，都像在讲述时间与生命，辉煌与绚烂。我敬畏万物，我因此珍惜缘分。

　　无心插柳柳成荫！我此行原本是想了解一下心中的古洋州，无数神秘弥漫在汉中盆地的边缘，隐藏在北倚秦岭，南俯巴山的大地，无数奇闻逸事流淌在穿境而过的汉江。几天行程，我们跋山涉水，驱车汉中，攀登秦岭，溯漂汉江，但我们没有再能发现第二块汉白玉，看来我与古洋州有缘，几千年的缘已注入唯一。但朋友却有收获，他拍摄到了朱鹮，我看着美丽的朱鹮照片吟诵："关关雎鸠，在河之洲。"几百张摄影照片丰富了他的画册，也丰富了他的人生。

　　回到贵州，我打算创作一篇描写洋县的散文，几经琢磨，不知如何下笔，恰在这时看见微信群中有文友发来"'青柠书鸢赛讯'首届周大黑朱鹮杯全国散文大赛征文启事"，几句话感动了我："我们已为你备好日子，等着你深情款款赴约；我们已为你燃起红烛，等着你共话夜雨巴山。"是夜，我辗转反侧，激动难眠。很快，灵感思如一道闪电出现脑海，汉白玉是缘，朱鹮是缘，征文是缘，于是文如泉涌，很快确立了散文的主题："缘来洋州"。心中憧憬明年的洋县笔会盛况，情不自禁吟诵那句脍炙人口的古诗"故人西辞黄鹤楼，烟花三月下洋州"——

　　我还是坚持把"扬州"说成"洋州"，犯一个美丽的错误！

山寨牛气

牛！在中华民族的语言词汇中，可以是一个形容词，俚语乡音表达优秀、厉害、强悍，就用它，"真牛"相当于"你真棒"。

牛，也是一个名词，更多时候表述的是一种动物，与中华民族相依相伴5000年的一个生灵，早在上古文化出土文物中，就发现了牛的身影，那时人们已经能够圈家豢养。甲骨文刻下了这个以牛角为型的象形文字。

牛，遍布九州华夏。从南方到北方，从东海到西域，最受人们青睐的家畜之一就是牛，江南水牛、高原黄牛、雪域牦牛、草原奶牛，最让人感动的是这群丰乳肥臀的"奶妈"养育了全世界的不同种族的人类。

我们看到不同品种五花八门的牛，劲奔大江南北。

我在贵州工作生活了40多年，如果有人要问我对贵州的浓郁民族风情哪一点印象最深，我会毫不犹豫地对他说，牛文化。

云贵高原十万大山，乌蒙磅礴，苗岭逶迤。这里是原始与现代交替浇灌的沃土，这里有物质与精神完美造化的极致。非常奇怪，莽莽大山的深处，山高林密的村寨，散点分居着二十多个少数民族，苗族、彝族、侗族、布依族、水族、瑶族、布依族、仡佬族、壮族、回族，当然也有汉族，无论哪个民族都喜爱牛。牛，是贵州的一张精美名片，牛已经成为夜郎古国一种特异的文化符号。

　　贵州有九大地州市，我都去过，行程万里，许许多多乡镇村寨都把牛的形象美化成地标性景观。印象最深的是在遵义仁怀的后山乡采风，一进乡镇，宽阔的公路上远远就出现一个迎客巨门，一对巨大的松木牛角雕塑翘首青天，两侧是芦笙和铜鼓。在黔东南西江苗寨的大门上，精美的木雕门楣之上，赫然镶嵌着一对纯银打制的牛角，走进寨子，大路两旁的路灯全是用一根粗壮的黄铜电杆顶着一只木雕牛角，牛角上吊着路灯。在黎平肇兴侗寨，走向侗家人节假日欢聚的文娱广场，一座青石雕筑的牛角巍然耸立，与侗寨鼓楼遥相呼应。在都匀归兰山水族乡榔木水寨，远方的客人一进寨，热情的水族妇女就端出水牛角盛满的牛角酒，喝了才能进寨。贵州苗族妇女华丽盛装的头饰最醒目的亮点就是一对高高翘起的银质牛角。

　　几十年间，我参加全国各地文艺社团组织的到贵州各地下乡采风活动，走遍夜郎故土，每次的主题都不一样，但不管哪一次，总是与牛文化亲密邂逅。最直接的是与牛有关的饮食，我百次千次走进村寨，在我印象中不管哪一次的餐桌上，都少不了牛肉。贵州各族群众烹饪牛肉的方法也很奇特。牛肉的美味飘香，虾酸牛肉、酸汤牛肉、泡椒牛肉、清炖牛肉、酱卤牛肉、火烤牛肉、风干牛肉，奇香怪味，特色鲜明。在贵州我听说过有的人不吃猪肉，有的人不吃狗肉，有的人不吃马肉，有的人不吃羊肉，有的人不吃鱼，有的人不吃鸡，但从未听说不吃牛肉的人。

　　民以食为天，饮食是最直接、最直观的亲近。

　　山寨牛气，牛气山寨。牛给予云贵高原各族人民的馈赠，不仅是物质的，更是寄托精神的。牛的一身都是宝，牛的模样敦厚朴实。艺术家把它做成牛头标本，展示在民族风情墙面，雕塑家用黄铜精雕细琢成城市雕塑，肌腱发达，埋头苦干，隐喻勤劳奋发，任劳任怨。手工艺人用水牛角做成牛角梳、调羹、筷子、手镯、项链。雕刻家用牛骨雕成各种花鸟鱼虫，虽没有象牙那般昂贵，却也栩栩如生。在藏族同胞居住地区，牧民积攒牛粪，并晒干用来做燃料。用牦牛粪便糊墙筑屋，建设的屋舍温馨恬静，小屋里弥漫着牛的气息，给人一种安心。

牛，千百年来在人类生活的图谱上弹奏出和谐的乐章。北朝一首乐府民歌传唱出原生态画卷之美"天苍苍，野茫茫，风吹草低见牛羊"。人类因牛而豪迈，这是绿水青山生灵活络的田园牧歌。

大山里壮牛无数。黄牛精明强干，水牛膘肥体壮。牛，是有脾气的。人们喜欢牛的威猛，喜欢牛发达的肌肉，喜欢牛怒发冲冠的勇气，喜欢牛无所畏惧的斗争精神。一种群众喜闻乐见的文娱活动在云贵高原遍地开花，这就是斗牛。壮实的雄性勃发时，互相争斗火冒三丈，斗争的怒火一点就燃，牛打架，可以打出气势，打出名气。

斗牛，最能展示雄壮公牛的阳刚之美，我最忘不了的是斗牛场上牛冲向敌人的那一瞬间，两只尖角刺向对方，大有"壮士一去兮不复还"的那种义无反顾、骁勇无畏。

对我来说，谁输谁赢并不重要，我欣赏的是牛如同英雄一般的所向披靡。

斗牛，太刺激了。

山山岭岭歌声起，村村寨寨敲起锣。这些年来，我参加过水族端节、侗族大歌节、彝族火把节、布依族对山歌、傣族泼水节等，每一项活动的高潮，就是斗牛。可以毫不夸张地说，贵州差不多每个县市都有斗牛场，只是规模不一样，等级不一样，最豪华的一个斗牛场可以容纳 5 万人，最小的斗牛场只有一个篮球场大。我想起几年前参加省写作学会组织的黔东南采风，看了一场十分精彩的斗牛，这是一场大家期待了三年的比赛，角斗双方是两只体重2000多公斤的大水牛，一个叫"震山吼"，一个叫"怒雄起"。后一个是我的一个苗族朋友花9万元从广西买来的牛犊养大的，经相牛师看相，觉得明眸皓齿，四肢粗壮，两角钢锐，蹄大如磐，有培养前途，经过十分严格的体能训练（格斗训练、耐力训练），历时5年，现今威武雄壮，精神抖擞，跃跃欲试。它在今天春夏之交的六月六闪亮登场，一试锋芒。

一声牛角号吹响，圈门拉开，两只牛踱步上场，看上去都像稳重慈祥的老者，但是，一看见对方就怒火中烧，仿佛遇见恨之入骨的仇人，两眼发绿，直射凶光。双方都朝天怒吼一声，腾起四蹄，勇猛地冲向对方。"砰"的一声，四只牛角相撞，人们捏紧了心，很快两只犟牛就打得不可开交。"震山吼"一上来就是一个鲤鱼跳龙门，千斤雄体高高跃起，又重重落下，利用自身重量先给对方一个重压，既节省体力，又打击力强。哪想到"怒雄起"侧身一躲，拿一只钢铁一般的犄角刺向"震山吼"的耳根，"震山吼"就地一滚，又稳稳站起，改变战术，往后退三步。"怒雄起"却若无其事地站着，似乎什么都没有发生。"震山吼"猛一发劲，又排山倒海般冲上前来，"怒雄起"埋头竖角，缓缓迎战，与"震山吼"来了个二龙戏珠般的腾空而起，二位一起倒地，又迅速翻身。相隔5米，远远注视对方，都在思考计策。此时，我想起"震山吼"的来历，也非同一般，它是他的主人用16万元买来的良种，多年饲养，训练有素，而且久经沙场，在多次比赛中获得冠军，威震四方。这一次，它遇到强劲对手。接着两位拿出绝招，越战越勇，牛角的撞击声，踏踏的脚步声，急促的喘息声，不绝于耳。很快，两牛双双负伤，一个脸上流血，一个脖子皮开。不知怎么搞的，二牛还没打出胜负，"怒雄起"突然发现场上的一个中年男子，毫不犹豫向那人冲去，猛地把那人掀翻在地，"震山吼"也跑来帮忙，这时工作人员急了，纷纷用麻绳套住两牛的后腿，拼命往后拉，两牛龙腾虎跃，挣脱麻绳，又去追已经受伤的男子。又一次把他掀翻，男子已经吓得三魂丢掉两魂半，在众人搀扶之下从秘密通道逃离。至今人们也没有弄明白，斗得士气高昂的牛，为什么攻击人类，而且只袭击他们认准的一个人，不是所有。这场比赛成了二牛打成平手的双冠军赛，败下阵来的是人，它们讨厌的人。这世上让人捉摸不透的稀奇古怪的事情真的太多。现代科学还无法解释这样的神奇。

牛，打出了威风，打出了气势。

啊，牛，一个让人敬畏的存在，用洁白的乳哺育全人类，用精神教化人的认知。我想起文化名人提炼的两句诗"横眉冷对千夫指，俯首甘为孺子牛"。牛们，伟大的生灵，踏踏实实用默默的奉献，壮阔人们金色的梦与殷实的梦，哲学与诗，埋头苦干与酸汤火锅，都是从牛身上索取升华的物欲。

我敢说，有良知的人爱你，有思想的人爱你，诗人爱你，艺术家爱你，山野村夫爱你，好斗之人爱你，温文尔雅之人爱你，秀才爱你，男人爱你，女人爱你，实乃人人爱你。

绿水青山，有了你才有活气。难怪，贵州山寨，牛气冲天。

澧水，永远流淌在心里

一

我又站在澧水岸边，面对清波荡漾的河水，声声呼唤我亲爱的嗲嗲（湖南津市方言：外婆）。明天我就要启程回贵州，或许，将来我还会走得更远，但我深信，无论我走到哪里，嗲嗲永远在我身边，从此和我永不分离。

嗲嗲就居住在这条美丽的河里！

就在昨天，我们宋家所有的兄弟姐妹云集河边，送我们亲爱的嗲嗲上路远行，我一捧捧地捧起嗲嗲的骨灰，撒在河水里，我的姐妹们向河里抛去瑰丽的玫瑰花瓣；我们，目送嗲嗲在弥漫清香的河水里走向远方，坚信她去的一定是美丽温馨的天堂。

二

这是一个怎样的早晨啊！我从殡仪馆把嗲嗲的骨灰取出，抱在怀里，就像小时候她用温暖的身躯拥抱着我一样，祖孙相依的一路送行显得那么短暂，几十年的往事却辉映在记忆中。我三个月大后就跟着嗲嗲生活，嗲嗲把我从陕西宝鸡那个遥远的北方城市抱到澧水河畔的津市，我没有上过托儿所，没有上过幼儿园，更没有上过什么学前班，是不识字的嗲嗲教会我迈开人生求索的步伐，我和嗲嗲相依为命。无数艰难曲折的故事就发生在住过的津市中华街的老屋里，一直到我长大。恢复高考后，我奇迹般地考上大学，成为新时期首届大学生，远赴贵州读书，之后留在云贵高原工作，然而我想念我的嗲嗲，嗲嗲也想念我，在彼此的思念里，嗲嗲为我张罗婚姻，在故乡津市娶了媳妇。丝丝缕缕的情和爱是嗲嗲的巧手编织起来的。20世纪80年代中期，我有了孩子，嗲嗲欣慰地去了遥远的天国。

从此，故乡津市的黄姑山成了我的牵挂，前不久，表姐在电话里说，安葬嗲嗲的那座山要建设开发，政府已发出迁坟告示，我们表姐表妹商量，把嗲嗲的骨灰撒在澧水河里，因为我们想到，我在外地，今后回故乡的时间有限，不愿让嗲嗲那座冰凉的墓碑孤零零立在偏僻清冷的山上；祖国的河流条条相同，我无论走到哪里，嗲嗲总在我的身边；无论我贴近哪一条河流，深信我的嗲嗲就在这条河里。想嗲嗲了，我会独自一人来到河边，对着河水深情地呼唤一声："嗲嗲，我想你！"我相信我的嗲嗲是听得见的，因为她早已熟悉了我的声音，我也熟悉她慈祥的身影、她和蔼的面容。只一声深情的呼唤，已经让我泪流满面。

人生在世，哪有一帆风顺的呢？就在前不久，当我忧愁无助、感觉孤单的时候，我独自一人来到屋前的河边，轻轻呼唤我的嗲嗲："嗲嗲，这日子咋就这么难啊，做人咋就这么难啊！你知道你的伢子过得苦吗？你帮帮我！"晶莹的泪光中，我仿佛看见我的嗲嗲，依然像我小时候那样拥我入怀，用亲切的手抚摸我的头，温柔地说："伢子，心胸放宽一点，不哭。"我在嗲嗲的怀里，那么温馨。尽管我已经年过半百，但在嗲嗲面前，我依然是个孩子。离开家乡，我像风雨飘零的一片落叶，羸弱，无助。唱了大半生的"游子吟":"变体的伤痕,满腔的仇怨,游子的脚印啊,血迹斑斑。人间的冷暖,世道的艰难,游子的心中啊,盼望春天。"那些不能在外人面前讲的知心话,都愿说给嗲嗲听。我相信嗲嗲听得懂,嗲嗲听得见,因为,嗲嗲就居住在这条河里。

我还记得,在多少个洒满月光的暗夜,我来到河边,望着河水,想着嗲嗲,把我辛苦奋斗取得的成绩和欢乐洒进碧波的皱褶,让溪流把我的思念带给我的嗲嗲。从小嗲嗲就心疼我,她会和我一起分享快乐,她一定会喜悦地说:"这是我带大的伢子!"想着,溢满温情慰藉的眼睛已泪水长流。

三

昨天嗲嗲的骨灰抛洒仪式,我们进行得庄严而朴素,凭我现有的经济能力,我能够承担这些费用。我召集我的表姐表妹、表兄表弟,大家从四面八方来到故乡津市,共同实现一个真诚的夙愿。

嗲嗲走进了澧水河,却不会离我而去,她的身影在碧波荡漾的河水里辉映。

"蒹葭苍苍,白露为霜,有位佳人,在水一方。"我站在澧水岸边,望着故乡这条柔情缱绻的河流,心里得到几分安慰,那悠扬的歌声朦胧飘过天际,像是唱的我的嗲嗲,唱出了我的心声。今后,我们宋家兄弟姐妹送嗲嗲远行的时刻,也永远地留在我们蓦然回首的灯火阑珊处。

我坚信,坚信!祖国的河流条条相通,无论我走到哪里,嗲嗲和我永不分离。哪怕海枯石烂,澧水,永远流淌在心里。

寻梦，乘着音乐的翅膀

广州花都果然名不虚传，悄悄躲藏在广州偏僻一隅，却动情吟唱着鲜花之都的美丽，一脚踏上这块土地，眼前的一切都是那么明亮！

高大的棕榈，雄伟挺拔，以热带植物特有的丰姿述说着南国风情。紫薇花盛开着，如火如荼，花团锦簇，那胭脂红照亮了旅人的双眼。我们来得不是时候，当地的朋友们说，如果是春天，木棉花盛开的季节，那才叫如情似梦的明媚，一城鲜艳，传递出花都的鼎鼎大名。而最亮眼的色彩，是我们商务车里的广东音乐《步步高》，这是文友的用心安排。乐曲以高胡为主奏乐器，辅以扬琴等弹拨乐。旋律轻快激昂，层层递增，富有撩拨力。高铁列车一进入岭南大地，就已经令我心灵震撼。

不管怎么说，花都的美丽我是想象得到的，但从来没有把这种美丽同美妙的音乐联系起来，也没有同某种缘分联系起来。

这次来广州，是应几个作家朋友的相邀，从云贵高原来花都小聚。朋友的车把我送到一个叫作"特美声"的酒店。这名字怎么这么耳熟？我一时又想不起在哪里见过。酒店大厅响起音乐，是一首20世纪80年代的电影歌曲，李谷一演唱的电影《客从何来》主题歌："花城百花开，花开朋友来，鲜花伴美酒，欢聚一堂抒情怀。新朋老友诚相待，情谊春常在……"花都的盛夏是炎热的，酒店大厅开了空调，又放了音乐，我的心中充满了轻快的爽朗。

这次广东花都的聚会，本是一群喜爱舞文弄墨的文人墨客的笔会，我绝没有想到主题会悄悄转移到音乐的强烈冲击力形成的气场。

两天来穿行在花都，每一个节奏都踩着《步步高》的旋律，这首客家风情浓郁的广东音乐欢快，向上，激情澎湃，龙飞凤舞。我们来到花都湖，一池绿水倒映着几十种知名的或不知名的鲜花，姹紫嫣红，音乐仿佛从碧波里荡漾开来，耳边始终是音乐的深情流泻。在友人陪伴下，我们来到奔腾着大海气息的渔港码头，依然是乐曲裹着海风轻扬在每一个高挂的红灯笼里。

如果你来花都，也一定会真切感知花都不仅盛开着鲜花，也盛开着美丽的乐章。

当然少不了唱歌，最想说的是文友安排的一个自娱自乐的演唱会，作家、诗人各展风姿，亮出自己的音乐才华，我按捺不住内心的冲动，激情演唱了民歌《心中的玫瑰》，这首歌我十几年来一直喜欢唱，她是从我心灵里飞出来的旋律。因此唱得深情，唱得从容。当我走下乐池，文友们纷纷夸赞我说："你唱得真好。"她们不知道我与这首歌的故事。

花都一日，裹满美丽梦幻徜徉在花前月下的我，一夜无梦，睡得好香。

次日清晨，我早早起床，在"特美声"酒店的四周散步。这酒店的名字再次让我觉得似曾相识，像从梦里走来。音乐起了，不知从天边还是从心里，渐渐弥漫进晨雾。世界有时神奇得像一个魔盒。

是音乐引导了我的思绪，我努力地回忆，猛然想起，三年前朋友送了我一套音响，牌子就是"特美声"。我早年在贵州省艺术学校进修学习美术，喜欢音乐，就私下跟几个学声乐的同学学唱歌。之后音乐就成了我的良师益友，节假日常常相伴。演唱技巧也在不断提高，没有想到，几十年后的今天住进了叫作"特美声"的酒店。

人的一生，究竟有多少说不清道不明的情缘，我无从知晓。脚步在行走，心灵在寻梦。乙未羊年盛夏的广州花都之行，给了我新的感悟。世间的缘分是人生冥冥之中的定数。

我知道自己的缺陷，不爱逛街，不抽烟，不打麻将，从来不参加任何体育活动，国庆节的 7 天长假里我可以不下楼。一个朋友问："那你的日子怎么过的，简直不可思议。"我看书，看电视，唱歌。家里有一套音响，牌子是特美声，有质感的音效，弥补了我演唱技巧的缺陷，声音显得磁性圆润。昨天晚上唱的《心中的玫瑰》，就是用这套音响反复练习的成果。歌中唱到的是我的心里话："在我心灵的深处，开着一朵玫瑰，我用生命的泉水，把她灌溉栽培。啊，玫瑰。在我忧伤的时候，是你给我安慰；在我欢乐的时候，你使我生活充满光辉……"如果说我在寂寞困苦时精神有所寄托，这套音响就是一种载体，托着我走向梦的深处。

这次聚会，是文人墨客的友情小聚，吟诗作赋的主题是少不了的。时间一久，诗的内容已经记不起，但我却清晰记得在音乐环绕下的情景，音画的美感是那么牵动我的情绪。我可以毫不隐晦地说，写好文章是我的梦，奇妙的音乐让我的花都寻梦，生长出一双音乐的翅膀。

平日也有这种情况，当我写作一篇文章遇到了阻力，思绪枯竭，我会打开音响，放一段音乐，让思绪松弛下来，神游在另一个世界，很快我的魂魄就会来到文章的情境里，仿佛进入另一个世界。真的，写到这里，我马上想起写作散文《笛醉千山月》，写了 3000 字后，写不下去了。我打开我的特美声音响，让俄罗斯民歌《莫斯科郊外的晚上》轻轻响起，我沉浸在音乐之中，不急不躁，静静等待那情景交融的冲动到来，我知道我的文思已经在心底躁动，如草原深处隐没的一群骏马，很快就要跃出地平线，奔腾而来，文字在流泻，心中的泪水奔流在胸腔，这就是音乐的魅力和写作的乐趣。还有一次我从云南西双版纳傣族山寨采风归来，打算写一篇散文，但文脉还没有理顺，我用特美声音响播放傣族风情的乐曲《月光下的凤尾竹》和曲比阿乌演唱的电影《勐垅沙》插曲《有一个美丽的地方》，音乐像凤凰的羽毛轻轻撩拨起我的情思，我的眼前飘来美丽的傣族姑娘、弹琴的小伙、朦胧的傣族竹楼、飘香的米酒，还有绿波荡漾的澜沧江。就这样醉着，醉在美妙的音乐里，竟然文如泉涌。后来我写成了散文《凤尾竹在风中轻轻吟唱》。

广州的文友还告诉我，特美声音响的生产地就在花都，于是善解人意地安排我前去参观，我看见了一套质量上乘的音响是怎样生产出来的，这都有严格的流程、优质的元器件、一丝不苟的设计与安装，最后是嫁女儿一样梳妆打扮，把"她"包装出厂。行走在这样的工厂，让我和我的常常居于书斋校园的文友大开眼界。2015 年盛夏寻梦花都，竟乘着音乐的翅膀。

花都，我就要离开你了，我想真诚地对你说一句，你给了我一个出乎意料的人生经历，一群文人墨客的吟诗作赋的消遣，奇幻地弥漫了花一般的旋律和音乐的芬芳。

古城遗梦

一

微雨滋润的古城，朦胧了苍穹，也朦胧了历史。那座叫作"福泉山"的美的魂魄，用欲说还休的典雅矜持吸引了我追寻的意念。

登临古城，风起云涌，神秘与大美在凄风苦雨中躲藏在数千年的皱褶里。我来黔南福泉时，正是寒风凛冽的孟冬。黔南州作家协会组织了"重点作家看福泉"采风活动，来自全国的二十几个作家风尘仆仆汇聚福泉。哦，福泉古城，你用迥异于全国各个乡土村镇的亘古的音符，给我深情地讲述你的前世今生，时令寒冬，朔风肆虐。我只能在微雨里寻寻觅觅，脚下的泥土，眼前的城墙，空中的微雨，古河的断流，心上堆满了奇闻轶事与残垣断壁，也堆满了美轮美奂的神秘，于是，我挣脱出迷茫的经年岁月，眼前巍峨着一座经过修缮的古城，一点没错，新的"古城"，更是心的"古城"。

二

我站在山腰。可上，可下；可仰，可俯，可进，可退。

面对巍峨在苗岭山脉上的古城，我分明看见生活在黔南腹地的福泉人那份诚挚之心，难免受些感染。我，更有他们，小心翼翼拾起往事，力图用最大的努力还原那段历史，文化的信仰已经根深蒂固，那曾遭战火与岁月的剥蚀毁坏的城池，又在热切的心愿与敦厚的质朴里站立起来。

好雄伟壮观的一座古城。它以占地5000余亩的宏大气魄和深掘2000余年的悠远厚重，还有65亿元修缮款项的投入，托起无尽的大美与神秘，向世人娓娓道来曾经的辉煌与惨烈，声震天宇，惊心动魄，它唤起的是又一轮崭新的文化自信与文艺复兴。

陪我采风的当地年轻女作家就在我身边，滔滔不绝地给我一路讲解这座古城。明洪武十四年，朝廷同意在平越修筑卫城，以便防御强悍的苗民进攻，准开四道城门，建成当时府城规制的卫城修。我终于明白，福泉的古称为什么叫"平越"，公元1381前的福泉古城垣拔地而起。

福泉古城，你从此坚守了一个人类生存的不灭法则，包容与排斥，创造与毁灭。女作家一路走一路给我深情讲述。明正统十四年，苗民起义，二十万人围攻城池长达九个月，而城内无河，全城仅靠一口小小的福泉井取水，众多的兵士、百姓，以及战马和其他牲畜都被渴死，后来把城墙延伸到河边，依山傍水而建。平越卫城便有了五道城门。我在当地作家朋友的带领下气喘吁吁爬上城墙，放眼望去，千年的历史风云仿佛尽收眼底。

历经沧桑的福泉古城是修了又毁，毁了又修，而人心中的那一座，却是永不倒塌，永不漫漶。

三

福泉古城不同于全国任何古城的特点是城中有山，一座福泉山，山中有仙，名叫张三丰。文友班雪芬带着我上得山来。一座山门跃然眼前，上书"福泉胜境"四个大字，仿佛一双巨手托出一个宁静致远的道教圣地。站立山门，回首青山，但见一条自然形成的太极八卦的蜿蜒河流，神奇得让人唏嘘阵阵。"山不在高，有仙则名。"当一代宗师张三丰到此修炼得道成仙后，这里便成了一代道教圣地，名声大振。唏嘘飘进微雨，而微雨里的福泉山更加神秘精美。这个季节，山上没有什么游人，只有历史与传说在静静等待。福泉，是因了山上这汪喝了会有福气的泉水而得名，我当然俯下身子，用手捧一捧喝进嘴里，甘冽清甜，已然看见张三丰这位仙人留在福泉山的印记。明洪武二十五年，张三丰从云南看望弟子沈万山返回武当山途中，看见了福泉山，喜爱它的山清水秀，林森碧翠，是道家修炼的绝佳之地。遂在高贞观后空地结茅为庐，苦心修炼，心想事成。练成正果的张仙人，飞升回转武当山之时，在山中留下了一只巨大的脚印。这脚印，至今留给福泉一个悬而未决的探索话题。我站在大大的脚印前，思绪万千。我看见，其他游客也有些心事重重，毫无疑问，这就是古城的魅力。

四

恍惚中，眼前走来了沈万三。仰卧在福泉山腹地的万三府邸，依然雍容典雅地彰显一代财神的聪慧与富足，不错，沈万三，正是富甲一方的江南财富第一人。元末明初，沈万三因富获罪被发配到云南。落难的才子毕竟是才子。他用常人不可匹敌的智慧开拓了云贵驮马商道，创办茶园，开挖汞矿，制造云南热带的生漆，把茶马古道的商品远销海内外，成为名副其实的"中国十四世纪最伟大的理财大师"。他创造的不仅仅是商业神话，也是千古流传的德商精神。

　　我来到福泉采风的第二天晚上，市文联带我来到福泉剧院，从一部推陈出新、形式活泼的歌舞剧《梦归平越》的历史入口，走进一个文化复兴的所在。

　　演员不在舞台上，而是在观众中间，与观众互动，剧场没有舞台，只有场景，身边就是"沈万三"。其中有相当一部分演员是本地居民，每天各干各家的家务，晚上穿上古人的衣衫来参加演出，不雕琢，不夸张，原汁原味。我亲眼看见"沈万山"从一个陆府的管家，大胆与小姐相爱、成婚，一步步奋斗，一步步聚财。1391年沈万三跟随着师傅张三丰从四川会蜀献王来到福泉。到福泉后，他虔心问道、炼丹，福泉成为富财神沈万三最后的人生福地。

　　福泉人纪念他，在福泉山上修建了他的衣冠冢。福泉保留的不仅仅是沈万三的商业神话，更是千古流传的德商精神。

　　梦归平越，平越梦归。

　　如此一来，沈万三活了。

五

　　是夜，我下榻在静美古朴的平越驿站。

　　其实这是一个酒店，与北京上海惜土如金的建筑方式不同，它采用平铺，以占地358000平方米的方圆，建造了飞檐翘角的大门、白墙青瓦的小楼、雍容典雅的大厅、曲径通幽的道路。走在酒店的每一处，都有袅袅娜娜的轻音乐在耳边回响，牵引我怀古的幽思。后来听说，平越驿站的老总得知是一批来自省内外的作家来福泉采风，主动为我们无偿提供这么高档的住宿。可见福泉打造文化品牌的拳拳之心。平越驿站已经成为福泉古城文化的活生生的载体。驿站里的每一种陈设都生动地融入古老的文化。

　　800 年前的一幅图徐徐拉开，平越驿站里交错着运兵作战的口令、南来北往的茶盐、敌情变换的情报、朝廷下达的政令、情绪低落的贬官、腰缠万贯的商旅。山间铃铛马帮来，在平越驿站酒店入梦，那梦一定是活脱的亘古的遗梦。

　　福泉，积蓄了千年才情的古城，在穿越了千年苦难之后，以千流归海的执着，重新构建日久弥新的古朴与壮美，这是厚重文化的壮美，这是山川大地的魅力，可不是吗？当我双手捧起福泉山上那口福泉之水，立刻浸润我周身不仅是甘甜与清冽，那艰深奇美的古城遗梦已经飘飞在旅人心灵的深处，游弋在苍茫的天宇。

流年里的夜郎

流年里的夜郎，寂寞地走过漫长的岁月，只留下邈远的背影，而且似乎离我们越来越远，我很想追寻他的脚步，看看他的面容。然而，时光飞逝，我只能在杂乱的史书堆里寻觅，从众说纷纭中，小心发现古夜郎国的蛛丝马迹，而一句"夜郎自大"的成语，让我的思绪也无边无际，是那么一天，我的脚步移向山高路远的贵州赫章。

一路上，耳边响起唐朝大诗人李白的诗句："杨花落尽子规啼，闻道龙标过五溪。我寄愁心与明月，随君直到夜郎西。"古夜郎国究竟在哪里，史学界争论不休，贵州和湖南好几个县市都说，夜郎古国在它们那里。于是，事情变得扑朔迷离。

我来到赫章县可乐乡，眼前一亮，思绪有了落脚点。一则新闻引起了我的兴趣：全国重点文物保护单位可乐夜郎遗址及汉郡古墓群，总面积3.5平方公里，发现于20世纪五六十年代，2001年6月国务院公布为全国重点文物保护单位，2000年发掘108座战国时期夜郎墓葬及其出土文物。

很明显，赫章可乐夜郎遗址及汉郡古墓群以独特的文化属性，首次全面地展示了古夜郎国人的衣食住行和风俗习惯，说明他们就在此处繁衍生息，日出而作，日落而息。在我脚下的这片黄土掩埋的历史变得厚重深奥。

现在，我已然站在柯洛保姆的乡土，固执地喜欢用彝语称呼可乐。飞尘扬沙的黄土尽管沉默不语，却显露出苍茫的王者之气。不信你看吧，随我登上乡政府背靠的高山，俯视山下，路畅地平的可乐乡尽收眼底，俨然一座人杰地灵的小城，属乌江北源的可乐河、麻腮河于坝中交汇向东流去，坝子四周系缓坡丘陵，其外群山拱卫。真是一个人类宜居小城，难怪彝族先民统领的夜郎人会选择这里生息繁衍。

一到山顶，当地宣传部、文联的干部们就津津乐道起来，指着眼前的一块篮球场大的环形山地说，这里曾是彝王练兵的场地。还真像，有摔跤、论剑的平坝，有骑马、射箭的草滩。耳边竟传来兵刃相击的清脆嘹亮。

山头长风处，当然是彝王点将台了。威武的彝王，面容冷峻，没有一点笑脸，站立如磐石，披风飘飘，眼望着脚下密密麻麻的兵士，开始了点兵点将，俨然是一次烽火狼烟下的出征宣言。由此可见，这里是夜郎古国鼎盛时期的政治、军事、经济、文化中心；赫章可乐是西汉王朝统治"西南夷"的大本营。

那么强盛的夜郎，自大一点也是可以理解的。你看，远在中原的西汉王朝便派出唐蒙率领一万余汉人，携带大批缯帛，取道符关进入夜郎，会见夜郎侯多同。汉彝双方笑容可掬，以礼相待，达成了在夜郎地区设置郡县的协议，可乐是新设置的犍为郡中的汉阳县，并在此设置都尉治，唐蒙任都尉。

汉使来了，歌舞升平。能歌善舞的民族，歌声悠扬。

然而，接下来，我走进一个极度困惑和迷茫的时间段，夜郎古国悄无声息地从中国的历史中消失了，于是，"夜郎国"成为一个神秘之国。当时中国大西南版图上并存的滇、巴、蜀、夜郎、黑、白等侯国之中，彝王笃米统领下的夜郎国去了哪里？他为什么要把夜郎隐藏起来？夜郎王印为什么至今也找不到？迷雾重重，讳莫如深。历史文献又不曾留有详细的记载，目前出土的文物也不足以阐明其从崛起到消亡的情况，它的文化极其特殊，历史极其悠久，故至今"夜郎国"仍是全国乃至国外学者极力探索而又至今不解之谜，探寻这种神秘性将是旅游者踏上这片土地的动力。

我兴致勃勃站在一堆黄土前。赫章朋友自信地告诉我，这里是夜郎青铜文化的"殷墟"。这个比喻如雷贯耳。十几年前发掘的可乐墓群，由一个古夜郎民族聚集遗址、一个秦汉古都城遗址、十四个古墓群组成，其中秦汉古都城遗址实址面积达45000平方米。出土的大量文物年代上溯至6000多年前的新石器时代，顺延春秋、战国、秦汉。9次发掘共出土各类文物8000多件，最多的是青铜器，其中有青铜釜、青铜牛灯、铜鼓，还有大量的极为珍贵的石、陶、玉、琥珀、玛瑙、铁制生产生活用具、战斗兵器、装饰品、农耕绘画、砖绘《乐工百乐》、核桃、鸡骨、酒等大量文物，古夜郎文化尽在眼前。

我和朋友们发出阵阵惊呼，这些制作精美、造型独特的青铜器，充分展示了中国古代史上只有"首都"地位，才有可能具备的矿山开挖、青铜冶炼、铸造工艺的成熟，也只有"柯洛倮姆"中心大城才可能有如此的辉煌。我抬头望去，此时的天空也变得碧蓝清朗，流云如雪白的羊群在奔跑。我听说，当地政府正准备在这里建设一个古夜郎博物馆和夜郎文化园。我笑了，三年后古夜郎国又会有一次新的崛起。

而流年里的夜郎，依然沉默不语，但却似乎离我们越来越近。

香魂何处

　　灿若云霞的桃花悄然盛开人间三月，妖娆明媚的粉红色块潮水般地涌上黔南高原的山山岭岭，几乎没有人不承认桃花出类拔萃的美艳，色彩就很迷人，在每个游人口口声声"人面不知何处去，桃花依旧笑春风"的慨叹里，是那香魂染红山岗，泯灭情仇。

　　当人们陶醉花下，惊呼桃花的美丽，我却悄悄爬上山头，远远地望着一片灿烂，想着心事，我的心中已经透过岁月斑驳的情影，追寻花下曾经的柔情，追寻桃花的魂魄。人间苍茫，天地悠悠，香魂何处？我许多年来真诚努力地寻觅，结果是不断落空，我常想，命运之神啊！你可看见天地间的我的泪眼与期盼。

　　这个春寒料峭的三月，我又一次走进桃花林。这一带的山岗属于黔南平塘金盆街道的范畴，连绵6000亩的山野，繁茂地生长着大片的桃林，当我们的车队进入峡谷，清新空气迎面扑来，弥漫的桃花的清香沁人心脾。我的作家朋友们已经钻进树林，我独坐花下，苦苦回味，人们所说的浪漫爱情。

　　香魂何处？它是那么缥缈，又是那样实在。

　　说它实在，我分明听见烈酒飘香的饭桌上，一位布依族小伙的深情述说。他从省城师范大学毕业回到家乡贵州平塘一所布依族农村中学教书，远离城市，生活简单，一晃到了谈婚论嫁的年龄，小伙子已经春心萌动。他每天都要穿过一片桃林去学校，或者去家访。他的班里有一位 19 岁的女生，面容如桃花一般美丽的女生。在农村，姑娘到了 19 岁，是要嫁人的，而姑娘的父亲却坚持让女儿读书，多学习一点知识，将来走出大山。但女儿觉得自己在学校是年龄最大的学生，不想读了。这位年轻的大学生要去寨子里做家访，动员亲戚朋友劝姑娘继续读书。天色晚了，寨子里的乡亲们留老师吃晚饭。席间，一点布依人的米酒，让彼此暖意融融，气氛热闹起来。那位姑娘的父亲席间开玩笑，说："19 岁的姑娘要是再读下去，婚姻成了问题，怕是没人要了。"年轻英俊的老师一杯酒下肚，像学生课堂上发言似的举起手，高声说："我要!"后来他们真的相爱了，再后来他们结了婚，生了儿女，过着幸福的生活。

他们的爱情就生长在"桃花盛开的地方"。

还是在这"桃花盛开的地方"，一位喜爱写作的青年，被艳丽的桃花所陶醉，写了一篇描写家乡美景的文章，发表在广东的一本杂志上，被当地一位广东姑娘看见了，欣赏陶醉，立即写信与他联系，亲自来到平塘，见证一下美丽的玉水金盆。她被平塘磁性般的魅力吸引，爱上了那位文学青年，爱上了平塘。毫无疑问，他们结婚了，女人毅然决然来到平塘安家落户，生儿育女。开了一家早餐店，夫妻二人自食其力，过着美满的爱情生活。

我为花下无数有缘人祝福。

这个春天我应平塘县金盆街道办事处的邀请，参加"金盆桃花节"，与当地的作家朋友畅叙幽情，举杯畅饮，席间，作协雷主席讲起这两件事，让我感慨万分。

说它缥缈，那是因为我，一段忧伤的情感经历。

许多年前，我在贵州省艺术学校进修学习，我学的是美术，但我喜爱音乐，艺术学校每周都有音乐舞蹈系的汇报演出，我常常去看，便与一位学作曲的女生相遇，她的钢琴弹得好，发现我喜爱唱歌，就耐心地辅导我，在她的琴房，她教我唱歌，教我乐理。电影《五朵金花》里的《蝴蝶泉边》深深地打动着我们："大理三月好风光，蝴蝶泉边好梳妆，蝴蝶飞来采花蜜哟，阿妹梳妆为哪这桩？"一首一首优美的歌曲从小小的琴房里飞出。我们和谐相处，周末，我们相约漫步在春意盎然的桃花林。一年后，艺术学校的学习结束了，我回到了军工厂，她考上了中央音乐学院的研究生，我渐渐感到自卑，渐渐与她断了联系，她多次给我写信，我没有回。一段美丽的爱情故事也画上了句号。但我深深记得一个凄楚的场景，我离开贵阳那天，一个人坐在火车站候车，突然远远地看见一个熟悉的身影，是她，她远远地看着我检票、进站、上车，她也远远地进站，远远地看着我乘坐的列车远去，悄悄地抹着眼泪。

啊，纷繁艳丽的桃花，都说你是有缘人的见证，我却说你是悲欢离合的象征，《红楼梦》里黛玉葬花的凄美画面出现在我脑海里："一年三百六十日，风刀霜剑严相逼。"你亲见了多少恋人聚散两依依，目睹了多少情人相恋路漫漫？

现在我依然喜爱桃花，每当我走在林间花下，就会想起那段凄楚的爱情，香魂何处？柔情何依？我常常嗅着花香落下伤感的清泪。

赏花赏到如此量度，我知足了，凄美也是一种美，微风中，桃花已开始片片飞落，我也将回去。面对落英缤纷，挥挥手，却不忍离去，花间留下我深情的回眸。

触摸文峰桥的文脉

如果说文峰园是绿色都匀的一张名片，文峰桥则是这张名片上的"文眼"。

如果说文峰塔是文峰园的魂魄，文峰桥则是文峰园传神的眼睛。

从五湖四海来到都匀的游人，浩浩荡荡走向匀城，脚步匆匆，都喜欢在文峰园停留，在这里品读都匀，谈古论今，韵味隽永。一座文峰桥，承载都匀文化的涛涛清流，便活络有声，生机蓬勃。文峰桥，牵引人们走进一个栉风沐雨的绿色之梦。

文峰桥已然秀丽端庄地出现在我的眼前，她的前世今生也辉映在我的心上，我是在都匀居住了41年的"老都匀"。这是一座飞檐翘角、古色古香的风雨桥！这是一座具有民族特色的石头与楠木构建的石拱桥！

都匀是黔南布依族苗族自治州的首府，拥有苗族、布依族、水族、侗族、瑶族、汉族等多个少数民族，而风雨桥是独具侗族特色的桥，这更体现了都匀海纳百川、兼容并蓄的宽广胸怀，体现了黔南的包容与大气。风雨桥又称花桥，是侗族同胞引以为豪的一种民族建筑物。桥墩为石质，敦厚坚实；桥身为全木，用巨木为梁，桐油涂抹。桥面建有长廊和亭阁，远远望去，似殿宇，似楼阁。色泽金黄，金光闪耀。不用一钉一铁，全用卯榫嵌合。

桥檐桥顶，往往雕龙刻凤，绘花描草。桥的长廊过道两旁，铺设长凳，供来往行人栖息。究其原委，侗家最早建造的风雨桥，是给早出晚归在山坡劳作的人们提供一个歇脚、避雨的场所。

都匀的文峰桥早先不是这个样子，只是一座非常简陋的小石桥，只是供行人过河。2001年，都匀政通人和，经济飞跃，高速发展，州委州政府和都匀市政府决定改建文峰桥，投入300多万元，将文峰桥改造成青瓦黄梁的风雨桥，专门从黔东南请来侗族建造风雨桥的专家，进行设计与制造。该桥身长110多米，桥面拓宽到5米，于2001年9月底完工。

触摸文峰桥，思绪翩然。这座风雨桥是连接都匀文脉的纽带。它与文峰园、百子桥、石板街形成三处独具民族特色的人文景观。提到都匀老城，石板街是一知名景观；百子桥是一知名老桥，文峰园是一知名公园。文峰桥地处三者之间，与板子桥遥相呼应，与文峰园血肉相连，是连接石板街与文峰园的纽带。几十年岁月沧桑，文峰桥横跨剑江河，傲立苍穹下，历经风雨，坚不可摧；结构严谨，造型独特，美轮美奂，极富民族特色。可以毫不夸张地说，她撑起都匀文化的一片天。

且看而今，人们习惯于坐在桥上会友，小商小贩也在桥头，叫卖"烤红薯""煮苞谷""盐水花生""馒头包子"。去年，我们高中同学40年大聚会，相会地点就选在风雨桥上。几个毛贼混在我们当中，他将手伸进女人的提包，好在我们有照片为证，当场在桥上就讨回了公道。毛贼自知理亏，低头认错。

文峰桥，承载了都匀的繁华与喧闹，见证了欢笑与眼泪，确实是一座丰富多彩的桥，一座故事颇多的桥。坐在这里谈论家长里短的男人和女人，每天有几百张嘴巴里"吞吐万象"。

文峰桥这座风雨桥，真可谓"风声雨声读书声声声入耳，国事家事天下事事事关心"，桥下不远处传来阵阵歌声："那一天你拉着我的手，让我跟你走，我怀着那赤诚的向往，走在你身后……"

"一桥飞架南北，天堑变通途。"文峰桥是集美观与交通于一体的廊桥，是构筑中心城区交通的重要桥梁，对经济的繁荣发展起到重要的作用，提升了文峰园与南沙洲的地域价值。穿城而过的剑江，因为文峰桥而更富魅力。

入夜了，都匀城进入夜生活的燕舞莺歌，风雨桥格外美丽，像一个身披五彩霓裳羽衣的少妇，风姿绰约，格外迷人，我远远地打量她，霓虹耀眼，近近地触摸她，脉搏跳荡，便有一种心花怒放的冲动。

哦，好一座柔情似水的风雨桥！

仙女湖在风中轻轻吟唱

　　绿波荡漾的仙女湖畔，多情的波涛唱醒了霞光，太阳靓丽的明眸注视着时间的脚步又一次走进仙女湖，无法摆脱的美丽敲打出叮叮咚咚的碧波的脆响，生机盎然的绿色涟漪让人在心潮澎湃中陶醉。

　　沐浴深秋层林尽染的温柔阳光，我走进江西新余。

　　明媚的色块，蓬勃的色泽，朗润的绿潮，生动的旋律，交织成仙女湖畔山川大地的旖旎。鲜活的美丽当然是景色的情义构成的，这情，这义，排山倒海，铺天盖地，让我依恋，让我震颤。此刻，我站在仙女湖龙王岛的塔顶极目四望，亚热带丰饶阳光最青睐的小城，赣西大地偏远一隅的湖泊，地球同纬度最欣欣向荣的绿色宝库，正用无比的宽容与豁达，托起最繁茂的花、最烂漫的草、最鲜碧的水、最苍茫的山，精心孕育出最甜美的果实，缔造了最丰硕的喜悦。仙女湖伴着亚热带雨露阳光，正用洒洒脱脱的朗润，创造着无限鲜活的清波荡漾的童话。

　　爱情岛，是这个童话里最动人的章节，美得让人坐立不安。一踏上这个岛，全身心都被震颤。从心底里滋生的嫉妒，让我不忍心看岛上那一对对穿戴艳丽的恋人。他们幸福得如从天而降的天使，女人穿着雪白的长裙，男人衣冠楚楚，双手拥女子入怀。爱情岛，远离红尘，恋人们此刻的世界，也空无一人，除了对方。但这里不是北方的高粱地，这里是仙女湖！四周芦苇森森，蒹葭苍苍，翠竹郁郁，野花艳艳。

生命中不可缺少的爱情，是如此率真靓丽！

承载爱情的小岛，是如此宽容坦荡！

站在这个岛上，我清晰地听见碧波的吟唱，伴着那沛然的万顷湖水的交响。

岛的开发者好眼光，因地制宜，紧紧抓住她作为我国古代经典爱情故事——七仙女下凡的发源地，营造了以爱情这个人类永恒的主题为核心的建筑，依托群岛峡谷曲水的湖光山色打造休闲度假品牌。

岛屿上，处处流淌出爱和美的意象。

假如有一天，我能够带心爱的人在岛上住个十天半月，那该是人生一件十分愉悦的享受。于是我在登上湖心岛之后，面对大慈大悲的观音菩萨，默默许愿，我在心灵的深处轻轻呼唤：仙女湖，仙女湖！

我的脚下，就是七仙女下凡的地方。它以 50 平方公里的水域养育了古老的神话，创造了千年的美丽梦想，早在 1600 多年前，东晋文学家干宝所著《搜神记》里，就绘声绘色记述了一个"仙女下凡"的美丽传说："豫章新喻县男子，见田中有六七女，皆衣毛衣，不知是鸟。匍匐往得其一女所解毛衣，取藏之，即往就诸鸟。诸鸟各飞去，一鸟独不得去。男子取以为妇。生三女。其母后使女问父，知衣在积稻下，得之，衣而飞去，后复以迎三女，女亦得飞去。"后来的戏剧《天仙配》进一步演绎了故事内涵，七仙女下凡的地方，家园美丽，男人勤劳，女人善良。于是他们共建家庭，生儿育女，尊老爱幼，和谐相处，共同反抗邪恶势力，最终完成一生的夙愿。还有什么比牛郎织女的故事更实在的男女生活图景呢？站在仙女湖龙王岛的塔顶上我瞭望仙女湖，我确信，这就是七仙女下凡的地方。

仙女湖，我早就说过无论如何我要寻觅她的仙踪，所以当听到文友李海球说邀请我来新余采风，我便早早叫女儿给我从网上订购了从贵州到新余的车票。湖水的清波与我的渴望叠印成一种憧憬，现在我已经梦一般地投入她的怀抱。身边依恋的就是我思念的仙女湖。

我毫无抵抗地让自由与幸福的感觉随意把我带到湖的远方，上岸了，才知道这个岛屿叫名人岛。

湖水已经在秋风中轻轻吟唱，歌声仿佛牵动了我渺茫的思想。这个岛上竟然站满了几千年来在新余叱咤风云的名人，有唐代江西第一个状元卢肇。有明代权相严嵩，有现代著名国画大师傅抱石，等等，许多历史名人。随着时光的流逝，他们退到历史的幕后，以岛为伴，享受清幽，给愿意听的后人讲述他们的辉煌，我是属于愿意听的一类，他们苍老的声音里，有自豪，也有失落；有荣耀，又有茫然；有成功，也有失败；有教训，也有经验。这一切是自然的，一切的辉煌与败绩也都会自然而然地退出历史舞台。上岛的游人，会根据自己的喜好和情趣，去寻找，聚焦自己心中的那一束光亮。我兴致盎然地在岛上那块书写"名人岛"的巨石前留影，我仔细阅读《名人岛记》。最让我得意的是，今天陪伴我周游这个岛的名人里就有撰写《名人岛记》的德高望重的作家李前。

在湖水如泣如诉的涛声里，我沉思，游船拉响汽笛，犁开滚滚波涛，如同生活一般向前驶去。

游船驶向龙王岛。

龙王岛，好气派的名字。整个小岛古色古香，雍容典雅。我流连在重檐八角的"邃怀亭"，轻声诵读那副对联"岚光横眉千峰翠；湖色照面万花春"。脚步不知不觉移到红墙高耸、琉璃金瓦的龙王庙。岛的峰脊上耸立着这么一个塔，自然而然牵引着人穿越时空，登高远望。"山重水复疑无路，柳暗花明又一村。"登上塔的最高层，可以一览整个仙女湖。眼前，碧波荡漾的湖水在风中轻轻吟唱，我在云端俯视浩瀚，是那么心旷神怡。湖中的岛屿，林木丰茂，翠森叠嶂，野花婀娜，风姿绰约。四周的汪洋水域，烟波浩渺，渔帆点点，舟中渔人，歌吟悠长。此时天色已晚，美丽的诗句正好敲打在心间："落霞与孤鹜齐飞，秋水共长天一色。"美景中，很容易想到自己繁忙的工作、紧张的生活，那些愉快的或不愉快的往事，于是耳边又响起范仲淹的歌吟："登斯楼也，则有去国怀乡，忧谗畏讥，满目萧然，感极而悲者矣。"

日西斜，晚风起。我们乘坐的游船鸣响汽笛催促我们上船返航。导游说，还有好几个小岛因为时间有限没有能够前往。我

想，那就留些遗憾吧，我前面说过，总想挤出点时间，带上心爱的人，来仙女湖的小岛住上十天半月，今天的遗憾便是一种夙愿，说实话，我喜欢上了仙女湖。

船，已经荡漾在仙女湖上。我把这想法讲给同行的一位文友听，他笑说：你在做梦吧！

人的一生，云遮雾障，前途几何，无法说清。我真的不知道是否抽得出时间到小岛休闲度日，修身养性，也许这愿望真的是梦想，真真切切是美丽清幽的仙女湖牵动了我永远的梦想。

猛然感觉几分悲楚，我站在船上，远望渺渺云烟和茫茫碧水，想得很多很远。

湖水依然在风中轻轻吟唱。

歌声，镌刻时代的身影与生活的印记

一

情感传递、表达、倾诉的方式多种多样，最美妙的当属歌声。

歌声，直接却又委婉，踏实却又虚幻。人的心灵一旦被艺术感化，自然而然就会升华寄托的格调，唱出来最好，于是放歌一曲。

唱歌是上苍赋予人类展示内心世界的大美，只有人类能够完美演绎这门艺术，有人说鸟儿会唱歌，那是诗人的浪漫想象，鸟儿的鸣叫没有华丽的辞藻，只有旋律。人类的歌声里有歌词，歌词直截了当刻下了时代，歌唱家深情的表演便是时代的特征。考古学家认为，古人的诗歌不是说的，而是唱的。早在春秋战国时期就出现了乐师，专门到民间收集歌吟，采的是民风。乡野的歌，反映的是远古人们的生活。《诗经》是中国最早的一部诗歌总集，收集了西周初年至春秋的诗歌，文字内涵广泛，贵族之间的宴饮交欢、劳动者辛苦劳的怨愤、打猎牧鱼的收获、恋爱婚姻的动人，皆有所及。《风》《雅》《颂》三部分，反复咏叹，表达时还借助肢体语言，载歌载舞，于中国现实主义歌声竖起第一座里程碑。此时，我的眼前似乎出现了坐在大堂摇头晃脑唱诗的乐人。"氓之蚩蚩，抱布贸丝。"余音绕梁的吟唱中，我们似乎看到女主人公伤心沉痛，讲述自己起初恋爱的甜蜜，后来被丈夫遗弃。一个可怜的农家姑娘，因为长得美，被一个公子哥追求，之后这位公子哥又另寻新欢。歌声唱出西周时期凄美爱情，这是卫风《氓》，上古一首咏叹弃妇婚姻悲剧的诗。

能够最直接反映时代的歌声的是汉乐府。大学中文系汉语言文学专业里，古典文学这门课讲解了一个专用名词"乐府"。秦汉时，官府设立的掌管音乐的机构，让文人创作诗歌、制谱配乐、奏唱相伴，同时还让乐工去民间采集。魏晋以后，人们将乐府所唱的诗也称乐府，于是"乐府"便由音乐官署的名称，变成诗体的名称。由于接地气，民众喜闻乐见，汉代民间诗人创作出我国古代最长的叙事诗《孔雀东南飞》，叙事手法便于讲述，刻画人物细致入微，塑造了刘兰芝、焦仲卿男女主人公形象。接下来北朝的《木兰诗》也成功刻画了替父从军的女英雄花木兰形象。而《敕勒川》中的"天苍苍，野茫茫"和《长歌行》中的"少壮不努力，老大徒伤悲"则在广大民众口口相传的吟唱中成为千古流传的名句。

文人骚客，艺演伎工，在明清时期更是把千年以来抒咏唱功发挥到极致，形式更贴近民众，实际是贴近底层的民众，因为当时进学堂的读书人并不算多，大多数人不识字，有的村的人都是文盲，但没有一个聋人和哑巴，用笔写的文字没人认识，但用嘴吟唱的小调却能听。不管南方还是北方，说唱艺术遍地开花，京韵大鼓、苏州评弹、昆曲、京剧，广受青睐。一大批戏曲艺术经典出现在深宫大院或小街杂院的大小舞台。歌声镌刻时代，《西厢记》，唱出元明清的国人之爱。几百年后，我在北京海淀区西三旗社区文化活动中心的小礼堂看了一场《牡丹亭》，是很有档次的北京昆曲剧团演出的剧目，早年革命样板戏《沙家浜》里阿庆嫂的主演洪雪飞就是这个剧团的。当时国家有规定，必须送文化下乡，因此，我得以在小社区的小剧场，近距离观看了一场名剧目。"原来姹紫嫣红开遍，似这般都付与断井颓垣，良辰美景奈何天，赏心乐事谁家院。朝飞暮卷，云霞翠轩，雨丝风片，烟波画船，锦屏人忒看的这韶光贱。"这是明代戏曲家汤显祖的代表作《牡丹亭》中的一首曲子，是女主人公杜丽娘在《惊梦》一幕戏中的一段唱词。后花园万紫千红，自己身处破井断墙，花自飘零水自流，流水落花无人欣赏，美好青春被禁锢，声声叹息。韵律回环优美。这段唱词是《牡丹亭》最有名的一支曲子，音韵典雅，辞藻艳丽，语言依附唱腔之美，情意摇荡，数百年传唱不衰。

耳边一旦响起熟悉的旋律，眼前就会浮现当时唱这首歌的情景，很快就进入亲近往事的神秘通道，歌声镌刻生活的印记，往事如梦，深情回味往昔岁月的一幕幕。

最初学习这些诗歌时，我是在黔南民族师范专科学校。记得教我们《古代文学》的老师姓苏，他最先告诉我古人是唱诗歌的，于是他还摇头晃脑哼了一段。我当时只有十几岁，对一切都感到很新鲜。我在农村时天天脸朝黄土背朝天，拿锄头种地，确实没听说过罗敷、杜丽娘，大学的学习生活，让我耳目一新。苏老师组织周末青春舞会，同学们唱起"蓝色的天空像大海一样，广阔的大路上尘土飞扬"，跳起青春圆舞曲。那时的物资条件依然不好，一个月吃一次肉。对我来说，刚从上山下乡的农村来，生活发生了翻天覆地的变化，有了肉的滋润，脸色红润起来，正像伟人讲的："恰同学少年，风华正茂。"学校每周都发票看电影，包括《家》《早春二月》《五朵金花》《冰山上的来客》《刘三姐》等影片，我们有了多种多样的精神食粮。书生意气、挥斥方遒的大学生活，在如梦如幻的歌声中留下精彩。

二

最留恋的岁月竟然依附于歌声。大学毕业后，我分配到黔南大山深处的一个军工厂。时间的脚步飞快地走进 20 世纪 80 年代，一大批有才气的青年作家激情迸发，横空出世，所写的作品引发千百万人的情感认同，所改编的影视作品一上映便万人空巷。影片中的主题歌和插曲很快便脍炙人口，众口传唱。令人耳目一新的音乐动人心魄，撩拨性情男女的心，鼓舞一代人热爱生活、努力拼搏。你听，幸福的花儿，心中开放，这是故事影片《甜蜜的事业》的主题歌。"妹妹找哥泪花流，不见哥哥心忧愁。"这是电影《小花》的主题歌。"青春的岁月像条河，岁月的河啊汇成歌。"这是电视剧《蹉跎岁月》的主题歌，这些歌曲流行的年代，我正在军工厂子弟学校当老师，那时我 20 出头，还没结婚，准确地说，连女朋友都没有，但我已经充满对爱情的渴望。于是我努力工作，争当优秀青年。那些充满理想的时光是多么美好，直到现在，只要耳边一响起这些歌声，我就会想起那些岁月。

流淌在歌声里的四季，不舍昼夜地奔向远方，各种美妙的歌声在生活的皱褶里曼妙。快乐的和不快乐的，忧伤的或不忧伤的，青涩的少年郎或饱经沧桑的成年人，好像都对于歌声也产生兴趣，我听见工人们在车间里唱起《好人一生平安》时，时间已经走到 20 世纪 90 年代，一部几十集的室内电视剧《渴望》又火爆全国。到每天晚上，每个省的卫视都在播，男男女女都在追赶生活的征途上感受艺术家渲染，看了就学片子里的歌："有过多少往事，仿佛就在昨天，有过多少朋友，仿佛还在身边，也许心意沉沉，相逢是苦是甜，如今举杯祝愿，好人都一生平安。"歌曲反映了当时的人们希望生活稳定、家庭幸福的朴素追求。20 世纪90年代，人们的生活图景通过光影与歌声留了下来。最形象的是一首新歌《走进新时代》，几句歌词优美又准确，"我们唱着《东方红》，当家做主站起来，我们讲着《春天的故事》，改革开放富起来，继往开来的引路人，带领我们走进新时代。高举旗帜开创未来。"著名女高音歌唱家张也的深情演唱，把我们带回到那段情感优柔的往事之中，让我深情回眸，20世纪90年代，你好。

三

我喜欢上自己唱歌是在我调到州里一所重点中学之后。那时，我的物质生活与精神生活水平都有很大提高。我爱好写作，又有过知青经历，进过工厂，当过老师，搞过党委行政工作，搞过教育局教育工作，搞过妇联妇女工作，丰富的社会经历让我有了创作冲动，写了很多散文、小说，这让我很愉快，于是变得爱唱歌了。

有一天我在湖南津市读小学时的一个女同学发来一条微信，是她在某歌App上唱的一首歌曲，好听得如同天籁，她劝我也试一试，我下载了全民K歌App，这个自我演唱、自我欣赏的小程序新颖别致，配乐专业。我冲动之下唱了第一首歌，印象很深，是《乡音乡情》，这种形式的演唱可以互动，我发给同学，她听了说"唱得可以"，我知道我唱得不怎么样，但她的善意的假话让我很欣慰，便一首接着一首地唱。这个时候，我所在的重点中学搬到新校址，在郊外开发区，校园宽阔，党政办公大楼在那里，中层以上领导干部每天轮一个人值班。轮到我值班时，我就上到7楼去录歌，记得唱的是《草原魂》。7楼全是空房子，原是准备给单身教师的宿舍，当时还没用上。夜深人静，整个办公大楼只有两个人，一个是 1 楼的值班医生，一个 4 楼党办的我。有一天一个女老师说晚上找人走错了路，听到空无一人的 7 楼有歌声，吓了一跳，简直是现代版的"夜半歌声"，我说是我唱的，她也说"唱得可以"，我说"谬赞，谬赞"，但心里很开心。此后只要一听到这首歌，就浮现当时的工作和生活，累，并快乐着。

喜欢上唱歌，我无意中加入了一个"K 歌"家族群，群主每天组织唱歌。群里有人发中国音乐学院老师教声乐的现场教学片，我断断续续偷师学艺，知道了唱歌要用头腔共鸣，胸腔共鸣，口腔共鸣，要巧用气息。我还知道了每一首歌有不同歌唱家的演唱，有不同配器，不同版本，选择适合自己的声调很重要。有一年国庆节，我连门都没有出，在家唱歌七天，有几位网上认识的歌友天天给我点赞，日子甜蜜得如同抹了蜜糖。很快到了我夫人同学毕业 50 年大聚会的日子，整个年级共 300 多人，他们邀请我担任摄影，我在文艺晚会上唱了一首《卓玛》，大受欢迎，鲜花和掌声包围了我，那个场面让我久久难以忘怀。

美妙的音乐给人类文明贴上了标签，歌咏表达人类心灵的叹惋，跌宕起伏的旋律随着时代而更替变幻，悠扬婉转的歌声是人的心声。生活是丰富多彩的，歌声美轮美奂地镌刻生活的印记。

我可以毫不夸张地说，我只要一想起某一首歌，就感受到生活在那个时间点的光亮色彩，有声有色。

因为歌声，我们的生活就有了情调。

霞浦靓兮

殷盼三载，寂待佳期。一直想到福建霞浦看看，波涛汹涌的东海风光诱人，畲族人聚居的神秘村寨风情浓郁。更让人心驰神往的是《东方散文》和盐田乡联合组织的"霞浦杯"全国散文大赛已开花结果，何人折桂，花落谁家，扑朔迷离，主办方执意要在颁奖典礼现场公布答案，这就增添了向往的实在性、趣味性、神秘性。无奈三年疫情，颁奖典礼时间几度改期，好事多磨，终于在辛卯新春迎来希冀，好梦成真。大赛各个奖项犹抱琵琶半遮面，然霞浦相聚，我如与初恋情人初次相见一般，急急切切，火烧火燎，坐立不安，终于在"不知细叶谁裁出，二月春风似剪刀"的袅袅和煦中，奔向霞浦。

好一个美丽的霞浦，比我想象中更加美丽。

霞浦是个海滨城市，位于闽东，整个小城一半临海，汪洋弥漫的大海远方便是祖国的宝岛台湾，霞浦与台湾隔海相望。由于临海，从新石器时代走来的古城便有了不平静的经历，有了波澜起伏的故事。从历史深处一路辛劳喘息走过来的霞浦，已经踔厉奋发。霞浦，它的内质亦同它的名字，铺满霞光的水域，海边居民可以便利地观赏大海的日落与日出，欣赏如火的霞光映红远接天边的波涛，听渔舟晚唱，看渔人暮归。为了感受这种喜悦，我亲临海边。

来到霞浦的第一天我去看残阳如血的晚霞，去的是一个叫三沙的地方，到达那里，太阳还很高，大约下午三四点，迷茫的海面上可见无数田字聚合组成的海田，色彩也不尽相同，有红色块的，有褐色块的，有蓝色块的，还有直插海底的木棍。给我开车的司机是当地人，他告诉我，这是渔民养殖的生蚝、鲍鱼、海参、海带。改革开放使勤劳的祖祖辈辈生长在霞浦的渔民富裕了。渔民停泊在水面的又当房又当船的"房船"，我登上一艘海轮看日落，已是下午五点多，临近东海的水域渐渐暗了下来，这天天气晴朗，夕阳正红，一轮圆圆的太阳已经挂在海面，金光闪闪的倒影点亮了水面，太阳越来越像一个火球，缓缓落下，周围的火烧云已经辉映出海与天的苍茫，红霞辽远，港湾里的渔船都披上了灿烂晚霞。

第二天我起了个大早，目的是到北岐去看日出。北岐离我下榻的酒店不远，我和一同前来参加采风的另一位作家朋友约了"滴滴打车"，司机轻车熟路，十分钟就把我们送到观看日出的北岐。

这里已经被当地乡政府打造成观看日出的网红打卡地。我们披着星光而来，原以为我们两人是来得最早的，来了才知已经有很多人捷足先登，我选择了一个人又少景又佳的地理位置，架起拍摄架，静待日出。清晨的海边有些冷，所有游人裹紧大衣，在寒风中瑟缩。我环顾四周，这是一个滩涂，春天退了潮的海域已经成了泥泞的湿地，有渔船搁浅，百无聊赖地卧在滩涂上，等待下一轮涨潮后的汹涌波浪，它的梦依然是气宇轩昂的远航。

夜色渐渐褪去，东方吐出鱼肚白，天快亮了，有人惊呼，太阳出来了！

东方海面上出现一个白点，接着是一条半圆的弧线，被红云裹挟着，很快就变成一个火球，猛地腾出水面，仿佛用了力，一下子跳得老高，它生动着，明亮着，此时周围的万道霞光已经布满东方天际。半个天，半个海，都成了朝气蓬勃的殷红的苍穹，美丽的朝阳把世界渲染。太阳升起来了，希望在霞光中来临。

细心的读者朋友读到这里会发现，我先写日落，后写日出。人们习惯讲日出日落，我反其道而行之，我想表达的是黑夜之后是黎明，困苦之后又会迎来希望。

我渴望希望。今天我们要共同迎接一个民族团结发展的盛会，霞浦县文旅局、盐田畲族乡、《东方散文》杂志社等单位联合举办的"采茶节畲歌会"在盐田乡洋边村举行，邀请全国的作家朋友前来助兴，加入宣传畲族风情的行列，助力乡村振兴，促进洋边村乡土经济白茶产业繁荣发展。洋边村成了欢腾的海洋。作家们乘坐的两辆大巴车朝洋边开去，畲族兄弟姐妹已经站满村子的山头，乡亲们像过年一样喜庆。畲族姑娘跳起欢快的舞蹈，巧手的妇女烹饪出畲族美味的佳肴，男男女女唱起山歌，热情招待远方的客人。

阳光照亮霞浦，妩媚春光扮靓畲家姑娘的身姿，曲线优美的身姿在茶山旖旎，波浪起伏的绿意和着悠扬婉转的节拍，在阳光朗照的蓝天下翩翩起舞。绿意葱茏的大山里，飘荡着缕缕茶香，茶香里透着畲族姑娘的明眸。纤细的手指摘下独芽的茶芯，形如雀舌，荡漾在红润笑脸上的惬意，春光里的畲山茶香飘荡着一个年成的希望。

我是循着畲族姑娘银铃般的笑声走上茶山的，数不清车在陡峭的山道上盘旋了多少道湾，数不清眼前闪过险峻山路上有多少道拐，这座叫作洋边的畲族山岭，高耸入云，姑娘和茶都像是云中走来的仙子。

来霞浦盐田洋边村采风，像是走进美轮美奂的童话。

我见到了茶山的"凤凰"，村里人喜欢这样称呼她，她的本名叫蓝惠娟，是她的热情促成了这次作家与畲家人亲密接触的美事。几年前她受单位党组织指派从漳州到霞浦下村挂职工作，一来她就为偏僻乡村的脱贫致富殚精竭虑。她发现这里山清水秀，盛产白茶，但这里像"养在深闺人未识"的靓姑，山外的人不知道，千方百计联系上海、福州、温州等地的经商老板，推出畲族山寨的白茶、竹笋、蘑菇等特产；又与《东方散文》联系，牵线搭桥，让作家们拿起笔来描写霞浦，宣传霞浦，我荣幸加入讴歌霞浦的作家行列，千里迢迢，来到畲乡。

乡土养育的作家，乐意为乡土写作。

采风让我渐渐对畲族的历史明晰起来，他们自称"山哈"，翻译成汉语是"山里的客人"，有一件事就让我认识到他们深居群山的生活艰难，载满作家的两辆大巴车准备开到崇儒畲族乡，到了山下的凤鸣台，车上不去了，只因山路狭窄，亦反映出畲族人聚居大山的深远。无奈只好掉头，改到另一个采风点。

然而，我们对了解畲族人的生活充满渴望，当地朋友引荐去"半月里"。

半月里是一个保存较为完好的畲族村寨，我在村口一棵300年树龄的古榕树下徘徊，一块石雕上面朱漆隶属写着"半月里"，我兴趣盎然地问一位老伯，他说因村子地形像极半个月亮，因此得名。古朴而静谧，隐藏了畲族文化的神秘。作家们钻进村子的各个角落，各采所好。我沿着山路石梯缓缓爬行，走过龙溪宫，绕进曲径通幽的屋群，抚摸古色古香的青砖灰瓦，仰望飞棱重檐的古屋旧宅，我在雷氏宗祠前停留沉思，该宗祠坐北朝南，屋重彩描金，身居风水宝地。村里大部分人姓雷，早年经商致富，家道殷实的光绪年间被恩赐为武举人的雷世儒就居住在近邻处，他的住宅被称为"举人府"。看来，畲族重视文化教育是族群兴旺发达的秘籍。等我蹑进"畲族民俗博物馆"，细细品味畲族文化，更是确信这一点。一个叫雷其松的半月里雷氏后生，花了 25 年时间，执着地想留住畲族特色遗风，倾尽财产，走南闯北，广泛收集民间的畲族用品，汇聚琳琅满目的畲族生活物件，感人事迹受到群众拥护，得到政府支持，得以如愿以偿，建成这座利用自己家屋改成的"畲族民俗博物馆"。我敬仰畲族先辈，敬佩年轻有为的畲族后生。

　　此时我已气喘吁吁攀上半月里村的顶峰，登高远望，村子依山就势，层层叠叠，许许多多畲族人生活的片段在我的脑海放映，雷世儒、蓝惠娟、雷其松等等，有了他们，有了像他们一样的所有人，畲族人未来一定更加美好。闽东福宁，在大海的涛声里日新月异；温麻山海，在群星荟萃的进取中辉煌灿烂。

　　把眼光放远一点，凝练成四字：霞浦靓兮！

大海、极地、黄土地的深情拥抱

牵动我无限爱恋的情思，是为亲近大海的黄土地之行。

三国时期的一代枭雄曹操曾说过："东临碣石，以观沧海。水何澹澹，山岛竦峙。"领袖毛泽东这样描述大海："大雨落幽燕，白浪滔天。"他们描述的是大海的一种状态。波涛汹涌的大海我看见过，神秘，诡谲，一片浩渺苍茫。无穷无尽的鲜活隐藏在大海的深处，我只能在好奇猜想的远观中望洋兴叹。

此次黄土地之行专门是为了解大海，感受大海，领略大海。近距离接触种类繁多的大海与极地的生命。说来神奇，远离大海与极地的陕西黄土高原，却活脱生动地圆了我一个蔚蓝色的大海梦，最震撼的是大海、极地、黄土地的深情拥抱，更是人类与海洋极地生命的情感互通。当我脚踏实地站在西安曲江海洋极地公园的展厅，"海洋世界里"的我已经目不暇接，"南极和北极"的屏景在眼前变换。

清澈明净的海底玻璃隧道还原了大海美丽的蔚蓝，五彩缤纷：形态各异的各种海洋鱼类在水中自由翱翔。

岛礁嶙峋的海湾里，千奇百怪的鱼虾在欢快嬉戏，你追我赶，雄飞雌从。

白雪皑皑的北极雪野，身材硕大的北极熊憨态可掬打着哈欠。

色彩斑斓的珊瑚丛中，有成群结队的海鱼游来游去，远处凶猛的鲨鱼虎视眈眈。

飘逸的海藻随着波涛左右摇动，水母轻盈地浮动，仿佛穿着艳丽罗裙的淑女翩翩起舞。

在大海的怀抱中，琳琅满目的海洋生命簇拥着我，一切生命的美丽生存让我惊悸。

辽阔壮美的大海，总是让我心存敬畏，总是让我感觉是世间最神秘的所在，总是勾起我无限的向往。最初是从几首抒情歌曲感知大海，我工作生活的贵州是喀斯特高原，远离大海，当一首《大海啊，故乡》唱遍祖国大地的时候，我的心里竟然涌起原始热辣的冲动。"小时候妈妈对我讲，大海就是我故乡。"20世纪80年代，一部叫《南海风云》的电影问世，其中的电影插曲《西沙，我可爱的家乡》唱出了中华儿女的心声，"在那云飞浪卷的南海上，有一串明珠闪耀着银光，绿树银滩风光如画，辽阔的海域是我祖祖辈辈生活的地方"，优美的旋律描绘了南海的美丽富饶，我从此知道了大海蕴藏了无穷无尽的宝藏。亲近大海，越来越成为我炽热的愿望。

终于在辛丑之春如愿以偿，我得到西安曲江海洋极地公园的采风创作邀请，在《东方散文》杂志社的组织下欣然来到西安，走进曲江海洋极地公园，走进魂牵梦绕的"大海深处"，与多种多样海洋鱼类与极地动物亲密接触。一进园区，我就感到非常震撼。西安曲江海洋极地公园是我国西部地区规模最大的海洋主题公园，巨大的主题雕塑"北极熊、南极企鹅、在中国黄土地上深情拥抱"映入眼帘，主办方为来自全国各地的作家们举行了简短而热情的散文创作启动仪式，一位口齿伶俐的漂亮讲解员为我们解说。我饶有兴致地紧紧跟随她的脚步走进"南极和北极"，走进一片白雪皑皑的"冰天雪地"。以蓝白为主色调的极地馆形象地显示出南极和北极的特色，展区由极地科普体验区、海狗冰山、亚马逊隧道、北极熊眺望台、海豚歌剧院、全景360°隧道、欢乐剧场、亲子益智体验区、北极狼风雪山洞、海兽嬉戏地、极地探险号、企鹅海湾等部分构成，多角度全方位立体展示北极熊、企鹅、北极狼、海豹、海狗等北极南极动物的生活状态。

走进海底隧道如同走进大海的深处，各种各样的鱼类与我们同在，我们人类和它们和睦相处。

一群鳕鱼游过来了，它们成群结队，呼朋唤友，欢快游过我的眼前。远处几只一米长的鲨鱼独往独来，一会儿伏在水底沙地，一会儿又游向水面。讲解员告诉我，这几种鲨鱼都是比较温顺的鲨鱼。而肥胖的石斑鱼悠闲地飘在蔚蓝色的水域，那么从容。海底隧道中还有多种海星、海胆、章鱼、鲎、海龟、蟹，各自生活在属于自己的家园。

身体硕大的北极熊出现了，在宁静的家园里，它无忧无虑地趴在海岸上，不远处的浅海里，它的妻子正在寻找鱼虾，也许这就是中午的美食。我知道，这种浑身洁白的大个子白熊被称为北极霸主，海豹、海狮、海狗不敢轻易惹它。

具有绅士一般风度的南极企鹅，站在远处的雪野，心平气和地好奇望着我，也打量着每一个生僻的游人。

北极狼焦躁不安地在雪地里来回奔跑，这是一种好动的动物，它们喜欢成群结队捕猎，头狼首领，一呼百应。

异彩纷呈的海豚、海狗表演把极地动物文化的感知推向高潮，我们来到海洋动物才艺舞台。聪明的海豚、海狗经过驯兽师的驯化后，更加温顺可爱，在驯兽师的指挥下做着各种表演动作，首先站立起来双手鼓掌，对远道而来的游客表示欢迎，接着倒立、转圈、滑行，动作如同人类的儿童一样灵活可爱。海豚的表演更加精彩，时而跳跃出水，时而玩呼啦圈，时而昂首挺胸，放声歌唱，美妙的歌声余音绕梁。

主办方在员工餐厅里给我们准备的午餐别具特色，陕西的羊肉泡馍、炒野槐花、凉拌香椿、油饼和面筋，配以海味糖醋带鱼、红烧黄花鱼。午餐之后，我们继续参观，兴致勃勃走进海洋馆。由海洋科普区、热带雨林区、海洋科普教育中心、快乐鱼部落、海底剧场、海底隧道、梦幻水母宫、海底大观园、海洋剧场、拾贝岛购物区等构成的海洋馆宏阔壮观，美人鱼、人鲨共舞、潜水等海洋文化表演妙趣横生。

五光十色的珊瑚、鲜艳瑰丽的海葵、形态各异的鱼类、翩翩起舞的水母，组成了无数海洋生物家园的欢乐。上千座漂亮的热带珊瑚礁观赏鱼让游客目不暇接。成群的美丽蝴蝶鱼如同陆地上的彩蝶，在水中自由翱翔；雍容华贵的海豚鼓动着腮帮子，像在侃侃而谈；俏皮可爱的狐狸鱼，一身华彩外衣，在水中轻舞。凶猛而面目狰狞的海鳗躲在一条沉船的陶罐里，只露出头来，虎视眈眈地注视着眼前的一切。讲解员说，海鳗非常凶猛，如果把它和小鱼放在一起，一夜之间它可以把小鱼吃光。梦幻水母宫中各种彩色水母、海蜇，漂浮在水中，犹如花园中盛开的花朵，亦如长裙飘飘少女的柔美舞蹈，水腰婀娜。

走出海洋馆，我分明看见北极熊与企鹅巨型雕塑下"西安曲江海洋极地公园"几个大字，这分明是远离大海的黄土地，但是，我惊诧于在黄土地上与大海亲密接触，在黄土地上近距离观赏海洋动物，形象可感地学习海洋知识，明白了保护海洋的紧迫性，保护我们赖以生存的家园，必须与海洋动物和谐相处。

"西安曲江海洋极地公园"不仅仅是一个公园，更是一本书、一个理念，是大海、极地、黄土地的深情拥抱。

雪域高原，心中一首圣洁的情歌

雪域高原，在我寻觅世间万物生命之美的苦旅中，一直是一首圣洁壮美的歌。我们五个知青战友精心选定金秋九月，在格桑花灿烂的时节奔向青藏高原。

我们毅然决然从青海进藏。绿色长龙蜿蜒穿梭在神奇的天路，带我们走进人间天堂。

蓝宝石一般的蓝天白云下，条条迎风飞舞的经幡映照着晶莹的雪山，似乎歌唱千年；色彩艳丽的寺庙前，祈祷者拨动已经被抚摸得油亮的转经筒，始终不渝地踩着咿呀的旋律；最催人泪下的是朝圣路上一步步磕着等身长头前行的藏族大妈，那种心比铁石坚的真诚，一步一叩首，五体皆投地，让我敬佩得热泪盈眶，思忖人心的悲壮之美，常常让我泪流满面。

我是怀着无限的敬畏走进雪域高原的！我去瞻仰，去倾听，领略一种圣洁的声音，然后进入心灵与天的对话。

青藏高原是一首民风淳朴的情歌。

秋光烂漫，当江南还沉浸在瓜果飘香的丰收喜悦之时，青藏高原已经寒风凛冽，终年积雪的雪山飘来蝴蝶般的片片雪花，那洁白的山脉更加厚重威严。从贵州出发时我只穿着一件薄薄的外套，来到西宁，必须披上厚厚的羽绒大衣。我们五个知青租订了一间民居家庭旅社，四室两厅双卫，如同到了一个远方的朋友家，家具设施，一应俱全，非常温馨舒适。五个知青，当初在贵州布依族苗族农村就很要好，此次结伴旅游，如同一家。西宁旅居之夜，尽情享受美食，欢声笑语，两男三女，热热闹闹。

青海朋友开的四驱越野吉普从西宁出发，大约 40 分钟的车程，就到达藏区景点塔尔寺。我们来的这天，天公作美，阳光灿烂，塔尔寺参差错落的殿宇在蓝天下雍容典雅，金碧辉煌。很有意思，塔尔寺得名于大金瓦寺内的大银塔，藏语称为"衮本贤巴林"，意思是"十万狮子吼佛像的弥勒寺"，塔尔寺是先有塔，后有寺。塔尔寺是宗喀巴大师的诞生地。传说他诞生以后，从剪脐带滴血的地方长出一株白旃檀树，树上十万片叶子，每片上自然显现出一尊狮子吼佛像。

我们在似乎触手可及的蓝天白云下，经过四个小时的奔波，到达宗喀拉则雪山。

青藏高原真是一首冰清玉洁的情歌。

终年积雪的拉脊山，高耸在蓝天下，藏语意为"鹰飞不过去的地方"。"宗喀拉则"坐落于拉脊山山垭，地处黄土高原和青藏高原分界线，素有"青藏第一关"的美称。在放牧牛羊的藏区，藏人认为水草肥美的草原是靠神灵护佑的，为了供奉这些神灵必须要修建坚固的城堡和神圣的宫殿，藏语称之为"拉则"。旷远的"宗喀拉则"，从古至今，就是其他地方与青藏高原之间主要的交通要道，白雪皑皑的拉脊山豪迈成为西宁海拔最高的山峰，是朝圣山水神灵的起始之地，曾是历史上赫赫有名的丝绸之路的要道。

青藏高原是一首古老深沉的情歌。

我骑上寺庙前的一头白色牦牛，和他的藏族主人热烈交谈，得知我脚下的宗喀拉则是聪慧的藏族人发挥"绿水青山就是金山银山"理念的现代创造。

内涵深邃展现世居青海的藏、汉、吐、蒙等各民族群众集体祭祀世俗神灵的民间信仰，拉则群内供奉着主尊玛沁雪山神、创世九尊神、二郎神、文昌爷，以及藏汉蒙土族等地区的众多山神水神。寺庙内还供奉着酥油花塑造的文成公主和松赞干布像。这些把游人的思绪带到民族和亲的历史深处，深深回味中华民族的融合进程。宗喀拉则所在的贵德县是典型的多民族聚居地区，多种传统文化在此交融。因此建造创意依据藏族传统风格，建筑群由赞普拉则、大臣拉则、英雄拉则、富豪拉则等构成，宗喀拉则显然是一个景区，是来自全国各地游客朋友了解青海藏族同胞祭祀世俗神灵的载体，是一个藏族地区雪域高原和民族宗教的文化符号。

青藏高原是一首自然原生的情歌，这歌声如同天籁。

冰清玉洁的雪山真是美到极致，我在雪山下留影，欣赏雪坡上缓慢觅草的成群的野牦牛，在草原上自由自在横穿公路的藏羚羊。

这两种生命都让我从内心深处涌出对自然状态下动物的敬畏，雪山的环境十分恶劣，牦牛能够不畏艰险，顽强生存，它生出厚厚长长的毛来御寒；而藏羚羊借助机敏生存，能跑就跑，能躲就躲，我惊叹生命的法则。我们同行的五个知青都在宗喀拉则雪山上出现了高原反应，而它们没有，它们行动自如。

在去往青海湖的路上，我看见了歌中唱到的美丽的格桑花，我从内心感觉到这是我看见的世上最美丽的花朵。它们成片生长，赤橙黄绿青蓝紫混杂生长，在高原的灿烂阳光下，发出多彩艳丽的生命光芒。这是唯一一种各种颜色混在一起生长的花，从美术的角度上看，各种颜色交织就能产生妩媚夺目的绮丽。

格桑花在太阳下歌唱，我也在太阳下歌唱，我唱的是巴桑拉姆主唱的《雪山姑娘》：

酥油茶飘香，跟随藏羚羊。

让我找到雪山下，美丽的姑娘。

为她戴上格桑花，弹起弦子把歌唱。

可可西里在呼唤，圣湖在荡漾。

歌声让我陶醉，我的心中涌出的是：雪域高原，心中一首圣洁的情歌。

醉美水晶心

怎么突然就喜爱上了徐娘半老的风韵呢？早已不是那种青涩的果子，生命已经发出声嘶力竭的呐喊，这声音并不洪亮，却震天撼地。能够品咂出苦涩流年里痛彻心扉的凄美，不能不说这是人生进程中修炼悟性的制高点，已经接近情与魂高处不胜寒的广寒宫。

今夜月光如水，覃妹约我到她苦心栽培的葡萄园去玩。这是黔南三都县普安镇的一个偏僻少数民族乡镇，早先的水族寨子在变换着它的模样，在阳光里演变，今非昔比。20年前我曾经来过这里，那时的这里贫困落后，几条黄土路只能把人圈在逼仄的小村落。现在寨子已经焕然一新，通往外界的荒野小路已经拓宽，黄泥巴土路改造成了水泥路，村支书说，多亏政府的关心和扶贫工作队的帮助。在皎洁的月光下，我跟随覃妹的脚步，来到清香四溢的葡萄园。微风轻轻吹过阡陌交缠的田野，果园的香风让本来就清凉的夜空更加舒爽，我不小心踏在一个水坑里，跟跄了几步，覃妹拉住了我的手，一股暖流奔流到我的心扉。

覃妹的葡萄园有1200多亩，各种品种的葡萄琳琅满目，有玫瑰红，有黑美人，有巨峰，有水晶。然而，最多的是水晶葡萄，也是我最爱吃的一个品种。

覃妹给我摘了好几串水晶，那白里透黄的晶莹，如同玉石一般，温润剔透，那种香型，如同春天的茉莉，远远地直扑你的味蕾，恰如其分地沁人心脾。

好甜，我慢慢地把一颗颗透亮的葡萄送进嘴里，正想表达一番感慨，覃妹却沉默了。我知道，葡萄是甜的，覃妹的心是苦的。我看着她，她却不看我，朝远处高高低低的黑褐色的寨子望去，那是一个布依族、苗族、水族、汉族杂居的寨子，人气兴旺，家家户户的屋顶此时都冒着袅袅炊烟，干完农活的老人牵着牛，燃起一杆老绵烟，慢慢地朝家里走，牛儿哞哞地叫着，大黄狗在前面带路。空气里开始飘散厨房美味佳肴的香气，多是贵州的特色菜肴，老刀腊肉、酸汤鱼、辣子鸡，菜是自家菜园里的青口白、毛辣果，最香的是炭火烤青辣椒，显然是地里刚摘下来的嫩青椒，用炭火烤到两面焦黄，放进石头擂钵捣碎，加进皮蛋，用醋和酱油一拌，那味道简直是别具一格。酸汤和扣肉是绝配，把木姜子放进泉水里，加上糟辣，烧开沸腾，把地里随手摘的豇豆、四季豆、嫩南瓜、白菜丢进去，再煮沸，让所有菜品变色发黄，一锅清淡爽口的酸汤就做好了，放凉，在酒足饭饱之后来一碗，真是舒爽到极致。这几年，各族同胞的生活都有了极大改善，群众渐渐过上幸福安逸的生活。我作为从州里前来采风的作家，不管走到寨子的哪一家，都会听到这样的话：大哥，进来吃饭，喝一杯三都的九阡酒！

当我沉浸在往事与现实的思索之中时，看见身边的覃妹，自然而然想起了覃妹坎坷的命运。

覃妹是我在火车上结识的一个女友，40多岁了，是三都普安的一个种葡萄的中年妇女。那天她走到我这个卧铺车厢来给手机充电，就在我对面靠窗坐下。她性格直爽，先是说了一些旅途上的家常话，比如北方的高粱地真是青纱帐啊，红高粱在晚霞里真好看，苞谷长得真好，湖南的湘江好宽啊，适应种荷花。荷花又叫芙蓉，是出淤泥而不染的一种花。我觉得覃妹很有知识涵养，她却说她只读过初中，一直在偏僻的水族寨子长大。很小的时候父母离异，她跟着爷爷生活，爷爷住在普安。她19岁就结婚了，嫁给本村的一个小伙，那时寨子里的父老乡亲都很贫困，村子不通公路，远离城市，寨子里的人靠上山种苞谷，种红薯来换盐巴钱，田里的稻子刚刚够吃，日子不富裕，一年难得吃上几次肉。后来，她老公去深圳打工，寨子里的年轻人都靠外出打工挣钱，有的南下广州，有的东去江浙。再后来，老公在外面有了相好的，很快就把那女人的肚子搞大了。覃妹和老公离婚了！我问，你怎么不出去？覃妹说，她不愿走，她要照顾爷爷。她说起这样一件事，爷爷去世的前一天，出人意料地去赶场，买回一刀新鲜猪肉，爷爷说，我们两个人好久没吃肉了，今天开开荤。那天爷爷取出窖了几年的九阡酒，硬要给我倒上一杯，我们爷俩高兴地度过一个晚上，第二天爷爷安详地离开了这个世界。说到这里，覃妹已经泪流满面。

从此，覃妹决心改变家乡的贫困面貌，在黔南州扶贫工作队的指导下，在乡镇党委政府的支持下，承包了几十亩土地，种葡萄，经营生态观光农业，发展旅游。覃妹问我，知不知道三都被称为"凤凰羽毛一样美丽的地方"，我说知道，我曾多次来三都采风，采访过开拓马尾绣、蜡染的优秀妇女，在州妇联上班时，走遍黔南12县市，寻找12朵金花，给她们写过报告文学。覃妹更加觉得找到了知音，讲起了她一路走过来的艰辛，讲起了从几十亩葡萄园到1200亩的宏伟进程，讲起了她一步步走向成功的喜悦，讲起了寨子里的乡亲们日益富裕幸福的今天。

听了覃妹的诉说，我想到了：勤劳而善良。

勤劳而善良，是自古以来描述中华民族自强不息和艰苦奋斗的一句话，今天我在覃妹身上找到了形象的诠释，她就是活生生的答案，她是我的感动，她是我敬仰的女人。我看见了，在三都普安有这样一个普通的妇女主任，一个普通的共产党员。

列车如同绿色长龙，穿山越岭，一天一夜的奔驰之后，快要抵达凯里，我和覃妹要分别了。她又来到我的车厢，说她的手机又没电了，只好来我这里充电，她找我要电话号码，加了我的微信，说以后还想和我联系，要我去三都玩。她加我微信时，我看见她的手机电是满的，我们两眼对视，她的脸红了。

又是一个瓜果飘香的秋天，覃妹说今年雨水充足，阳光也温暖，果园里的葡萄长得格外好，她定下时间，一定要我去看一看，并且交给我重要任务，说你是作家，给我们三都宣传一下，让乡亲们的日子越来越好。

我答应了，找了个时间，踏上了去三都的征程，我去见覃妹，也是去完成一个埋藏在心灵深处的愿望。都匀到三都的大巴车奔驰在云贵高原的崇山峻岭，满眼是美丽的山清水秀，我不由自主地哼起一首经典歌曲《吐鲁番的葡萄熟了》："吐鲁番的葡萄熟了，阿娜尔罕的心儿醉了。葡萄根儿扎根在沃土，长长蔓儿在心头缠绕。"

我和覃妹的相见相识，简直就是一首歌、一首诗，简直就是一个不用加工的传奇故事。过去的日子，回忆起来怎么就如此诗意，这是一种人生哲理，苦难是一种财富，痛苦是一种修炼，你挺过去了，那些艰苦卓绝也就成了幸福的回味，弥足珍贵，值得珍藏。回忆起来，韵味隽永，于是，你的心中会情不自禁地吟诵流年凄美的诗篇。

这个夜晚又是我一生值得珍藏的一个夜晚，是一次经历，也是一次感动。我手捧覃妹递给我的亲手种的水晶葡萄，吃着这人间最香甜的美味，看着身边的覃妹，情不自禁地涌出一句话：醉美水晶心！

后　记

生活的光芒，又一次折射在丰富多彩的语言文字上，我大学时在中文系学习汉语言文学。我靠舞文弄墨吃饭，加上爱好文学与艺术，不断地在现实与浪漫的创作征程上跋涉。

因为创作，我不断地行走。

因为行走，我不断地创作。

"为什么我的眼里常含泪水，因为我对这土地爱得深沉。"这句诗，是对我恰如其分的表达。大江南北，我每到一处，就有一种新鲜的感动。喜欢动情，可能就是作家的特质。

生活给了我取之不尽、用之不竭的源泉。不要让生活的每一次生动从眼皮底下溜走，不要对生活中的美丑善恶视而不见，抓住它们，用情感与精彩华丽的语言描述它们，这便是文学，这样的生活印记一定是鲜活的。我这些年的写作给了我自信，创作的散文作品不断地被全国报刊刊载，生活的乐趣渗透在字里行间，我想给我的亲友们将这些故事娓娓道来，有些故事是我们共同的经历，定然汇聚情感认同；有些是他人不曾经历的故事，那就给朋友们呈现异彩纷呈的生活趣事。

岁月匆匆，往事如梦。我在这一年突然想把自己一部分特别喜爱的作品汇集成册，我想让自己穿行在初心依旧的往事之中。突然想起一首古老优美的苏格兰民歌，有几句歌词特别打动人心："我们曾经终日游荡，在故乡的青山上，我们也曾历尽苦辛，到处奔波流浪。举杯痛饮，同声歌唱。友谊地久天长。"

精心选编的散文集《拨弦映秋红》即将付梓，我手捧书稿清样，就像捧着过去的好时光，心里还是有几分欣慰。

美妙的乐声起了，秋光里荡漾着优柔的旋律，红霞，红叶，果香，花艳。我把欢乐与苦难，说与亲友们听。多美的意境，拨弦映秋红！

留得豪情在，拨弦映秋红！

把生活的美亮出来，与朋友们共享。

你的生活也奏响着优美的旋律。

尹卫巍

2023 年 3 月 30 日于黔南